EL TESORO MÁGICO

DE LAS

PIRÁMIDES

Libro 1º

EL TESORO MÁGICO DE LAS PIRÁMIDES
Segunda Edición
Autor: Gabriel Silva
ISBN 978-0-244-04736-8

EL TESORO MÁGICO DE LAS PIRÁMIDES

INDICE   Página

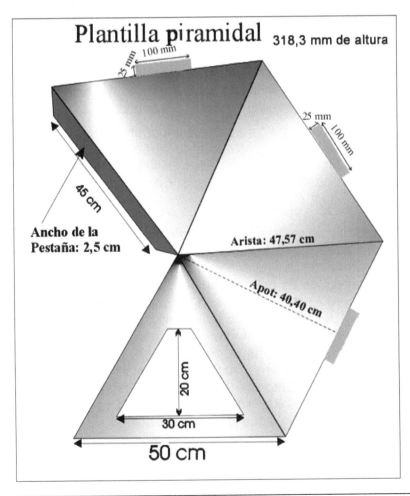

Plantilla piramidal 318,3 mm de altura

100 mm
25 mm
25 mm
100 mm
45 cm
Ancho de la Pestaña: 2,5 cm
Arista: 47,57 cm
Apot: 40,40 cm
20 cm
30 cm
50 cm

EL TESORO MÁGICO DE LAS PIRÁMIDES

(Pero sólo de los niños será el Reino de las Pirámides)

Esta versión es sólo para niños de 6 a 80 años.

Mayores de 80, únicamente con el permiso de sus nietos.

Las Pirámides Perfectas son objetos mágicos. Pero como muchos adultos creen que "se las saben todas", no lo entienden todavía. Este libro, afortunadamente, no está escrito para ellos, sino para niños de todas las edades.

¿Quieres vivir una experiencia fascinante pero real? Pues si de verdad lo deseas, piénsatelo bien, porque hay un auténtico desafío pero es válido sólo para niños (o para adultos que no se han olvidado de ser niños).

Te contaré una historia maravillosa y te enseñaré a descubrir la verdadera Magia de las pirámides. Tan maravilloso y mágico es lo que vivirás y aprenderás con este libro, que no lo olvidarás nunca más, aunque vivas tropecientosmil años y te servirá para que cuando seas adulto, puedas ayudar a que el mundo sea mucho más feliz, para los Humanos, los animalitos y las plantas (porque las plantas también tienen sentimientos ¿lo sabías?).

También aprenderás algunas cosas importantes para evitar los mayores peligros, que muchas veces no están fuera de nosotros, sino dentro de nosotros mismos. Esos peligros mayores son los que llevan a las personas a equivocar el *Camino de La Vida*. Y se hacen "malos" casi sin darse cuenta. Y dejan de ser felices. Si quieres hacer realidad tus mejores sueños, el trabajo más importante deberás hacerlo *contigo mismo*. La pirámide puede ayudarte un poco con su poder, pero sólo es una herramienta más. El "terreno" de la verdadera Magia, está dentro del Mago. Para empezar, antes de entrar al primer Capítulo de este libro, te recomiendo armar una pirámide con las medidas que hay en la página anterior (quizá necesites ayuda de papá, mamá o de un hermano mayor). Luego la orientas con una brújula, para que una cara exactamente mirando al Norte. Colocarás un vaso de agua durante cuatro horas. Si tienes mucha impaciencia por empezar el primer capítulo, pues empieza. Pero antes de pasar al segundo capítulo... Fabrica la pirámide para beber el agua cargada con la energía de la pirámide ¡Y aguanta la impaciencia!

Que lo disfrutes y te conviertas en un "*Mago y Piramidólogo Práctico*".

CAPÍTULO I
MI PRIMER LIBRO MÁGICO

Cuando tenía tres años de edad, empecé a pedir a mi mamá que me enseñase a leer. ¡Qué largos se me hicieron aquellos meses que pasé insistiendo para que me enseñara! Antes de cumplir cuatro años, ya leía muy bien, aunque escribía más o menos bien... Bueno, la verdad es que escribía "más o menos mal"... Unos meses antes de comenzar a ir a la escuela primaria, poco antes de cumplir seis años, ya había leído unos treinta libros y encontré en la biblioteca de mi padre uno muy interesante, aquellos que leía un poco a escondidas porque no le gustaba que tocara sus libros de ingeniería. Como él estaba viajando, me animé a leer uno que trataba sobre las grandes construcciones en la antigüedad. No leía casi nada, porque había más fórmulas raras, llenas de números y letras, que texto comprensible para mí, pero las fotos eran magníficas. Cuando vi las fotos de las grandes pirámides, el corazón me dio un vuelco. Y la cabeza también.

Entonces leí sobre lo increíble que habría sido su construcción, dos millones y medio de bloques, de los cuales los más pequeños pesan algo más de dos toneladas y media, con cámaras cuyos bloques laterales pesan más de ochenta mil kilos... Y yo intentaba calcular que si mi peso era de 20 kilos... Bueno, no sabía muy bien sacar las cuentas, que en esos días no iba a la escuela pero mi padre me había enseñado un poco y comprendí que aquellos bloques mayores pesaban más o menos cuatro mil veces más que yo. Y luego de leer esas maravillas, donde el autor que era ingeniero decía que no se sabía cómo podían haber construido semejantes pirámides, ni quiénes ni cuándo... Debajo de una de las fotos decía: *"Dicen los arqueólogos que la Gran Pirámide fue construida por el faraón Keops en sólo 20 años, utilizando esclavos y técnicas precarias. Según los arqueólogos, la finalidad de la obra era servirle a Keops como tumba"*.

En aquella época no sabía lo que era una "tontería" o apenas tenía idea de lo que eso significaba, porque mi madre me decía que no dijese tonterías cuando preguntaba algo que no entendía o proponía cómo podían ser las cosas. Pero aquel epígrafe de la foto fue la primera tontería (y de las grandes) que leí en mi vida. Cuando mi padre regresó de su viaje le pregunté cómo podía ser aquello, quién podía ser tan tonto de hacer una obra tan fabulosa, sólo para guardar un cadáver.

- ¡Papi, ese ingeniero debe ser muy tonto...!

- No, Marcel, tendrás que aprender a leer, que no es sólo saber el valor de las letras. Hay que *interpretar* lo que se lee... Mira bien, ahí dice *"dicen los arqueólogos..."* No es algo que el autor del libro crea que puede ser posible. En realidad nadie sabe quién, cuándo ni cómo se construyeron...

- ¡Ahhh! Ya entiendo... Pero tú que sabes de construcción y eres ingeniero podrías construirlas iguales que en Egipto ¿Verdad?

- Pues no. La verdad es que no sabemos cómo se hicieron. Actualmente no tenemos tecnología para hacer una obra tan grande y con un nivel de perfección mayor que cualquier edificio, represa o muralla construida por nosotros...

La imagen paterna se me cayó al suelo. Pero luego, pensando mejor, la cuestión no era que mi padre fuese un ignorante, pues releyendo, el mismo autor de aquel libro decía casi lo mismo. Entonces pensé que debía averiguar quiénes eran aquellos raros y tan magníficos constructores, y empecé a preguntarme qué sabían, cómo pensaban, cómo sería su sociedad... Y atosigué de tal modo a mis padres con preguntas, que ya les resultaba pesado pero mi padre siguió respondiendo en la medida de lo posible, aunque el *"no sabemos"* era la respuesta más habitual.

Poco tiempo después vino el primer día de clases... Ya se puede imaginar todo el mundo cuáles fueron las primeras preguntas que le hice a la maestra. La señorita Delia se agarraba la cabeza, consultaba manuales, me decía que iría a la biblioteca a buscar datos para darme respuestas más completas que las que aparecían en los manuales escolares. Pero al final, siempre era la misma cantinela. El faraón Keops era un "megalómano" que tenía miles de esclavos construyendo su tumba piramidal y sólo tardó veinte años... Cuando lo volví a comentar el tema con papá, me dijo que hiciera una cuenta simple.

- ¿Sabes cuántos segundos hay en un minuto?

- Sí, claro, sesenta segundos, y sesenta minutos tiene la hora y veinticuatro horas tiene el día, y 365 días el año, salvo el bisiesto que tiene uno más... Pero si eso me lo enseñaste hace como... No sé, el año pasado...

- Muy bien. -continuó papá- Ahora sabes que la Gran Pirámide tiene unos dos millones y medio de bloques. Así que si calculas cuántos segundos hay en veinte años, y al total lo divides por la cantidad de bloques, tendrías el tiempo que se supone que tardaron en colocar cada bloque... ¿Lo vas entendiendo?

- Bueno, más o menos. A ver si es así...

Y me puse a sacar la cuenta en un cuaderno, ya que la operación de multiplicación se me daba mejor que la división. En aquella época no había calculadoras electrónicas, así que había que hacerlo a papel y lápiz. En un rato saqué la cuenta y dije:

- 60 x 60 es igual a 3.600 segundos que tiene la hora. Si la multiplico por 24 horas, me da 86400 segundos que tiene el día. Y por 365 días del año, me da 31.536.000 segundos. Si Keops tardó veinte años, pues por veinte... Ayuda, papi, que son muchos números...

- Da igual que sean muchos, ya sabes hacer esas cuentas...

- Bueno, veamos si me sale... -y seguí con las cuentas- Pues me da 630.720.000 segundos en veinte años. O sea seiscientos treinta millones, setecientos veinte mil segundos. ¿Y ahora qué hago?

- Divídelo por los dos millones y medio de bloques...

papá tuvo que ayudarme con la división, que me costaba mucho más que la operación de multiplicar, y resultó que para tardar sólo veinte años, habría que haber cortado los bloques en la cantera, transportarlos a la otra orilla del Nilo, muchos kilómetros, colocarlos a la perfección, en apenas 252 segundos o muy poco más. Los bloques de granito vienen de mil kilómetros al sur y son los más grandes. Volví a dividir, esta vez 252 segundos por 60, para obtener el dato de que debieron tardar unos cuatro minutos en colocar cada bloque...

En una película había visto que los esclavos acarreaban esos enormes bloques con un esfuerzo incalculable, era un trabajo lento, tedioso, peligroso... Pero mi padre me explicó muchas cosas más que hacen imposible que esa teoría sea viable, y que además, en 1927, o sea varias décadas antes de mi nacimiento, el francés Antoine Bovis había descubierto que las pirámides tienen un poder misterioso, que cuando están bien construidas nada se pudre en su interior.

- ¡Claro!, -dije a papá- pues entonces Keops quería que no se pudriera su cuerpo... ¿Será verdad que la hicieron para tumba?

- No, hijito, no se encontró ninguna momia, ningún cadáver ni nada fúnebre en ninguna pirámide. Además, si los faraones hubieran sabido del poder de las pirámides, no habrían quitado los órganos a las momias. Ya sabes que para momificar una persona o un animal, hay que quitar todos los órganos interiores, el cerebro, dejar sólo el esqueleto, los nervios, los músculos y poco más... Les hubieran dejado en la pirámide y simplemente se habrían momificado por el efecto piramidal ¡Enteros!

Estas y otras muchas cosas más, que iban surgiendo en cada conversación con papá, me iban afirmando en mi determinación de convertirme en investigador científico, a pesar de que me atraía la idea de estudiar para ser astronauta. Mi vida había tenido un cambio importante, porque al menos ingresé a la escuela con la esperanza de aprender mucho, todo lo que pudiese, para descubrir algún día todo sobre las pirámides.

Unos meses después, una de esas tardes nubladas, aburridas y vacías, en que uno termina los deberes escuelares (preparación de carpetas para el día siguiente, algunas cuentas difíciles y esas cosas), salí a la calle a buscar e mis amigos para jugar a la pelota. Pero no había nadie en la calle. Mis padres me habían dejado solo porque habían ido a una reunión de vecinos y se habían llevado a mi hermano pequeño. Así que ahí estaba yo, sin saber qué hacer con mi vida, salvo el sentarme en el umbral y pensar como siempre, en las dichosas pirámides y sus misterios.

Justo llegó un hombre hasta la puerta de mi casa y me dijo.

- Hola... Tú debes ser Marcel... ¿Te acuerdas de mí?

- No, señor... O sí... ¿Usted es el hombre que vive en la montaña...?

- Sí, claro. ¡Qué memoria que tienes!

- Y se llama... Se llama... ¡Johan Kornare!... Mi papá a veces se acuerda de Usted, y dice que más que amigo, es un hermano.

- Pero... ¿Qué edad tienes? - Dijo Johan emocionado.

- Tengo seis años. Y hace dos semanas que voy a la escuela - dije orgulloso.

- Pero si entonces... Tenías menos de tres años cuando fuiste con tus padres a mi casa... ¡Qué buena memoria! Ojalá la conserves siempre, y nunca te olvides de ahora, que eres un niño... Bueno, yo tengo muchas ganas de ver a tu papá. ¿Está en casa?

- No, hace un rato que se han ido todos a una reunión de vecinos.

- ¡Ah! ¡Qué pena! Bueno, no importa. Estaré en casa de tu tío Francisco unos días, así que ya nos veremos. Por favor, dale a tu padre este libro. Ten cuidado que no se estropee, porque es un libro muy importante... Guárdalo ya mismo y no le digas a nadie que me has visto, excepto a tu padre. Hasta pronto...

Me dio un beso en la frente, luego miró hacia todos lados y se marchó. Yo que estaba aburrido, y este amigo de mi padre ponía en mis manos ¡nada menos que un libro! Como estaba dentro de un gran sobre de papel, pero sin cerrar, apenas estuve en el comedor, lo puse sobre la mesa y saqué el libro, aunque seguramente sería uno de esos manuales de ingeniería que tenía mi papá a montones, llenos de números, fórmulas y explicaciones incomprensibles para mí. Mientras me preguntaba por qué Johan guardaba tanto secreto y miraba para todos lados, como si alguien lo persiguiera, cerré la puerta con llave.

Yo aprendí a leer y escribir antes de ir a la escuela, porque intuía que era demasiado importante conocer qué significan las letras, qué decía el periódico. Sentía hasta un poco de envidia cuando veía a los otros chicos mayores que leían. Así que tironeaba las faldas de mi madre, quien tuvo que ceder a mi permanente insistencia, y en pocas horas se acabó el misterio del significado de las letras (o eso creía yo). Tenía libros ya leídos, pero los de mi padre no me eran comprensibles. Pero este...

Este libro era algo muy extraño, bastante grande y con una bonita tapa y letras raras muy artísticas, y abajo un título: "*El Secreto de los Grandes Magos*".

Sentí como un chispazo en la cabeza, algo me había devuelto el entusiasmo y había matado mi aburrimiento, pero...

- ¿No estaré haciendo algo malo, leyendo un libro que es para mi padre?- me pregunté a mí mismo, porque siempre hay que pensar un poco si se está haciendo lo correcto, si se está cometiendo una falta de respeto.

Pero pensé que si fuera algo que no pudiera leer un niño, Johan no me lo habría dejado. Habría vuelto más tarde y se lo habría dado a papá personalmente, o con el sobre cerrado. Como la curiosidad abarcaba toda mi mente y mis ojos estaban ávidos de descubrir misterios, abrí la tapa y en su primera página había esta advertencia:

"Los que aprenden la Magia para tener poder, están equivocados y terminan muy mal. La Magia Verdadera no es

para "tener" sino para "ser mejor". No para "ser mejor que los demás", sino para "ayudar a los demás".

En aquel tiempo no había fotocopiadoras, así que esas palabras que para mí eran perfectamente comprensibles y de extrema importancia, las copié en mi cuaderno de notas personales. Sí, mi tío Francisco me había regalado al iniciar aquel año la escuela, un cuaderno personal, donde anotaba todo lo que me parecía muy importante. Anotaba lo que sentía, ya sea bueno o malo, así como las preguntas de lo que no entendía.

Apurado por seguir leyendo, pasé la página y me encontré con otra advertencia:

"¡Cuidado! ¿Has entendido bien la advertencia anterior? Si quieres ser una persona Feliz, más te vale meditar en ello, antes de pasar al Conocimiento. Porque todo conocimiento puede usarse para bien o para mal. Y el conocimiento que uses mal, muchas veces dañará a otros... Pero SIEMPRE, te dañará a ti"

- Claro, -pensé en voz alta- los científicos que fabrican armas y los físicos que fabrican bombas atómicas, saben mucho. Pero usan para el mal ese gran conocimiento... ¡Dios mío! -dije desde lo profundo de mi corazón- ¡No permitas nunca, nunca jamás de los jamases, que yo pueda usar un conocimiento para hacer el mal!

Copié en el cuaderno también esta segunda advertencia, y pasé a la página siguiente del misterioso libro... Allí me encontré un papel doblado en dos, que no era del libro, pegado en el borde interior de la página. Lo abrí y lo que leí me dejó un poco confuso.

"Johan: Creo que me han seguido los de Narigonés S.A. Dale este libro a Dominguín, que no está fichado por los espías. Aún no he descubierto las claves, pero han de ser muy importantes y él seguro que las descifrará. Confío en vosotros. Rodolfo".

Dominguín era mi papá, y aunque el papelito me dejó preocupado, seguí adelante. Lo que seguía era muy largo y bastante complicado de entender, así que pasé algunas páginas más, con dibujos que parecían letras en diferentes idiomas y formas de escritura, con letras chinas, con algunos escritos que parecían árabes... ¡Puff! Creí que ya no podría sacar más nada de aquel libro y a punto estuve de cerrarlo y dedicarme a buscar a mis amigos, que estarían jugando al ajedrez o las damas en sus casas y casi seguro que no querrían jugar a la pelota. Pero...

Pasé una página más y apareció ante mí un hermoso dibujo de las pirámides de Egipto, con todas sus cámaras, y se iluminaron mis ojos. Al costado del dibujo, un cuadro indicaba con flechitas los nombres de cada parte y abajo del dibujo... ¡Qué pesados estos tíos...! ¡Otra advertencia! :

"La Pirámide Perfecta es aquella donde los hombres pueden convertirse en dioses. Como es el más importante de los Instrumentos Mágicos, nadie puede usarla para hacer el mal. Pero si no tienes Amor por Toda la Humanidad, tampoco te servirá para nada aunque vivas miles de años."

Me puse a anotar aquel párrafo en mi cuaderno, creyendo que aún no había descubierto nada realmente interesante en aquel libro. ¡Cuán equivocado estaba! Sólo aquel último párrafo aparecería en mi mente muchas veces a lo largo de toda la vida y comprendía cada vez su importancia extraordinaria.

En ese momento se cortó la luz, y aunque era de día tuve que encender una vela, porque el nublado era muy espeso y el comedor tenía una ventana muy pequeña. Seguí leyendo en penumbras algunas partes del libro mágico. Después había muchas fórmulas y explicaciones complejas, así que pensé:

- ¿Cómo puede haber un libro de Verdadera Magia que no entiendan los niños? Algún día, cuando aprenda los secretos de la Magia, escribiré un libro de pirámides y de Magia que puedan entenderlo los niños.

Mientras trataba de entender más cosas ocurrió algo muy curioso. Me dieron ganas de llorar. No era tristeza. Era... Una emoción. Algo raro que nunca antes había experimentado. Algo dentro mío, como un *"segundo Yo"* más puro y espiritual, estaba queriendo decir algo.

- Bueno, vale -dije en voz alta- Si dentro de mí hay algo que quiere hablar, pues que hable...

Y me quedé en silencio, sentado, con el libro sobre la mesa y mis manos sobre el libro. Y una voz muy dulce pareció hablarme al oído.

- Serás un Mago. Si quieres con todo tu corazón conocer la Magia, Yo te guiaré. Pero para eso debes aprender a Amar a Toda la Humanidad...

El eco de aquella voz seguía sonando en mi cabeza, así que intentando no mojar el cuaderno con mis lágrimas, escribí aquellas palabras para no olvidarlas nunca jamás. Pero... Justo cuando estaba terminando de escribir, se desató un viento terrible que hacía temblar las persianas de madera.

- Vaya, -pensé- Está claro que hoy no se juega a la pelota; no me queda otra que quedarme aquí y seguir con la Magia.

Volví a tomar el libro y en ese mismo momento la voz volvió a hablarme desde dentro de mí. No podría decir si era una voz de mujer o de hombre. Pero era muy dulce.

- Siente... Cierra los ojos y siente.

- ¿Qué es lo que tengo que sentir? -Pregunté impaciente y confundido.

- Siente...

Entonces sentí un impulso inexplicable de salir a la calle, y aunque me pareció ridículo, seguí ese impulso. Aunque me gusta ver los fenómenos de la naturaleza, no había nada que hacer afuera, con tanta tierra que se mete en los ojos. Sin embargo, apagué la vela para no correr riesgos y me asomé a la puerta; entonces una ráfaga casi me tira al suelo. Me aferré a la puerta, salí y la cerré olvidando la llave por el lado de adentro. Así que no podía entrar a mi casa hasta que vinieran mis padres, pero con un poco de suerte, los vecinos de al lado me permitiría escalar la pequeña pared del fondo, y entraría por la puerta del garaje, que de seguro no estaría con llave.

Llamé un par de veces a la puerta y no parecía haber nadie. Pensé en ir a la casa de alguno de mis amigos, porque empezaba a llover y quedaría hecho sopa en unos minutos más. Miré por la ventana y vi una lucecita roja muy pequeña tras los cristales empañados. Pensé que sería una vela, puesto que la luz se había cortado; pero me pareció raro que se hubieran ido todos dejando una vela encendida, porque eso es muy peligroso. Si se cae, puede producir un incendio. Me acerqué para ver mejor pero la luz era muy roja y débil; no parecía ser de una vela. Luego di unos golpecitos en el vidrio, porque me pereció ver algo que se movía. De pronto, sentí algo parecido al miedo.

Volví a golpear el vidrio y sentí un quejido o algo así. Entonces grité preguntando quién estaba allí; pero no había respuesta. Al darme vuelta para irme, sentí algo que me llenó de susto...

- ¡¡Ayudaaaaaa!! -escuché muy débilmente.

Miré para todos lados, y en mi calle desierta, con todos los vecinos reunidos a más de quinientos metros de allí... ¿A quién llamaban?, ¿A mí? ¿Era un pedido de ayuda desde el interior de la casa de mi vecino?... ¡Vaya confusión que sentí!

En un instante, el recuerdo de algo que había explicado la maestra días antes, me trajo la respuesta. Busqué, desesperado, una piedra floja en la cubierta de la acequia y golpeé el cristal más pequeño de la ventana, que saltó en mil pedazos hacia adentro.

Al asomarme vi dos cuerpos en el suelo y otros dos en los sofás. Con cuidado quité los pedazos de cristal y metí el brazo para abrir la ventana, y unos segundos después estaba allí, tratando de reanimar a mis vecinos, que empezaban a toser, se quejaban, intentaban moverse pero quedaban desmayados de nuevo.

Mirando a todas partes, comprendí que la causa de aquello era un brasero de carbón, que se usaban en esos tiempos -o ahora mismo en algunas casas de campo- y son un peligro terrible.

Todos se habían quedado dormidos, porque el brasero quema todo el oxígeno del aire, al mismo tiempo que emana monóxido de carbono. Ese gas es el mismo que despiden los coches, y es sumamente tóxico. En un ambiente muy cerrado, es mortal. Con un brasero y sin ventilación, uno se puede morir y no darse cuenta en ningún momento.

Mi vecina Elsa se había dado cuenta y era la que pidió ayuda, al sentir mis golpes en la puerta y la ventana, pero no podía moverse. Sus tres hijos (todos mayores que yo), estaban desmayados. Al entrar el aire fresco, ella se volvió a desmayar, pero por fortuna, todos se salvaron.

El hijo mayor, apenas se recuperó, llamó por teléfono y vino la policía con una ambulancia. El médico, luego de revisarlos a todos y dar una medicación a Elsa, dijo:

- Si hubieran estado unos minutos más respirando ese ambiente viciado, estaríamos de velatorio. Ha sido como algo mágico que ese chico viniera y se diera cuenta de lo que pasaba...

Me corrió un escalofrío por todo el cuerpo. Me acordé que todo fue gracias a que seguí el concejo de la voz interior. Pensé que casi sin querer, era posible que me estuviera convirtiendo en un Mago. Pero también sentí que si era así, era una responsabilidad muy grande. Demasiado grande, para mí, que sólo quería ser un niño, jugar a la pelota, aprender cosas y divertirme.

Al salir de la casa de los vecinos me encontré con dos hombres muy bien vestidos y gafas de sol. Los miré extrañado, porque el nublado era muy espeso y caían algunas gotas de lluvia.

- Escucharrr, niño... -dijo uno de los hombres, con acento extranjero- ¿Has visto a Johan Korrnarre?. Somos amigos y necesitamos darle una mensajes urrrgente.

Me acordé de las extrañas palabras de Johan y sentí miedo.

- No... Esteeee... No lo conozco ¿Vive en esta calle?

Los hombres se miraron entre ellos y luego se dirigieron a una de las vecinas, que habían salido a ver qué ocurría cuando vino la ambulancia. No escuché qué le preguntaban, porque estaba como a veinte metros, pero vi que la mujer negaba con la cabeza. Pensé que quizá fuera algo realmente importante para Johan, y pensé decirles a los hombres que yo lo conocía... Pero el papelito que había dentro del libro vino a mi mente y mi voz interior dijo un "¡Cállate!", tan fuerte, que no supe bien en ese momento, si era mi voz interior o alguien del montón de gente que había alrededor. Volví a mi casa, saltando el pequeño muro desde la casa de mis vecinos y entré por el garaje. Salí por la puerta de calle un momento y la gente, las ambulancias y la policía se habían ido. Entré otra vez y metí el libro mágico debajo de mi colchón.

Mis padres llegaron un poco más tarde, y cuando se enteraron de todo me pidieron que les contara exactamente lo sucedido, para tener mi versión sobre el asunto. Pero no dije nada sobre la advertencia de Johan, ni sobre los hombres que preguntaban por él. Mi madre no creyó lo de la voz interior, que me había hablado y hecho sentir aquel impulso de salir a la calle. Así que desde ese momento empecé a comprender que hay muchas cosas que... No se pueden decir. O que no conviene decir. Pero a papá sí le decía todo, porque me comprendía mejor, y de cualquiera manera, en nadie se puede confiar tanto como en los propios padres.

Un buen rato más tarde, cuando mi papá estaba solo en el patio, le conté todo lo demás, que me parecía prudente no hablar delante de mamá para no dejarla preocupada. Mi padre me dijo que había hecho bien en ser discreto, pero me pidió que no dejara de contarle a él las cosas, lo más completas posibles. Aquel libro mágico, era comprensible para papá pero no para mí, así que le pedí que me fuera explicando todo, de modo que yo también pudiera entender todo aquello sin entrar en el tema de las complicadas fórmulas. Fueron muchas las veces que papá me explicaba cosas, que aunque lo hacía del modo más simple que podía, yo no lograba entender del todo cómo funcionaba la Magia. Sin embargo, había algunas cosas eran bien claras para poder llegar a ser un buen Mago.

La primera y más importante, era aquella que había anotado en mi cuaderno personal: **Amar a Toda la Humanidad**. Y mi papá decía:

- Sólo puede ser un buen Mago, quien es ante todo, una buena persona. Los que tienen poderes y los usan mal, terminan perdiéndolos. Pero antes de perderlos, hacen mucho daño; y como en la naturaleza todo lo que se hace con mala intención tiene un castigo, el Mago malo tiene asegurado mucho sufrimiento para si mismo. A esos magos malos, se les llama "brujos".

- ¿Y con las pirámides pueden hacerse cosas malas?- le pregunté con gran curiosidad - Porque he leído allí que son el más grande de los instrumentos mágicos, porque son también formas de la naturaleza.

- No sé, -dijo mi papá- es posible que alguna mente mal intencionada consiga hacer alguna cosa mala con ellas, pero es muuuuy difícil.

- ¿Y cuándo vamos a hacer una pirámide para hacernos Magos?

- Bueno... Esteee... No sé si nos haremos Magos tan rápido, pero haremos algunas para hacer unos experimentos, porque en primer lugar, hay que estar seguros de que funcionan, y entender cómo y porqué funcionan.

Unos días después nos fuimos al fondo de la casa, donde mi padre tenía un pequeño taller, y con unos cartones hizo tres pirámides pequeñas. Luego las colocamos en una mesa y dejamos que empiecen a "cargarse". Porque las pirámides acumulan cierta forma de energía magnética, y según aquel libro deben permanecer en estado de carga antes de hacer experimentos con ellas.

Pero no conseguíamos obtener ningún resultado. Ni siquiera habíamos podido afilar cuchillas de afeitar que papá ya había usado. Mientras él seguía intentado entender algunas fórmulas complicadas del libro mágico, yo seguía metiendo en las pirámides algunas flores, yogures, y pedacitos de carne, para ver si era cierto que no se pudrían, pero sólo en una de ellas conseguí algún dudoso resultado.

Un poco desalentados en el tema de las pirámides, mi papá propuso dejar los experimentos por un tiempo, y dedicarnos a probar otros asuntos interesantes propuestos en el libro. Pero yo sabía que lo que ocurría, era que no habíamos comprendido alguna cosa, porque las pirámides tendrían que funcionar. Pensaba -y con razón- que si los mayas, los aztecas, los egipcios y los chinos habían construido grandes pirámides perfectamente orientadas, no sólo servirían para marcar las épocas de las cosechas, como decían los libros de historia. Para saber eso no hace falta hacer tan enormes pirámides. Aunque llegaba a soñar con las pirámides y me imaginaba construyendo pirámides muy grandes, seguí la recomendación de papá, y traté de pensar en otra cosa, mientras descubríamos que era lo que había fallado.

Una mañana en que no había ido a la escuela porque estaban desinfectando el edificio, me puse a leer el libro mágico en mi cuarto. Sentí que llamaron a la puerta y mi madre fue a abrir. Di un salto cuando escuché la voz con acento de aquel hombre que me había interrogado antes, y salí corriendo hacia el comedor.

- ¡Mami!, ¡Mami...! Ven, pronto... ¡Corre! -gritaba mientras señalaba hacia el fondo de la casa.

Mamá le dijo a los hombres que esperaran y corrió detrás de mí. Cuando llegué al patio trasero, le dije a mamá en voz muy baja, que dijera que no conocía a Johan, y que luego le explicaría, y que esos hombres eran peligrosos.

- ¿Qué dices? ¿Peligrosos? -respondió mi madre ¡Anda, ya!, ¡Qué tonterías se te ocurren...!

- ¡No, Mamita, por favor...! -dije implorando- Te digo que son peligrosos, luego le preguntas a papá, pero no le digas nada a estos...

Ella dudó un momento y me tranquilizó con un gesto, para volver a la puerta de calle. Yo escuchaba desde el pasillo sin animarme a volver al comedor.

- Disculpen, no es nada. Se ha asustado con la llama del calentador de agua, pero ya está arreglado... Bueno... ¿En qué puedo servirles?

- Necesitamos encontrrar urrgentemente a nuestrro amigo Johan Korrnarre. Tenemos una mensajes muy imporrrtante parra él. Es sobrre su familia...

- ¡Ah, si!... Johan... ¿Qué ha ocurrido?

- ¿Le conoce Usted?

- Sí, no mucho, pero sé quién es. Pero dígame que ha ocurrido, no puede dejarme tan preocupada...

- Es que... su herrrmana estar muy enferrrma...

- Oh, que pena... -dijo mamá mientras yo me moría de angustia- Bueno, que se va a hacer... Cosas de familia... Les diré donde pueden encontrarlo. El trabaja en la empresa de productos químicos que está en Najul. Y creo que vive en una casa de las que están justo detrás de ésta...

- Grracias, Señorra, muchas grracias... Le darrremos saludos de su parrrte...

Yo suspiraba aliviado, porque el que vivía justo detrás de mi casa era Johan Schneider, y era un anciano muy simpático, ingeniero químico, que no tenía nada que ver con Kornare.

- ¿Qué tal estuve? -dijo mamá pavoneándose de su habilidad.

- ¡Bien, Mami!. Esos hombres son peligrosos. No sé porqué, pero cuando me dio el libro, me lo pidió bien clarito, que no dijera que lo había visto. Esos hombres lo persiguen. Y no creo que sean policías o algo así.

- No, claro. -dijo mamá cambiando su sonrisa por un gesto de preocupación- Ya sé que no son trigo limpio. Kornare no tiene ninguna hermana...

Eso terminaba -o empezaba- a aclarar que esos hombres eran peligrosos. Johan Kornare era un hombre sabio, humilde y trabajador, al que mis padres conocían de muchos años.

- ¿En qué lío se habrá metido Johan? -se preguntaba mamá en voz alta.

Mientras esperábamos con ansiedad a papá para ponerlo al tanto de lo ocurrido, yo me encerré en mi cuarto y traté de olvidarme del asunto para continuar con aquel libro mágico, que parecía tener algo que ver en ese raro asunto. No entendía muy bien las palabras que habían allí, ni me parecía entender muy bien el significado de las explicaciones, pero una palabra me llamó mucho la atención, porque la había visto en dos o tres películas: V.I.T.R.I.O.L. Pero eso era una sigla, las iniciales de un conjunto de palabras.

Cuando las pronuncié varias veces, tal como indicaba el libro, con las dos manos en el corazón y entregando mi Alma al Dios Creador del Universo, al Dios del Bien, sentí una sensación muy bonita de paz, como que aunque hay guerras en el mundo y mucho sufrimiento, finalmente, algún día la humanidad podría ser feliz.

Esa era mi principal preocupación, pues si no era feliz toda la humanidad, yo nunca sería feliz del todo. Y pensando en esto, mientras repetía la palabra mágica, sentí una emoción muy, pero muy grande. Entonces descubrí que la Magia estaba abriendo mi corazón, y revelando lo que había en mi Alma. La Magia me estaba aclarando cuáles eran mis reales deseos. No se trataba de tener un bonito reloj (como el que mi abuelo me había prometido), ni de una pelota Nº 5 de cuero, ni de aquel caro trencito que habían en el escaparate de la tienda cercana al colegio, y que yo deseaba tener. No, querido lector, mi deseo era una Gran Ambición, algo muy difícil de alcanzar. ¡Que Toda la Humanidad sea Feliz!. Y en ese momento, la misma Voz Interior me dijo:

- Pero no te imaginas cuánto deberás trabajar para alcanzar ese objetivo...

- ¡Trabajar!, - me dije a mí mismo- ¡Eso si que no me gusta nada!.

Pero la voz interior, que escucha todos los pensamientos, me respondió:

- Te gustará. Verás que cuando hagas cosas por Amor a la Humanidad, el trabajo será para ti, como una maravillosa diversión.

- Vaya -respondí- debo estar medio chalado. Una voz que habla desde dentro de mí... Hablaré con mi madre. Sí, porque quizá estoy medio loco. Pero, aún así... **Si alguien me escucha desde el cielo, los ángeles, Dios, o quien quiera que sea el que Crea la Vida, me escucha, que escuche este juramento que hago**

desde ahora y para siempre... ¡No descansaré nunca, hasta que toda la humanidad sea feliz!. ¡Ese es mi juramento!

Después de repasar mentalmente todo lo que me pasaba por la cabeza, me fui a hablar con mamá, para que me dijera si estaba loco, o si era normal que hablara... ¿Conmigo mismo? Pero ella me aclaró que eso que yo escuchaba se llama **"consciencia"**.

- Pero no me creíste cuando te dije que esa... "Consciencia", me hizo sentir esas fuertes ganas de salir a la calle, porque los vecinos se estaban muriendo.

- Bueno, la verdad es que no se qué pensar. ¿Estás seguro que escuchaste bien que la consciencia te hablaba?

- Sí, pero no sé si llamarle consciencia o es un ángel que no lo veo pero lo oigo. ¿Es posible eso?

- No creo en que existan los ángeles, pero... Cuando yo era muy pequeña, vi unas hadas, como las de El Libro del Bosque. Pero para el caso es lo mismo. Lo importante es que si de verdad lo oíste y lo sentiste, y se trata de tu propia consciencia, es muy bueno seguir escuchándola y seguir sus indicaciones. Ella siempre te dirá lo que está bien y lo que está mal.

- ¡Ah!, ya decía yo que debía haber una manera para saber lo que está bien y lo que está mal. Así uno no necesita equivocarse nunca...

- Bueno... -dijo mi madre- no es tan así. La consciencia no te dirá con exactitud lo que debes hacer para no equivocarte, pero te dirá si tu intención es buena o mala. Así que cuando empiezas a pelearte con Ricardo, por ejemplo, pregúntale a tu consciencia si eso está bien o mal... Y cuando vas a hacer alguna travesura, pregúntale a tu consciencia si puedes dañar o molestar a alguien... Pregúntale si realmente quieres hacer algo o no...

- ¡Ah!, ¡Ya lo entendí! La consciencia no me puede resolver las cuentas en matemáticas, por ejemplo... Pero me dirá que estudie... Y si cometo un error la conciencia me dirá si lo hice a propósito o por accidente...

- ¡Bien! Es muy bueno que lo hayas entendido. -dijo mamá en tono alegre.

Contento con haber entendido cómo funciona la consciencia, volví a mi cuarto para seguir con el libro. Aquella palabra V.I.T.R.I.O.L. me había dejado con mucha curiosidad. Había un dibujo muy interesante y raro, con aquellas palabras que eran una frase en latín: ***"VISITA INTERIORA TERRAE RECTIFICANDO INVENIES OCCULTUM LAPIDEM"*** con estas aclaraciones de su significado: ***"Desciende a las entrañas de la tierra, y destilando encontrarás la piedra de la obra"***.

Pero explicaba que eso quería decir **"Desciende a lo más profundo de ti mismo y encuentra el núcleo indivisible, sobre el cual podrás edificar otra personalidad, un hombre nuevo".** Otra posible explicación que ponía el libro, era: **"Explora los interiores de la tierra. Purificándote, descubrirás la piedra escondida".**

Yo no entendía mucho eso, aunque ya sabía un poco del funcionamiento de la consciencia. Así que me relajé y estuve observando el dibujo tratando de dejar la mente en blanco, para que ningún pensamiento mío mediara entre el dibujo y yo. Es una práctica muy sencilla (en apariencia), pero miles de imágenes pasaban por la mente. Había escuchado decir a una persona que sabía mucho, que si uno "deja de pensar" puede concentrarse mejor en algo que uno quiere entender, o para conocer en profundidad un objeto o un tema cualquiera, así que lo intenté un montón de veces. Mi mente, como un caballo desbocado no acababa de ponerse "en blanco". Pero seguí y seguí hasta que por fin pareció que podía quedarme sin pensamientos. ¡Qué difícil resulta no pensar!

Años más tarde comprendí que aunque resulta difícil al principio, es algo tan importante como aprender a comer o a caminar en vez de gatear. No conseguí totalmente el "no pensar" en ese momento, pero sí que logré algo y ese instante tuve algo parecido a una iluminación de la mente respecto a la frase "VISITA INTERIORA TERRAE RECTIFICANDO INVENIES OCCULTUM LAPIDEM".

Era como si la hubiese escuchado muchas, pero muchas veces, como si estuviese en mi cuerpo, en mi mente, en mi Alma... No sé cómo decirlo, pero sabía que toda mi vida estaría signada por esa frase; como si pudieran cambiarme el nombre y hasta el apellido, pero aquella frase sería inviolable, inalterable, irreversible e inexorablemente mía.

Otra imagen que en principio no pude entender, era esta otra que tenía muchos colores, pero no entendía si era un plano o un mapa, aunque las referencias eran propias de un mapa.

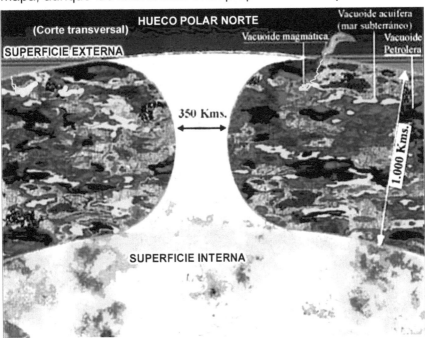

Y estas otras, también tenían referencias al Polo Sur, pero evidentemente eran dibujos de un paisaje de la Antártida en parte parecido a los paisajes que había visto en los Atlas de geografía. Los grandes icebergs flotando en el mar, pero más allá un segundo horizonte o algo así, como si fuese la boca de un hueco muy, pero que muy grande.

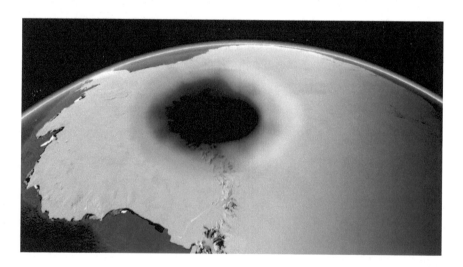

Luego había una serie de planos muy diversos, o mapas más simples, que contenían medidas que parecían referirse al mundo entero. Estuve muchos años averiguando si aquello era realmente una realidad o una fantasía mágica, pero sólo pude entender estas imágenes cuando pasó lo que pasó y si las lágrimas no empañan mis ojos y mojan el papel, lo podré escribir.

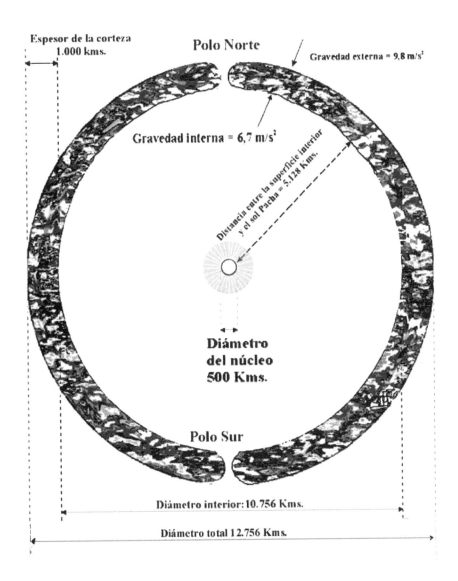

Espesor de la corteza
1.000 kms.

Polo Norte

Gravedad externa = 9,8 m/s²

Gravedad interna = 6,7 m/s²

Distancia entre la superficie interior
y el sol Pacha = 5.128 Kms.

Diámetro
del núcleo
500 Kms.

Polo Sur

Diámetro interior: 10.756 Kms.

Diámetro total 12.756 Kms.

CAPITULO II

UN VIAJE MÁGICO

Todo el asunto del libro era muy raro, a mi me ocupaba todo el tiempo y hasta me costaba hacer los deberes de la escuela porque no podía dejar de pensar en la dichosa frase. papá me dijo que el libro era muy especial, demasiado importante.

- Así que habría que esconderlo, tenerlo bien guardado. Estoy seguro que esos hombres buscan a Johan, pero lo que en realidad quieren es el libro...

- No te preocupes, Papi, yo lo esconderé de tal modo, que no lo encontrará nadie.

Me fui al taller del fondo, y con gran paciencia removí una baldosa, y luego otra, hasta que calculé que con cuatro baldosas había espacio para hacer un pozo y esconder allí el libro. El espacio resultó como para guardar unos cuantos libros. Pero la cuestión era hacer que el pozo no tuviera humedad. Un tarro cuadrado que había contenido pintura que estaba completamente seca, fue la solución. Ahondé el pozo hasta que el tarro de unos veinte litros de volumen quedó enterrado lo justo para poner encima las baldosas. Estuve toda una tarde en esas labores, pero al final mi padre tuvo que terminarla con cemento y unas varillas de hierro en ángulo, para poner las baldosas sin que se note nada. Por el momento, eso era secreto de papá y mío.

Estuve unos días meditando en lo de la frase en latín, porque papá me decía que sólo significaba eso que había leído. O sea que si me conocía bien a mí mismo, podría ser una persona mejor, para ayudar a los demás, y que sólo así podía llegar a ser Feliz. La piedra oculta, significa la verdadera personalidad de cada uno. Quizá signifique otras cosas más, pero sin duda ese es el significado más importante.

Yo entendía muy bien que eso era así, pero estaba seguro que la frase en latín del dibujo, y el dibujo mismo, significaban otras cosas más, además de eso, entonces, una tarde le pedí a mi consciencia que me dijera si estaba bien seguir preocupándome por algo que no entendía. Y la voz contestó:

- Si quieres ser un Mago de verdad, debes buscar el porqué de todas las cosas.

La voz era tan firme, como cuando mi papá me regañaba, pero yo sentía que mi voz interior no me regañaba, sino que me indicaba lo que yo mismo sabía. Como si en el fondo de mi mente, "algo" sabía lo que yo debía hacer.

- Harás un viaje mágico... -dijo la voz.

- ¡Quiero saber cuándo, adónde! -respondí impaciente.

- Siente, Marcel, siente... -dijo la voz, y al nombrarme me estremecí. Empecé a dudar de que se tratara de la consciencia, porque ella es algo interior, propio de uno, pero eso no podía venir de dentro mío, así que empecé a temer estar un poco loquito. Además, se habían dado otras circunstancias que no contaré en este libro, por las cuales muchos creían que yo estaba loco, endemoniado, o que sería un enviado de Dios, o vaya a saber qué, y eso me producía muchas preocupaciones.

Tal como había hecho aquel día del viento, con el libro en las manos, cerré los ojos y preguntaba en silencio qué era lo que tenía que sentir. Pero al cabo de unos cuantos minutos, sin sentir nada (o eso creía yo), me fui al fondo de mi casa para devolver el libro a su escondite, buscando luego alguna idea para jugar. A esa hora debía jugar solo, porque mis padres y los vecinos dormían la siesta, y no era posible ponerse a patear el fútbol en la calle, a menos que buscara una penitencia. Di unas vueltas entre los árboles de la huerta y pensé que me estaba aburriendo. Y eso sí que me ponía de mal humor. Siempre detesté el aburrimiento, hasta que me di cuenta que era un buen síntoma. Si estaba aburrido, eso quería decir que estaba necesitando hacer algo útil. Claro que hay otros que cuando se aburren, hacen gamberradas, travesuras dañinas, bromas pesadas y eso, pero por fortuna, ese no era mi caso.

A unos diez metros del taller de mi padre, había un parral que en esos días estaba lleno de uva moscatel casi madura. Bajo su sombra fresca, me senté sobre la hierba, y me concentré profundamente en el significado de aquella frase en latín que me había aprendido de memoria, y comencé a decirla, primero en voz alta, luego en voz más baja, hasta que me fui quedando dormido.

- "VISITA INTERIORA TERRAE RECTIFICANDO INVENIES OCCULTUM LAPIDEM", "Visita Interiora Terrae Rectificando Invenies Occultum Lapidem", "Visita Interiora Terrae Rectificando Invenies Occultum Lapidem", "Visita Interiora Terrae Rectificando Invenies Occultum Lapidem", "Visita Interiora Terrae Rectificando Invenies Occultum Lapidem", "Visita Interiora Terrae Rectificando Invenies Occultum Lapidem",... ZZZZZZ

Pero una voz me despertó justo cuando me parecía que estaba empezando a entender lo que significaba la enigmática frase.

- No te asustes, porque no corres ningún peligro. Tu llamado ha sido escuchado desde la profundidad de la Tierra, y el Gran Mago de Agartha... Pero... ¡Si eres apenas un niño!...

Miré para todos lados, y no veía a nadie. No era la voz de mi consciencia, sino la voz de una mujer, que no había oído nunca, pero me era tan familiar como la voz de mi madre. Casi no podía seguir escuchándola, porque la tierra empezó a moverse, como cuando hay terremoto, y me pareció que ya me había ocurrido algo así, en que sentí que me caía de la cama, y di un manotazo. Pero esta vez no estaba dormido, sino que estaba viendo cómo caía por una especie de túnel, y a los costados podía ver las diferentes clases de piedra que conforman el mundo.

Lo más curioso es que en algunos momentos, veía que en lugar de piedra, las paredes del túnel eran de agua. Empecé a sentir un poco de miedo, y otra vez pude escuchar con toda claridad:

- No temas. Yo te estoy acompañando...

A mi lado, mientras seguía cayendo como un paracaidista, vi a una mujer joven, muy bonita y grande, pero muuuuuy grande. Nunca antes la había visto, pero me hizo sentir seguro y tranquilo. Justo cuando iba a preguntarle quién era, me dijo:

- Me llamo Iskaún. Vivo en el Mundo Interior. Y te he venido a buscar porque escuchamos tu llamado... -y mientras, me tomó en sus brazos para darme seguridad- Pero no me imaginaba que serías un niño... ¿Es que tú has hecho un Gran Juramento?

- Sí... Sí, hice un juramento hace unos días... Pero... ¿Cómo es posible?... Estoy soñando... ¿Verdad?

- No. No estás soñando. Estás despierto. Como has hecho la invocación mágica que sólo conocen los que hacen el Gran Juramento, debe haber alguna razón muy especial por la cual el Gran Maestro de Agartha ha pedido que te invitáramos a nuestro mundo...

- Pero... ¿No es que abajo de la Tierra está el Infierno? -dije con cierto temor.

- No, no es así. - respondió Iskaún casi riéndose- Ya lo verás tú mismo. El Infierno es arriba, donde vives tú, donde los hombres hacen guerras y unos esclavizan a otros, se matan por miles, se destruyen sus casas, envenenan con sus residuos y gran cantidad de humo, el aire y el agua, maltratan a los animales, destruyen las selvas...

Pero justo cuando me decía esto, las paredes del túnel se hicieron rojas, y estaba en medio de un mar de fuego. Empecé a asustarme otra vez.

- ¿Seguro que aquí no es el infierno?

- Tranquilo, Amiguito. Que esta parte es sólo un mar de lava. Es parte del mundo. Tú puedes sentir que no te estás quemando... Ni siquiera sientes calor.

- Es cierto, pero sigo pensando que estoy soñando... Y tengo algo de miedo.

- Si lo deseas, puedo llevarte de vuelta arriba, porque el miedo es algo muy desagradable. No estás obligado a seguir adelante...

- ¡Ni hablar!... -exclamé al darme cuenta que me iba a perder por culpa del miedo, una experiencia maravillosa.

- Es que el miedo -decía Iskaún como si hubiera leído todos mis sentimientos- es un problema para entrar a la Terrae Interiora, porque a nosotros nos molesta mucho. El odio nos molesta muchísimo más, pero el miedo de las personas es algo tan molesto que no lo podemos soportar.

- De acuerdo- dije más tranquilo- La sola idea de quedarme con la intriga de lo que hay adentro del mundo, me espanta más que el miedo al infierno. Además, si estás conmigo en todo momento, te prometo que no tendré miedo... Y si lo tengo me lo haces ver y no le dejo que se apodere de mí.

- Estaré contigo todo el tiempo. Y luego yo misma te acompañaré de vuelta.

Apenas pasamos la parte de fuego, tras un pequeño tramo de piedras, las paredes del túnel eran de un color verde muy oscuro, casi negras.

- Esto es una especie de sangre del planeta. - me explicó Iskaún- Lo que ustedes llaman "petróleo", y lo sacan de donde debe estar, para usarlo como combustible, envenenando el aire que deben respirar. El petróleo es muy importante para el mundo. El Planeta es como una gran célula, y todos sus órganos son necesarios para él. No le molesta que saquen un poco, pero el problema es que sacan demasiado y lo peor es que se envenena el aire que ustedes respiran.

Todo esto era un poco complicado para entender, y con cada explicación de mi nueva amiga Iskaún, yo pensaba en mil preguntas, pero no podía atender a la conversación, y al mismo tiempo al paisaje maravilloso que veía en el túnel, que cambiaba de colores a medida que íbamos cada vez más abajo, cada vez más adentro, hacia el Centro de la Tierra.

En algunas partes había unas especies de agujas plateadas, muy bonitas y cuando iba a preguntar a Iskaún qué era eso, me lo respondió antes que yo llegase a pensar en las palabras.

- Esos son cristales de clorargirita y rutilo. La clorargirita se compone de cloro y plata, y el rutilo es óxido de titanio. Cuando crecen juntos a esta profundidad, forma esas preciosas agujas, pero resultan muy peligrosas para viajar como nosotros ahora, con el Cuerpo Mágico. No podemos traspasar la plata ni ningún mineral que contenga plata...

- ¿El Cuerpo Mágico? -pregunté cada vez más confuso.

- Sí, estamos viajando sólo con una parte del cuerpo, que es invisible para los que no han experimentado nunca estas cosas...

Cuando menos lo esperaba se interrumpió la conversación porque cambió el paisaje, llegamos al final de túnel, y sentí como que salíamos de la Tierra, del mismo modo que el brote de una semilla, pero mucho más rápido.

Me encontré sentado al pie de un árbol tan grande, que se necesitaría más de veinte hombres para abrazarlo. Entonces vi a otra mujer igual a Iskaún. Pero ella aún permanecía a mi lado. La otra, tan parecida a ella y vestida igual, con un mono azul, estaba a unos metros, durmiendo apoyada en las raíces de otro árbol.

Sentía mucha curiosidad, pero no pude preguntarle a Iskaún si era su hermana gemela, porque justo llegaron varias personas. Adelante, marchaba un hombre casi anciano, pero muy grande y fuerte, como del doble de la estatura de mi papá (¡Y eso que mi papá es alto!). Un poco más atrás, venían un hombre más joven y tres muchachos que aparecían ser sus hijos.

- Así que tú eres el aprendiz de Mago... -dijo el anciano mientras sonreía amablemente- ¿Te ha gustado el viaje?...

- Sí, claro... -alcancé a responder a pesar de mis nervios.

- Ya conoces a Iskaún, quien ha sido muy gentil yendo a buscarte. Es la mujer más fea que hay en esta región del mundo.

- ¡Eso no puede ser! -respondí por instinto- ¡Pero si es muy bella y simpáti...!, Vamos, que he visto como le guiñabas un ojo...

El hombre lanzó una fuerte carcajada y cambió de tema.

- Bueno, ya veo que no eres muy tontuelo y tienes sentido de la perspicacia. Pero tienes que controlar esa preocupación que tienes; aquí nadie va a dañarte. Y haces bien en disimularlo un poco, pero aquí... ya sabes... No se puede ni pensar en secreto.

- Me llamo Marcel y no tengo idea de por qué estoy aquí y me gustaría saberlo. ¿Y Usted quién es?

- Yo soy el más viejo de este mundo, y eso sí es cierto, así que me llaman "Gran Maestro". Pero ese nombre tan pomposo me parece una gran tontería, así que puedes llamarme Urosirarsiegeherithkaunrithissiegthorodil.

Me quedé perplejo al escuchar tan maravilloso nombre, porque lo pronunciaba como cantando en diferente tono cada sílaba. Más que un nombre, parecía una canción, y no era muy fácil cantarla.

- No creo que pueda recordar un nombre tan largo... -dije con timidez.

- ¡Ooh, no importa!, puedes llamarme Uros, para simplificar. Creo que no hay nadie más que se llame así en esta región. Y este que viene aquí es mi recontratatarachoznonieto y se llama Lafossiegthoroslafossiegiepumurehekaunossieg, pero le llamamos Gibur, que significa "Se un dios", porque sólo a los que quieren ser dioses les permite entrar en este mundo intraterreno y él se encarga de elegir a los que pueden serlo.

- A mí no se me había ocurrido ser un dios... ¿Es que Ustedes son dioses?

- Esteeee... Ehhh, ¿dioses?... Ja, ja, ja... Claro. Para los hombres mortales, somos dioses... Para nosotros, simplemente somos amigos, padres, hijos, hermanos, abuelos, novios o esposos... Y esas cosas.

- Ah, pero en mi mundo es igual.

- Sí, claro. Nosotros somos un poco diferentes a la gente de tu mundo... Pero no importa eso por ahora. Aunque para que no te confundas, te aclaro que por encima de todos los Reinos de la Naturaleza está DIOS, que algunos llaman Aláh, o los egipcios llamaban Ptah, que es el Absoluto, el Creador del Universo... Dime, pequeño... ¿Cómo has encontrado la frase mágica? Por lo general, sólo la tienen los que hacen el Gran Juramento. Y los que no lo hacen, aunque conozcan la frase, no pueden ser escuchados desde aquí.

- Bueno, es largo de explicar... Un amigo de mi padre trajo un libro. Y parece que alguien le perseguía, y que el libro tiene algo que ver…

- ¡El Libro! -exclamó Uros rascándose la barba- Ese libro sólo puede estar en manos adecuadas... ¡Si llega a caer en manos de los de Narigonés Sociedad Anónima...!

- ¡Algo así decía el papelito! -agregué.

-¿Cuál papelito? -preguntó Iskaún...

- Uno que estaba en el libro... Por eso hemos escondido en libro donde es muy difícil que alguien lo encuen...

- Bien, bien... -decía Uros- En el fondo de tu casa... Bajo las baldosas...

- Sí, pero... ¿Es que sois telépatas?

- Sí. El problema es que los de Narigonés S.A. también tienen un grupo de telépatas y otras personas especiales detrás del libro.

- Pero yo no entiendo nada. ¿Por qué buscan el libro?

- Para confundirnos a nosotros. Si los malvados del mundo hacen la invocación que tú has hecho y consiguen imaginar que lo sienten de verdad, nos pueden confundir y traeríamos a nuestro mundo a los que quieren dominar a todo el planeta.

- ¿Dominar a todo el planeta? -pregunté entre curioso y preocupado- El mundo es muy grande...

- Sí, Marcel. Hay un grupo de gente muy mala y sin sentimientos que sólo busca el dominio del mundo. Y a lo que no pueden dominar, quieren destruirlo. Por eso es tan importante que el libro no caiga en sus manos. Si algunos de los agentes telépatas de Narigonés S.A. logra contactar con quien tenga el libro o sepa dónde está, será muy difícil ocultarlo.

- Entonces espero que no encuentren a Johan Kornare, el amigo de mi padre que trajo el libro.

- Si lo encuentran, averiguarán que se lo ha dado a tu padre. Cuando no les funciona la telepatía, les funciona la tortura. Son gente muy mala... Pero ahora no nos preocupemos de eso. Ya veremos que hacemos al respecto.

- Pero mientras tanto, mi padre y su amigo Johan están en peligro...

- No te preocupes. Inmediatamente tomaremos precauciones. Tu padre se olvidará por completo del libro y de su amigo Johan. Uno de estos chicos se encargará del caso.

- Hola... -dije saludando a los gigantescos muchachos.

- Estos -continuó Uros- son Thorosthoreherith, Armanodilrith y Lafursieg. Algún día te enseñarán algunas cosas relativas a la Magia más bonita y simple que hay, y que se llama La Magia de la Trinidad, o la Magia de los Tres Colores, con la que los niños se convierten en sabios.

- ¿De verdad que me van a enseñar a ser Mago? -dije con enorme entusiasmo.

- Claro que sí, para eso estás aquí, pero en este primer viaje es mejor que dejemos esas cosas, y como eres nuestro invitado tenemos que hacer que te diviertas un poco. No sea que te empieces aburrir...

- ¿Aburrirme?, ¡Pero si esto es tan maravilloso que todavía no me lo creo! Y con la preocupación por mi papá, menos puedo aburrirme...

- Bien, me alegro que nuestro invitado no sea-burra... Porque aquí no hay burros -dijo Uros riéndose a carcajadas- Antes que nada, Iskaún te mostrará un poco nuestras tierras, nuestras casas, el paisaje, y si te gusta, podrás volver otra vez ¿Te parece bien?

- Claro, estoy muy sorprendido y muy contento de estar aquí. Si les cuento estas cosas a mis amigos en la escuela, me encierran en un manicomio...

- Bien, por suerte lo tienes claro. No hay que contar esas cosas por ahí. Y menos habiendo uno de los libros mágicos en peligro de caer en malas manos. Ahora marchaos, que yo tengo que hacer muchas cosas... ¡Hace cinco humaredas de sol que no trabajo! Nos veremos la próxima vez que vengas.

Mientras parecía que me daba un beso en la cabeza, aunque no llegó a tocarme, me dijo en voz muy baja.

- Me he puesto un poco vago en estos últimos mil años, y tengo mucho trabajo atrasado... A propósito... -dijo muy serio- No le digas a nadie que has venido a este mundo, porque tienes razón en que te encerrarían por "loco".

Iskaún me tomó de la mano y estábamos por marcharnos a recorrer el lugar, pero me acordé de su hermana que seguía allí, durmiendo, y pensé que podía darle frío cuando se hiciera de noche.

- No te preocupes. -me sorprendió leyendo mi pensamiento- Aquí no se hace nunca de noche. Eso sólo es afuera... Es decir, allá arriba.

- ¡Claro! -dije dándome cuenta- ¡Aquí estamos en el centro de la Tierra...! ¿Y ese sol? -dije mirando al sol directamente y no me encandilaba porque era amarillo rojizo tenue.

- Ese es el verdadero Centro de la Tierra. Aquí sólo estamos "del otro lado de la Tierra" en la superficie de adentro.

- Esto es más complicado que la aritmética.... ¿En qué país estamos?

- En ningún país de la superficie de afuera de la Tierra... Aquí estamos en la Interiora Terrae. es decir **Dentro de la Tierra**. Y si caminas por la superficie de este lado del mundo, siempre estarás a unos mil kilómetros de la superficie exterior del mundo. Imagínate una pelota de fútbol. Si la das vuelta como un calcetín, verás que tiene una superficie de afuera y otra de adentro ¿no?

- Ah, sí, ya entiendo... Pero yo he visto unos libros de geografía que dicen que la tierra está llena de hierro y fuego...

- Es que los que escriben esos libros son gente muy sabia para tu mundo, pero no saben nada de Magia. Y nunca han estado aquí.

Continuamos conversando mientras caminábamos entre esos árboles tan inmensos, que la parte más alta no se veía. Las nubes tapaban parte del cielo y los árboles más altos llegaban hasta esas nubes. Luego empezamos a caminar por un sendero tan bonito, que me parecía que no iba a poder resistir las ganas de llorar de la emoción. Al dar la vuelta a una curva del sendero, tras un enorme peñasco, el paisaje se tornó más impresionante aún.

Estábamos en una parte muy alta de la montaña. Enfrente, una catarata tan alta que el agua que caía no llegaba a la tierra, sino que se desparramaba formando una nube que mojaba una amplia zona. Todo el paisaje estaba cubierto de vegetación espesa, abundante, y verde con todos sus tonos. Por todas partes asomaban puntos de colores blancos, rojos y violetas, amarillos y azules. Eran flores de las más variadas formas y tamaños. Algo me llamó poderosamente la atención: El horizonte, en vez de ser curvado hacia arriba, como lo había visto varias veces desde algunas montañas cercanas a mi casa, era curvado hacia abajo. Es decir, que el centro de lo que daba la vista hacia cualquier dirección, era aparente más bajo que a los costados de la visual.

Seguimos caminando hasta rodear por completo aquel peñasco, y repentinamente apareció ante nuestra vista algo maravilloso, pero -si se quiere- más sorprendente... Allí adelante, sobre la cima de una montaña más pequeña, una pirámide gigantesca, toda blanca y deslumbrante. Un poco más allá, sobre otra montaña, una pirámide de piedra roja y blanca.

- ¡Qué maravilla! -exclamé- ¿También dicen aquí que son tumbas, como en Egipto?

- No -respondió Iskaún- Las pirámides más grandes de Egipto nunca fueron tumbas. En la China, en Perú, en México y muchas otras partes del mundo, también hay grandes pirámides, pero nunca fueron tumbas. Nosotros las usamos poco, pero siempre le hemos estado enseñando a los hombres mortales, cómo usarlas para convertirse en Magos. Pero como prefieren entretenerse en dominarse unos a otros y hacer guerras, se olvidan de lo mejor de la vida.

- ¿Entonces las construido ustedes? ¿Y para qué sirven las pirámides? -dije en el colmo de la curiosidad.

- Nosotros no hemos construido las de afuera, pero en algunas épocas les enseñamos a los hombres a construirlas. Y sirven para muchas cosas. Una de ellas, es que cuando te lastimas, si la pirámide es perfecta, te ayuda a curarte más rápido. Pero hay otros usos mágicos increíbles...

- Estoy impaciente por saber más sobre las pirámides, porque con mi papá no tuvimos mucho resultado en los experimentos con ellas.

- Seguramente no estaban bien proporcionadas, o no estaban bien orientadas.

- ¿Cómo es eso?

- Claro, pues deben estar con una cara exactamente hacia el Norte y además, bien niveladas con la superficie de la Tierra, tanto aquí adentro, como allá afuera.

Caminamos en silencio un largo trecho y yo pensaba en que la forma de explicarme las cosas Iskaún, era algo magnífico, porque no se olvidaban las ideas. Pensé que si mi maestra de la escuela lo hiciera así, sería mucho más fácil aprender cualquier cosa. Pero seguimos caminando y en que a cada vuelta del camino me sorprendía un espectáculo diferente. Desde una elevada cima, que dominaba visualmente una enorme extensión, vimos un valle profundo, con dos enormes peñones a cada lado de nuestro panorama, desde los cuales caían sendas cataratas, con una belleza excepcional. Y al fondo del valle, sobre una pequeña meseta, otra pirámide, que en la gran distancia parecía pequeña.

Iskaún me miraba y sonreía, y yo me daba cuenta que leía todos mis pensamientos. Entonces pensé -para comprobar que lo hacía- que debería presentarme otros niños... Y de inmediato me respondió.

- Aquí hay pocos niños, porque sólo nace uno cuando un adulto se va al otro Gran Reino Natural de los Magos Maestros Ascendidos.

- O sea, que sólo cuando se muere un anciano, entonces...

- No, no. Aquí no hay muerte, salvo algún accidente muy rara vez. Nosotros no somos mortales. La muerte es la interrupción de un proceso biológico, y la vejez es una enfermedad que tu humanidad aún no ha superado y algún día aprenderá a superar. Es una desgracia que sufre tu civilización, y que un día, cuando todos quieran ser Magos, la muerte podría dejar de existir. Aquí tenemos cuidado al traer hijos al mundo. Sólo lo hacemos cuando hay una pareja de esposos que se aman muy profundamente con toda el Alma. Entonces, cuando uno Asciende al otro Reino

Natural Superior, el Concejo de Ancianos se reúne para dar autorización a una de las parejas que desean tener niños.

- Pero eso es un poco injusto ¿no?

- No, -dijo Iskaún entendiendo mi pensamiento- porque la finalidad de nuestra vida no es tener hijos, aunque casi todos tenemos esa maravillosa oportunidad. Tenemos en cambio tantas cosas maravillosas que experimentar y aprender, que el deseo de tener hijos no nos produce impaciencia. Además, aquí los niños son cuidados y amados de tal manera por todos los demás, que su felicidad está absolutamente asegurada. Pero ahora mira...

Y señalando hacia arriba seguí su señal para ver un enorme disco que pasaba por el cielo a una velocidad mucho mayor que los aviones a reacción.

- ¡Qué guay! -exclamé asombrado- ¡Es un plato volador!... O sea, que son de aquí... ¡Y yo creía, como dicen en mi país, que son de otro planeta!

- Bueno... -dijo Iskaún pensando cómo explicarme estas cosas- La verdad es que no sólo nosotros los usamos. También vienen de otros planetas. Todas las humanidades de todos los planetas normales andan con estos vehículos porque son muy rápidos y seguros, no contaminan el aire, permiten visitar otros sitios del Universo...

- Oye, Iskaún... ¿Por qué no enseñan Ustedes a la gente de mi mundo a fabricar platos voladores? Sería muy bueno para la ecología, no sacaríamos petróleo.

- Por dos razones. La primera es que en tu mundo todo conocimiento se aplica inmediatamente para la guerra, y estas naves son invencibles en comparación con los aviones y los barcos de guerra. Vuelan y maniobran hasta cien veces más rápido que los mejores aviones. ¿Qué supones tú que harían los gobernantes amantes de la guerra?

- ¡Oh, claro!. Sería terrible para el mundo.

- Así es. Pero la segunda razón es que no les interesa. Podrían haberlos construido ya, pero se les acabaría el negocio del petróleo y muchos otros negocios. Y en esos negocios está la clave para que unas pocas personas tengan mucho poder sobre todos los demás. Así que no querrían que todas las personas del mundo anden libremente con naves como éstas. Por un lado tendrían una herramienta poderosa y por otro lado, como ya tienen mucho poder, lo perderían, el poder quedaría repartido con justicia. Los platos voladores son algo muy especial, sirven para una civilización normal, es decir amorosa, pero no para una civilización que hace guerras.

- ¿Y voy a poder andar en uno? ¿Sí, verdad?

- Quizá en otro viaje tuyo. Por ahora tienes mucho que aprender aquí, y muchas cosas maravillosas que ver. Además, hay que ser un poco... Mago, para poder andar en ellos. Esa sería una tercera razón por la que la gente de tu mundo no puede usarlas. Su campo de energía es tan fuerte que no lo aguantaría cualquier persona. Si tú te mantienes puro y con pensamientos de Amor a Toda la Humanidad, tu vibración personal será armónica y podrás andar en un... Plato volador. Nosotros les llamamos "Vimana". Cierto gobierno de tu mundo, hace muchos años, hizo platos voladores, pero todos sus tripulantes viven ahora al margen de tu civilización en un lugar muy oculto.

Caminamos otro trecho en silencio, pasando por unos túneles de árboles y plantas frondosas, repletas de flores de todos los colores. Algunas eran tan bellas que podría haberme quedado horas contemplándolas. También había frutos enormes, que

Iskaún me dijo que se podían comer, pero yo (curiosamente) no tenía hambre.

Entramos por una gruta pequeña a lo que parecía que sería una salida al otro lado del peñón, pero en vez de eso, empezamos a bajar por unas escaleras, y me di cuenta que la caverna se hacía más grande y bonita. Había unas luces muy extrañas, en varios puntos de las paredes, que parecían aumentar la belleza natural de las rocas, las estalactitas y estalagmitas. Miles de brillos de todos colores, abundando azules y amarillos, hacían que cada punto de la caverna fuera un espectáculo alucinante.

Dentro de la misma cueva, tan grande que apenas se veía el techo a medida que avanzábamos, encontramos un pequeño arroyo, con un agua tan cristalina que se veía el fondo con toda claridad. Y el ruido que hacía en las pequeñas cascaditas y el murmullo del agua al pasar entre las piedras, era tan dulce que me hubiera quedado allí durante días, si no fuera porque la curiosidad de ver que había más allá, me impulsaba a caminar más rápido que Iskaún.

La escalera había acabado, y unas rocas amarillas muy bonitas cerraban un poco el paso del sendero, pero se podía caminar con comodidad. Cuando una pareja de jóvenes venía por el pasillo, nos saludaron sin decir ni una palabra; sólo con gestos y sonrisas. Pero algo muy curioso ocurrió cuando Iskaún pasó entre ellos. Vi, a pesar de la poca luz, que sus cuerpos parecieron chocar, pero al mismo tiempo se atravesaban, sin interrumpirse. Como si Iskaún fuese sólo una imagen. Como sintió ella mi sorpresa, me dijo:

- No te preocupes... Cosas de dioses, que somos un poco diferentes a los Humanos mortales. ¿Quieres escuchar música? - dijo cambiando de tema.

- Claro, la verdad es que la música me gusta mucho.

Entonces llamó a Arkaunisfa, la chica de la pareja que acababa de pasar, y ésta se volvió. Iskaún no hizo más que nombrarla, pero Arkaunisfa llegó muy cerca nuestro mientras el chico que la acompañaba empezaba a bailar sin música alguna. Arkaunisfa tomó unas piedras pequeñas, y las golpeaba contra las piedras amarillas que me llamaban la atención por su aspecto metálico. Entonces el sonido que brotaba era tan bonito, que a medida que la chica parecía concentrarse en el ritmo, la música se hacía más dulce, capaz de ablandar el corazón más duro y llegar hasta el Alma.

- Se está inspirando... -dijo Iskaún susurrando a mi oído- Ya verás que bueno.

Y en unos segundos más, aquello era un concierto de mil tonos, con una armonía magistral. El sonido de cada nota no se perdía tras el golpe, sino que quedaba flotando en el aire de la caverna, que con sus ecos formaban una variedad de tonos que serían la envidia de los más grandes músicos que solía escuchar mi padre.

- ¡Mozart y Beethoven deben aprendido aquí!- exclamé.

Iskaún me guiñó un ojo y me hizo un gesto afirmativo con la cabeza.

Mientras Arkaunisfa cerraba los ojos y se concentraba más, mejor y más sublime era la música. Tan bella y profunda era, que casi me pongo a llorar de emoción. Sentí el impulso de acompañarla de alguna manera. Tenía que participar, como si la música me invitara a hacer algo.

- ¡Canta! -dijo Iskaún leyendo otra vez mis pensamientos.

Empecé poco a poco, a seguir la melodía con la voz. Pero yo sólo había canturreado alguna que otra canción, imitando a los cantantes que mi padre escuchaba en los discos o la radio, así que me daba un poco de vergüenza.

- No tengas vergüenza, Marcel, canta. -me decía Iskaún entusiasmada.

Y empecé a cantar con más ánimo y descubrí que a medida que me concentraba, como Arkaunisfa, la voz me salía mejor y la entonación no estaba demasiado mal. Así que cuando quise acordar, estaba yo allí, cantando no recuerdo qué cosas que se me ocurrían. Como si mi Alma fuese la que cantaba y yo sólo ponía la garganta. Era algo maravilloso para mí, descubrir que podía cantar, sin que mis hermanos o mis compañeros de la escuela se burlaran. Así que estuvimos haciendo música un montón de tiempo, hasta que Arkaunisfa parecía ya un poco cansada, porque eso de golpear las piedras con otras piedras, caminando de aquí para allá entre las rocas amarillas, debía ser un tanto agotador.

- ¡BRAVOOOO! -Exclamó Iskaún aplaudiéndonos- Te has convertido por momentos, en un Mansiegibur...

- ¿Y qué es eso? - pregunté con tanta curiosidad que Iskaún soltó una risa.

- Mansiegibur es cualquier mortal que hace cosas de dioses cuando deja que nazca su inspiración artística. Ahora, ya lo sabes. Puedes cantar, y lo haces muy bien. Gracias Arkaunisfa, nos has dado mucha felicidad -dijo Iskaún despidiéndose de la chica, que volvía con su pareja, y nos saludaba con las manos, sin decir ni palabra, pero sonriendo con la misma felicidad que nosotros.

- ¿Cómo pude cantar esas canciones cuyas palabras no comprendo?, ¿Cómo puede alguien usar simplemente unas piedras para hacer esa música? - pregunté asombrando, tomando consciencia de lo experimentado.

- Porque tu Alma sabe cosas que tu cabeza no sabe. Respecto a las piedras, es porque que no son piedras comunes. Son de oro, con el centro de diamante y cuarzo. En realidad no son muy naturales, porque las fabricó Osrithfaeheos, al que le llamaron Orfeo, hace más de un millón de años. Pero él las fabricó y se las entregó a los hombres mortales allá arriba. En aquella época los hombres no estaban tan... Bueno, no sé cómo decirlo... Eran mejores personas. Luego sólo las deseaban por el valor que daban al oro. Un pariente de Uros llamado Fabarodil, hace unos quinientos mil años, descubrió que esta caverna podía dulcificar los sonidos aún más, así que recuperó las piedras antes que las fundieran para vender el oro y las trajo aquí. Esta música que habéis hecho tú y Arkaunisfa, ha sido escuchada en buena parte de la región. El sonido se extiende por los túneles a una enorme parte de este territorio.

Estaba tan maravillado con las experiencias, el paisaje, la música -que aún rondaba en los ecos de la caverna- y la maravillosa amabilidad de esta gente, que sentí de repente, una especie de miedo de volver a mi casa.

- Pero deberás volver -dijo Iskaún- De todos modos, ya sabes que tienes que hacer la invocación otras veces y volverás a visitarnos. No siempre podré ir a buscarte, pero seguramente podré muchas veces.

- ¡Claro!, Visita Interiora Terrae Rectificando Invenies Occultum Lapidem... ¿Y cómo puedo hacer para quedarme y no tener que volver...?

- Vamos, no seas pícaro... Que no puedes quedarte. Tienes mucho que hacer allá afuera. Aquí sólo aprenderás cosas, pero para ser un Mago no sólo debes aprender cosas, sino también ponerlas en práctica. Y a ti te corresponde cumplir una promesa que has hecho al Dios Creador... ¿Lo recuerdas?

- Ah, sí, claro. Mientras yo estoy aquí, hay muchas personas sufriendo en mi mundo... -dije con auténtica tristeza al recordar que en la superficie del mundo hay guerras, personas que se mueren de hambre y soledad...

- Bueno, bueno, no te angusties, Marcel. Ya podrás hacer por ellos algo bueno. Tampoco pienses que todo el dolor del mundo tendrás que cargarlo tú. Recuerda que cada uno es responsable de sus sentimientos, de sus pensamientos, de sus palabras y de sus actos...

- Eso me alivia un poco. Pero... ¿Podría venir con mi papá la próxima vez?

- Hummmm, no lo sé. No creo, pero habría que preguntarle al Gran Maestro Urosirarsiegeherithkaunrithissiegthorodil. Por ahora, creo que no.

- Es que mi papá está muy interesado en la Magia. Tenemos un libro que...

- Sí, todo eso ya lo sé -dijo Iskaún- y tu padre será Mago algún día, pero aún debe aprender algunas cosas, antes que pueda venir aquí. Hablaré con el Gran Maestro y en el próximo viaje te daré una respuesta ¿de acuerdo?

La verdad que me daba mucha pena que mi papá no pudiera compartir un viaje como éste. Pero cuando Uros me dijo que no le dijera a nadie que había venido a este lugar, lo dijo muy seriamente. Así que me prometí a mi mismo guardar el secreto.

- Perfecto -dijo Iskaún leyendo como siempre, mi mente- Una de las más importantes cosas que debe aprender un Mago, es a guardar los secretos. Cuando cuentas algo que estás haciendo, como por ejemplo un invento, a alguien que no te cree, o que no confía en que puedas lograrlo, pierdes una parte de la energía mental que necesitas para alcanzar ese objetivo. Y a veces pierdes tanta energía, que basta decírselo a una sola persona, para que tu idea quede anulada. En este caso, recuerda que estás aprendiendo a ser Mago, y eso es algo que pocas personas en tu mundo pueden lograr.

Mientras me explicaba estas cosas, mis ojos se volvieron a asombrar de otro prodigio ese lugar que parecía esconder una sorpresa en cada rincón. Entre medio de unas piedras, unos cristales amarillos y otros rojos, titilaban como estrellas. Antes que preguntara a Iskaún qué era aquello, me respondió.

- Estos son transformadores de luz. Reciben la luz de nuestro sol y la acumulan, para trasladarla como energía a otros lugares ubicados entre tu mundo y éste. Hay cavernas enormes, donde viven otras personas que no son todavía... "dioses" como nosotros, pero vivían allá afuera, donde vives tú, y como han evolucionado bastante, pero no lo suficiente, están viviendo allí, donde pueden mejorarse y aprender a ser Magos.

- ¿Y por qué no viven aquí? - pregunté preocupado.

- Porque todavía no han aprendido a controlar su mente; y como habrás comprobado, aquí no necesitamos hablar, porque somos telépatas.

- ¡Ya lo sé...!, porque me lees los pensamientos... ¿Y los que viven en esas cavernas no son telépatas, entonces no pueden comunicarse?

- Si que podemos comunicarnos, pero es que para nosotros es muy difícil convivir con personas que no saben controlar sus pensamientos, que muchas veces no son puros. Tú, como no tienes pensamientos impuros ni maliciosos, y tienes un profundo sentido del respeto, eres una compañía agradable, pero cuando tuviste miedo, durante el viaje hacia aquí... ¿Lo recuerdas?

- ¡Claro!, ¡No lo olvidaré en toda mi vida...!

- Pues como soy telépata y muy sensible, empecé a sentir tu miedo. Imagínate si en vez de miedo, tuvieras envidia, odio o desconfianza... Incluso siento la preocupación que tienes por tu padre y su amigo Johan...

- Entiendo, entiendo... Cuando los adultos sienten esas cosas, a veces lo percibo y me siento muy molesto ¡Y eso que no soy telépata!... ¿Me llevarás a esas cavernas enormes?, me gustaría conocer a esas personas...

- En otro viaje. Ahora tienes algunas cosas más que ver aquí, y luego debo llevarte de vuelta a tu casa, antes que tus padres noten tu ausencia. ¿Qué te parece si vamos a una de las pirámides?

- ¡Claro que sí! Estoy muy, pero muy feliz de ver tantas cosas maravillosas.

Llegamos en unos minutos a la Gran Pirámide que habíamos visto desde arriba de la montaña, porque bajamos por un túnel que iba directamente desde donde estábamos, hasta el pie de la montaña de la pirámide. Desde allí, unas escaleras que subimos corriendo, nos llevaban al pie de la pirámide enorme y blanca.

Dimos un rodeo para quedar en la cara de la entrada, frente a la cual había una plaza tan grande que cabrían allí muchos miles de personas. No se veía ninguna puerta, pero cuando Iskaún pronunció un nombre de esos tan raros, se abrió en la cara de la pirámide una puerta enorme y pasamos al interior, a una sala con el piso de piedras de los más variados y hermosos colores, que Iskaún me explicó que eran ágatas pulidas, con amatistas violetas y zafiros azules entre medio.

En el centro de la sala se dibujaba en el piso una gran estrella de ocho puntas, con sus puntas cuadradas, que estaba hecha con jade negro y platino. En las paredes había cuadros hermosísimos, que cambiaban según la posición desde la que se miraran. Otros eran mezcla de pintura y escultura, con imágenes impresionantes de guerreros matando monstruos, sirenas, centauros (esos seres con cuerpo de caballo y parte de ser Humano), así como cuadros de diversos animales. Uno que me pareció el más bonito de todos, era de dos Unicornios en un lugar precioso.

Un hombre que parecía un ángel entró desde un pasillo lateral a la sala, y nos saludó con gesto alegre. Entonces, al llegar cerca de nosotros, hizo chasquear los dedos, y el sonido que hizo fue casi musical. Luego pronunció el nombre de Iskaún en dos tonos, como lo había hecho antes el Gran Maestro Uros, y los ecos de la sala fueron tan armónicos que me recordaron el concierto que Arkaunisfa hiciera con las piedras de oro.

- Pero es que Arkaunisfa es una consumada experta en música - dijo el hombre leyendo también mi pensamiento, con lo que quedé sorprendido.

- No te sorprendas tanto, aquí todos somos telépatas. ¿Cómo te llamas?

- Adivínalo... -dije con picardía, pensando en el nombre Gustavo, que era mi hermanito pequeño.

- Gusta... -empezó a decir- Gusta... ¡Mentiroso!, ja, ja, ja, ese es tu hermanito pequeño, ja, ja, ja, te pillé. Eres muy travieso. Piensa en tu nombre.

Y me puse a pensar que me llamo Alejandro, pero sin pensar en nadie.

- Ale... No, tampoco. Tú no puedes llamarte Alejandro. Ese es un nombre muy bonito, que significa "Protector de los Hombres", pero tu vibración personal es diferente, y tu pensamiento me dice que estás mintiendo... ¡A que te llamas Marcel!

- ¡Sí!, ¿Cómo lo has adivinado?

- Es que soy más listo que tú, en eso de los juegos de telepatía y control del pensamiento... Bueno, no, en realidad es que Iskaún se descuidó y leí su pensamiento, ja, ja, jaaaa. Y yo me llamo Gibururarriththorisarnot, y soy, como mi nombre lo indica, el guardián de este Templo, donde los... Esteee... Dejemos a Iskaún el asunto de mostrarte el Templo, que ella es tu guía. Yo tengo algunas cosas urgentes que hacer. Nos veremos en otra ocasión.

Le saludé sintiendo que ese Gibururarriththorisarnot sería algún día un gran amigo. Pero antes de salir, dijo algo a Iskaún con el pensamiento, así que no pude saber de qué se trataba. Pero en la cara de Iskaún, se reflejó por un momento una preocupación o algo así. Antes que le preguntara, me explicó lo que pasaba, mientras caminábamos hacia el extremo de la sala.

- No te preocupes, no es nada que pueda afectarte.

- ¿Seguro? ¿Nada que ver con los esos... Narigones... Que buscan el Libro...?

- No, nada que ver. Se trata de que el Sol Mayor (el que está afuera, el que alumbra tu mundo) está teniendo unas perturbaciones, y hay explosiones muy grandes que producen efectos raros en nuestro Sol Interior, este que nos da un día permanente. Y el encargado de estudiar todos estos asuntos en esta época es Gibururarriththorisarnot, y no es fácil manejar esas cosas, porque toda la energía que usamos nosotros para ayudar a la gente de las grandes cavernas, depende del funcionamiento estable del Sol. También cuidamos algunas cosas del planeta, que se han desajustado desde que la civilización de afuera tira bombas atómicas. Con eso han hecho mucho daño al mundo, que no es una simple piedra, sino un Ser Viviente, como nosotros. Tiene sentimientos y es como una Gran Madre que Ama profundamente a todos los seres que viven en ella, tanto adentro como afuera. Y con las explosiones atómicas, las bombas de toda clase, la construcción de represas enormes que alteran el normal curso del agua, la contaminación de la atmósfera, los pensamientos de violencia de miles de millones de personas... Pues están haciendo sufrir mucho a la Tierra.

Iskaún interrumpió su explicación porque llegamos al extremo de la sala, donde había unos aparatos parecidos a unas pantallas, y una puerta. Pero esta sala era sólo el recibidor del gran edificio. A los costados, enormes columnas de color azul con vetas de oro y blancas, lustrosas e imponentes, daban la sensación de que no era posible hacer una construcción más impresionante y bella. El remate de las columnas, tanto como el zócalo, recubierto de oro puro, con ornamentos de finísima hechura. Ante tanto esplendor y belleza sentí otra vez la sensación de que estaba soñando, y que me entristecería despertar, para quedar otra vez aburrido en el fondo de mi casa, y pensar que todo había sido sólo un bonito sueño ¡Pero qué sueño, en tal caso!

- No, Marcel, no estás soñando. -respondió Iskaún a mi pensamiento- Cuando estés allá arriba, creerás haber soñado, pero como vendrás otras veces, irás comprendiendo de que a pesar de ser un niño, tu Alma es muy pura y puedes llegar algún día a ser como nosotros.

- Esto se me pone complicado para entender... ¿Quiere decir que ser un Mago significa ser un dios como vosotros?

- Sí, en realidad, de eso se trata. ¿Acaso no te gustaría vivir aquí para siempre?

- Pues... No sé... -dije pensando en mi hermanito, en mis padres- Creo que me aterroriza la idea de no ver más a mis padres. Y menos cuando allá hay algún peligro que les acecha. ¿Podrían venir a vivir aquí?

- No lo sé. Quizá algún día, pero es un poco difícil.

- Entonces no me quedaría. Les quiero mucho. No aceptaría nada si tuviera que perderlos para siempre.

- Lo comprendo -dijo sonriendo mi amiga- pero cada uno tiene su destino, así que está muy bien que por ahora, y por mucho tiempo, permanezcas con ellos. Ellos también te necesitan mucho a ti. En realidad todos los niños necesitan a sus padres...

En ese momento me acordé de que hay muchos niños que no tienen papá ni mamá, y que viven con otros parientes, y que aunque los quieran mucho, es muy triste no tener papá y mamá. Y al momento me acordé de un reportaje que oí en la radio, que trataba sobre los miles de niños que no tienen padres pero ni siquiera tienen un hogar, que viven bajo los puentes, en los basurales, en cualquier lugar, abandonados...

- Justamente por eso -me volvió a sorprender Iskaún respondiendo a mis pensamientos y a mis lágrimas- es que tu Alma te pide convertirte en un Mago. Porque sólo los Magos pueden ayudar a que todas esas injusticias se terminen. Y eso no es fácil ni para el mejor Mago. Hace seiscientos millones de años que los Magos de todas las épocas lo intentan.

- ¡Pero entonces no tengo ni la menor oportunidad...! Y yo que creía que era posible...

Entonces, en mi corazón que se había convertido en un remolino de pena y amargura, había tanto dolor que Iskaún se alejó unos pasos, como mirando distraída una hermosas flores, pero yo me di cuenta que también estaba llorando silenciosa y profundamente. A ella también le había dolido en el Alma mi sentimiento. Y como era telépata, seguramente había captado las imágenes de mis recuerdos de los chicos que había visto en los barrios marginales de mi ciudad, y mi memoria del reportaje de los niños abandonados, que es lo más triste que había sentido en mi vida. Al mismo tiempo, empezaba a pensar con una total convicción, que aquel juramento que había hecho a Dios, de no dejar de luchar nunca hasta lograr que toda la humanidad sea feliz, era cada vez más válido. Dentro mío surgía una fuerza enorme que me inspiraba para ser fuerte, y aunque me causara todo el dolor del mundo, no abandonaría a esa humanidad por la que sentía tanta pena.

- Iskaún... Perdóname, no tuve intención de hacerte sufrir lo mismo que yo... Es que no puedo evitar pensar y sentir. Creo que tendría que vivir en esas cavernas donde está la gente que aún no domina sus pensamientos.

- Descuida, es que no sólo he sentido tu pena. También me ha emocionado el hecho de lo que estás pensando ahora. Pretender luchar hasta lograr que toda la humanidad salga del sufrimiento, es un heroísmo enorme, una valentía tan grande, que nosotros, los dioses, admiramos mucho. No porque nos falte amor, sino porque no podemos imaginar cuánta fuerza de espíritu hace falta para que un mortal que no tiene nuestros poderes, jure dedicar su vida a ayudar a los demás.

- ¿Es que los dioses no tienen problemas? -pregunté ya repuesto y curioso.

- Sí, claro que los tenemos... Pero ni remotamente tan grandes problemas como ustedes. Nosotros no conocemos la enfermedad, ni la locura, ni la pobreza, ni el odio, ni el miedo. Han sido excepcionales los de nuestro pueblo que han sufrido locuras. Sólo conocemos todo eso porque lo observamos en los mortales. Nuestros problemas apenas existen. Ni siquiera nos morimos... Ustedes pierden a los seres queridos y no saben que luego se reencontrarán. Entonces, al creer que los pierden para siempre, sufren muchísimo. En general, apenas podemos sentir algo de sufrimiento, porque sentimos el dolor en que viven ustedes.

- Bueno... -dije tratando de consolarla- también tenemos nuestras diversiones, nuestros juegos, y tenemos... Tenemos el Amor. Y no hay nada más grande e importante que el Amor ¿Verdad?

- Así es, amiguito. No hay nada más importante en la vida que el Amor. Pero ahora, ya que estamos aquí y disponemos de un corto tiempo, te mostraré algo más de esta pirámide ¿De acuerdo?

Accedí encantado. Atravesamos la sala de la estrella de ocho puntas y entramos por un pasillo larguísimo, a otro recinto más grande aún, pero era tan grande como un estadio de fútbol, o quizá más grande aún. Si la sala anterior era el colmo de la belleza, ésta era el colmo de lo impresionante. Había en el centro otra estrella de ocho puntas, pero no dibujada con piedras en el suelo, sino como una mole de medio metro de altura. Subimos una escalera que conducía hacia alguna dependencia en la parte superior, pero el techo de esta sala estaría como a treinta metros de altura. No sabría decir que forma tenía, porque colgaban diferentes cosas, como bolas de metal brillante, pendiendo de unos cables dorados, cilindros de diferentes colores, parecidos al vidrio, prismas de diversa forma... Algo muy variado y raro.

Desde la escalera, pude ver mejor la estrella de ocho puntas, que tenía cristales de colores rojo y azul incrustados en ella. Justo sobre el centro de la estrella, había un cristal blanco, del cual emanaba una luz celeste muy tenue hacia arriba, conectando con una pirámide invertida pequeña pero muy brillante por momentos.

Justo cuando miraba maravillado me ocurrió algo más maravilloso aún...

Sentí una especie de corriente eléctrica, pero muy suave, que entraba en mi cuerpo y me causaba profunda alegría. Por mi espalda corría una energía que me daba la sensación de ser agua, pero muy agradable, entonces Iskaún me tomó de la mano y me hizo avanzar por las escaleras hasta llegar a la parte más alta. Había allí una puerta de metal, pero nosotros la traspasamos sin dificultad alguna, como si sólo fuese una imagen en el aire. Entramos a una cámara donde había más de cien camas y varias de ellas estaban ocupadas por personas que parecían estar durmiendo. Iskaún me dijo apenas entramos, que pensara sólo en el Amor y cosas bonitas como la belleza de las flores, tan concentradamente como pudiera. Así lo hice hasta que traspasamos la sala y entramos luego en una especie de laberinto donde había espejos, paredes de cristal y unos aparatos raros.

- En la sala anterior -me explicó- que llamamos "Sala de los Durmientes", están aquellas personas que han sufrido algún accidente, o que han viajado por otros planetas y necesitan curación o recuperación de energía. Lo que sentiste antes en la sala de la Gran Iepum (así se llama la estrella de ocho puntas), es apenas una muestra de la energía que puedes sentir en una pirámide. Tú apenas la has sentido, porque ahora mismo no está funcionando a pleno, y porque estás con tu Cuerpo Mágico y no con tu cuerpo de carne y hueso. ¡Imagínate cuando funciona a pleno!... Muchos mortales no podrían soportar toda la energía de estas Grandes Pirámides, así que las de afuera tenían unos dispositivos especiales para controlar el efecto y...

- ¡Ahhh! ¡Ya me parecía!, -dije creyendo entender un poco más- Lo que ocurre es que estoy soñando... He pensado tanto en las pirámides que todo esto es un sueño. Mi mamá me dijo que cuando ella pensaba mucho en algo, luego lo soñaba...

- No, Marcel, no estás soñando. En realidad estás aquí, con tu Cuerpo Mágico, que allá afuera todo el mundo tiene pero casi nadie sabe que lo tiene. Yo misma estoy ahora con mi Cuerpo Mágico y mi cuerpo físico está durmiendo allá afuera, recostado en las raíces de mi árbol preferido.

- ¡O sea que no era una hermana gemela tuya...!

- No, ese es mi cuerpo físico; pero no te lo expliqué antes, porque debía esperar a que pasara un poco tu sorpresa por esta experiencia. ¿Has notado que no he hecho ningún ruido?

- Claro, cuando pasó Gibur... Gibur...

- Gibururarriththorisarnot

- Sí, eso. Él chasqueó los dedos, y recordé que nuestros pasos no hacían ruido en ningún momento, pero los de él si... ¿Entonces cómo es que podemos escucharnos cuando hablamos?

- Porque al estar con tu Cuerpo Mágico, puedes hacer todo lo que hace cualquier persona, pero con algunas diferencias. ¿Has notado que no tienes hambre, ni sed...? Además, tú tampoco puedes hacer ruido.

- Sí, es curioso, no me ha dado ni hambre ni sed el paseo y creo que caminamos mucho, pero... ¿Tampoco puedo hacer ruido? - dije con picardía mientras daba palmadas lo más fuerte posible, pero cuán grande fue mi sorpresa al comprobar que ningún sonido salía de mis manos.

- Bien, ya lo ves -dijo ella sonriendo- Puedes cantar, porque hay un centro de energía muy importante en la garganta, pero tu canto sólo podemos escucharlo nosotros, los... Bueno, los dioses, como nos llaman los mortales. Si cantas con tu Cuerpo Mágico fuera de tu cuerpo físico allá entre tu familia, ellos no podrían oírte, y ni siquiera podrían verte, ni tocarte. Tú les podrías ver y oír, pero no les podrías tocar.

- Entonces no puedo tocar nada aunque quisiera... -dije un poco sorprendido- ¿Así les pasa a los muertos?

- Exactamente. Sin embargo, algunas cosas pueden afectarte a ti, porque no estás muerto, sino en tu Cuerpo Mágico y fuera de tu cuerpo físico. Por ejemplo la energía magnética de la pirámide. También puedes sentir algunos aromas, oír todo lo que ocurre con los cuerpos físicos. Sólo tu tacto y tu gusto no funcionan en este estado, aunque funciona el tacto con otros Cuerpos Mágicos que se encuentren separados del cuerpo físico...

- ¿Cómo es eso? -pregunté tratando de entender.

- Si estás con el Cuerpo Mágico, sólo puede tocarte alguien que también está en su Cuerpo Mágico. Si yo estuviera con el cuerpo físico y el mágico juntos, podría verte y oír tus pensamientos, pero no podría llevarte de la mano como ahora. ¿Recuerdas cuando Uros te dio un beso en la frente?

- Sí, pero se acercó y no me dio el beso...

- Te lo dio, pero no lo sentiste porque él no estaba en su Cuerpo Mágico, sino con todos sus cuerpos...

- ¿Quéee? ¿Es que tenemos muchos cuerpos?

- Claro, aunque todos forman uno, tenemos diferentes partes que no son visibles. Sólo podemos separar del conjunto el Cuerpo Mágico, pero pocas personas pueden hacerlo. Y si te fijas bien, verás que la sensación al caminar es sólo mental. En realidad no tienes ni necesidad de caminar... Pero hemos caminado para que vayas descubriendo poco a poco las cosas de este mundo, que además, vienes a conocerlas en tu Cuerpo Mágico, entonces es toda una experiencia muy rara y fuerte para un Humano mortal.

- Y si no hace falta caminar, quiere decir que...

- Exacto, Marcelín. Podemos volar. ¿Quieres probar?

- No me lo digas dos veces, ¡Que estoy ansioso por probar a volar...!

- De acuerdo, pero debes tener claras tres cosas. Una, es que nunca debes largarte a volar desde un lugar alto. Porque cuando te acostumbras a salir con tu Cuerpo Mágico, tu estado de consciencia varía, y a veces puede que no estés seguro si estás con tu Cuerpo Mágico, o estás con todo tu cuerpo. Así que si estás con todo tu cuerpo creyendo que estás sólo con el Mágico...

- Ah, ya entendí. Me puedo dar un tortazo bárbaro.

- Muy bien. Eso es. Y veo que recuerdas cuando te has caído de la cama... ¡Menudo golpe! Si se quiere volar has de estar seguro de estar en Cuerpo Mágico, para eso es sólo cuestión de dar un salto. Si no vuelas allí mismo, no hagas la tontería de lanzarte a un abismo. Y lo segundo, es que nunca debes entrar a ningún lugar sin permiso, aunque sepas que no pueden verte los demás. El sentido de la "ética", que es el respeto a todos los demás seres y cosas, no debe perderse. Sólo puedes entrar a un lugar con el Cuerpo Mágico, si consideras que igual podrías entrar con el cuerpo físico sin necesidad de pedir permiso. Y lo tercero, es que nunca debes permanecer mucho tiempo en tu Cuerpo Mágico, porque el cuerpo físico se enfría. En este caso, hemos hecho algo especial para que puedas estar más tiempo afuera. Pero si sales con tu Cuerpo Mágico tú solo, debes dejar el físico bien abrigado, en un lugar seguro y salir por poco tiempo.

- ¿Y cómo es que tú lo has dejado allá entre los árboles? ¿No te enfrías?

- No, en mi caso es diferente, porque aquí los cambios de la temperatura son insignificantes. Además, mi árbol me cuida. Su campo de energía me protege de cualquier cambio, si lo hubiera, y también hay una mascota que me cuida para que otros animalitos no me molesten. Pero ahora dejemos las explicaciones, y ¡A volar!

Dicho esto, empezó a elevarse en el aire, y yo pensé que no podría seguirla, así que le dije que no podía, a menos que me enseñara cómo hacerlo.

- Muy simple. -respondió riéndose- Tienes que dar un pequeño saltito y luego quedarte arriba, sin volver hacia abajo.

- Vamos, que eso me parece una tontería... -respondí, pero lo hice tal cual.

Mi sorpresa fue mayúscula, al ver que podía permanecer en el aire, como cuando uno sueña que vuela. Pero me sentía tan contento como asustado, así que pregunté a Iskaún qué debía hacer ahora, estando en el aire.

- Ahora recuerda que tu Cuerpo Mágico pesa menos que el aire, y tu Voluntad te lleva hacia donde quieras. Ahora sabes que puedes volar, pero tu vuelo no depende de la aerodinámica de las alas, como en los aviones y los pájaros, ni de los campos magnéticos, como en nuestros discos voladores, sino de tu imaginación. Prueba a venir a mis brazos...

Y al primer intento, si Iskaún no me hubiera abrazado, hubiera ido a parar no sé a dónde. Porque al principio es como cuando uno aprende a manejar una bicicleta. Hay que acostumbrarse a medir y calcular las distancias y la velocidad. Pero en este caso, uno no tiene que darse un tortazo como con una bici. Simplemente pasa de largo. Con unos ensayos más, ya podía volar como un pájaro, o mejor aún, a una enorme velocidad, aunque me daba un poco de miedo ir muy deprisa. Salimos de la pirámide sin recorrerla toda, porque era muy grande y encerraba muchísimos secretos que no tendríamos tiempo de descubrir en este viaje. Apenas estuvimos afuera empezamos a volar otra vez, y al tomar una gran altura sentí un poco de vértigo, así que le pregunté a Iskaún si podía agarrarme de sus cabellos para sentirme un poco más seguro. Apenas me dijo que sí, envolví mi mano en un mechón de su melena, que apenas se sentía al tacto, de tan suave que era su pelo.

Y mientras estábamos volando como pájaros, a gran altura, hubo dos cosas que me parecieron demasiado extrañas. Una era que el cuerpo de Iskaún parecía hacerse transparente en algunos momentos.

- Pareces un dibujo -le dije asombrado y curioso- como los de algunas películas. ¡Te haces transparente!

- Sí, es porque nuestro sol está en una etapa de gran actividad, y su campo magnético produce este efecto en nuestros Cuerpos Mágicos. Si te fijas en ti mismo, verás que tú también estás casi transparente...

Mientras miraba yo a través de mis manos y brazos, Iskaún se reía de mi asombro. ¡Qué increíble era todo aquello!, ¡Una sorpresa tras otra!

- Pero explícame -le rogué- ¿Por qué hay unas nubes verdes siempre tan lejanas?, ¿Es que la tierra se refleja en ellas?

- No, eso no es por las nubes. ¿Ves cómo el horizonte es cóncavo y no convexo, es decir curvo hacia abajo? Allá afuera, en tu mundo, el horizonte visto desde una montaña demuestra la redondez de la tierra. Pues aquí también, pero al revés, porque estamos en la superficie interior de la Tierra. Y eso que ves en la lejanía, no son nubes, sino territorios muy lejanos. Imagínate una cáscara de nuez sin la parte comestible...

- Ah!, claro, ya entendí del todo este asunto. Aunque me has explicado antes, me costaba entender. La Tierra es como una especie de pelota hueca, y en el medio de ella está el sol que vemos desde aquí. Entonces aquí es el Paraíso Terrenal que nos decía la maestra hace unos días, cuando leía La Biblia... ¿Es así?

- Eso es. Aquí es el Paraíso, que los Vikingos llamaban Walhalla.

- Pero entonces aquí es donde nació Adán... -repliqué razonando.

- Sí, pero esa es otra historia muy larga y complicada que no necesitas conocer ahora. ¿Qué te parece si seguimos volando un poco más y vemos algunos paisajes, mientras regresamos?

- Vale, porque esto de volar es muy bonito...

De todos modos, unos segundos después le dije a Iskaún que prefería caminar, porque me parecía más seguro; pero en el fondo de mi corazón, había otra razón: Quería prolongar este viaje; quería estar más tiempo con mi amiga, que me parecía como si hiciera muchísimo tiempo que la conocía.

- Si caminamos, -me dijo- no alargarás tu estadía aquí, sino que no podremos aprovechar mejor el tiempo... Pero es igual; porque en este primer viaje el objetivo es que conozcas algunas cosas, como la existencia de este mundo mágico, y casi no nos queda tiempo.

Volvimos en parte caminando, en parte volando, al sitio donde habíamos salido del túnel que une este mundo mágico con el mundo de afuera. Esto de volar, como en los sueños, era algo fascinante, maravilloso, me permitía apreciar el paisaje de muchas maneras diferentes. Aunque aún me daba un poco de vértigo, disfrutaba mucho. Cuando miraba hacia abajo y me interesaba ver un poco más de cerca alguna cosa, caía en picado, a una velocidad impresionante y me asustaba, porque me parecía que me estrellaría contra el suelo, pero pasaba de largo. Veía las rocas por debajo del suelo, y con sólo pensarlo, volvía a salir y a repetir algunas piruetas en el aire ¡Qué alegría tan grande me daba volar!

Pero Iskaún me llamaba porque debía volver a mi casa. Y me parecía una despedida trágica, que me daban ganas de llorar ¿Y si no pudiera volver a ese mundo maravilloso nunca más?, ¿Volvería Iskaún a buscarme, como me había prometido?, ¿Me enseñarían aquellos chicos mayores, la Magia de los Tres Colores, con la que los niños se convierten en sabios?

Llegamos al bello sitio y allí estaba el cuerpo físico de Iskaún, que seguía como dormida. Ah, pero... *"No me iré sin entender cómo es lo del cuerpo físico y el Cuerpo Mágico"* -pensé.

- No te preocupes, que ya lo entenderás- me dijo mi amiga. Pero ahora debemos volver rápido, porque tus padres despertarán y puede haber problemas. Así que recuéstate aquí y cierra los ojos un momento.

Tal como me indicó Iskaún, me recosté y cerré los ojos. No tuve ninguna sensación, pero cuando me dijo que ya podía mirar, estábamos otra vez en el túnel, cayendo hacia mi mundo, que en realidad también podría decirse que estaba "cayendo hacia arriba", para salir nuevamente al fondo de mi casa. Pero en el camino, como duraba algunos minutos, me puse a hacer piruetas, aprovechando mi nueva facultad de volar con el Cuerpo Mágico. Era muy divertido hacer "trompos", "looping" y "tirabuzones", mucho más rápidos que un avión, mucho más ágil que un pájaro. Y todo ello, sin dejar de avanzar por el túnel, hacia mi casa.

- ¡Cuidado! -dijo Iskaún en algún momento- No te acerques a esas agujas. Recuerda que son intraspasables incluso en este estado y podrías lastimarte y hasta morirte...

- Bien, ya estamos de vuelta. -dijo un rato después- Aquí puedes ver tu cuerpo físico, recostado contra la parra, así como mi cuerpo está entre las raíces del árbol. ¿Lo vas comprendiendo?

- Estoy... Estoy...

- Sí, claro. Comprendo tu sorpresa. Es normal. Pues ahora ya sabes que puedes volar con tu Cuerpo Mágico. Pero recuerda que nunca debes empezar a volar lanzándote de alguna altura, porque es peligroso. Si deseas saber si estás con el cuerpo físico o el mágico, debes dar un pequeño saltito. Y si flotas, pues ya sabes. Quiere decir que tu cuerpo físico estará durmiendo con toda placidez. Ahora... Adiós. Ya volveré a buscarte en otro momento.

- ¿Y si me llevas, pero con el cuerpo físico también?

- Eso lo veremos. Hay que hacer unos cuántos preparativos para ello y puede que pasen algunos años. Con tu Cuerpo Mágico es mucho más rápido. A tu cuerpo físico habría que venir a buscarlo con una vimana, pero como tienes muchas cosas que aprender, quizá lo dejemos para más adelante. Y con tu cuerpo físico no podrás volar ¿Acaso no disfrutas volando con el Cuerpo Mágico?

- ¡Sí, claro!, ¡Y mucho! Pero se me hará muuuuuy largo el tiempo, esperando que vuelvas a buscarme.

- No lo creo ¿Acaso no tienes unos experimentos pendientes con las pirámides?

- ¡Ah!, cierto... Lo había olvidado. Y ahora que sé que son mágicas también, tengo mucho para hacer...

- Bien, no abandones tus experimentos. Y cuida muy bien el libro, que no debe caer en manos de los Narigones. Apenas me vaya, cierra los ojos.

Miré mi cuerpo una vez más mientras Iskaún me dio un beso en la frente y se sumió en la tierra saludando con su brazo y su bonita sonrisa.

CAPITULO III
LOS EXPERIMENTOS Y LOS TELÉPATAS

Apenas cerré los ojos, me encontré sentado allí, pensando que había tenido un sueño hermoso. Sentía de nuevo mi pesado cuerpo... Bueno, no tan pesado, porque sólo tenía seis años. Pero todo aquello había sido tan real, que tenía serias dudas sobre si había sido un sueño o no. Mi conciencia allá adentro del mundo, era bastante diferente. Era como si allá, aunque fuese un niño pudiera darme cuenta de muchas más cosas.

- ¡Marcel! ¡Estás ahí!, -dijo mamá entre alegre, sorprendida y preocupada, mientras llegaba al lugar vestida con su bata de dormir- ¿No te ha dado frío?... Es casi de noche. ¿Qué has estado haciendo durante la tarde, que ni te hemos escuchado?

- Cierto... Es que... Bueno, nooo...

¿Cómo podía explicarles a mis padres lo que acababa de vivir? Y era muy tarde, pues el sol ya se había ocultado y en pocos minutos sería noche cerrada. También recordé que me habían pedido no decir nada sobre el viaje, así que dije que había estado durmiendo y que había tenido un hermoso sueño. Mientras mi mamá me preparaba la cena, comentaba con mi padre lo extraño que había sido haberse quedado dormidos toda la familia durante tanto tiempo.

- Nos acostamos sólo para una siesta a la una y media... ¿Cómo podemos habernos dormido hasta las nueve? Y no era que estuviésemos muy cansados...

El asunto quedó en una simple curiosidad. Pero mi interés por avanzar con los experimentos de las pirámides había aumentado. Si los dioses usaban enormes pirámides, sería por alguna razón muy importante. Aunque Iskaún no me diera explicaciones muy completas, al menos ya sabía que sirven para curarse de algunos problemas de salud. Entonces insistí a mi papá que averiguara lo que faltaba, porque aquel libro mágico escondía claves que seguramente llevarían a la comprensión del asunto. Pero como él tenía mucho trabajo, me recomendó leer el libro de nuevo, a ver si pillaba algún detalle que se nos hubiera escapado. Así fue que me encontré conque una de las páginas del libro era muy rara. Si la miraba desde el frente, sólo había palabras escritas, pero al poner el libro casi de plano, me di cuenta que se veía una imagen diferente. Y la imagen que se veía era una especie de mapa general de la Tierra, por dentro y por fuera.

Durante algunos días leí y releí el libro, pensando -como me había dicho mi padre- en cada frase, buscando el sentido a cada palabra. Una noche, poco antes de dormirme, me puse a leer, y el libro quedó allí, entre mis manos. Me empecé a dormir y soñaba con Iskaún. Pero me estaba dando cuenta que era un sueño, que era mi mente o la Voz Interior, la que quería decirme algo importante. Así que no abrí los ojos. Imaginaba que era la Voz Interior, que tomaba la forma de la hermosa cara de Iskaún para repetirme algo que ya había leído antes en el libro, sin poner mucha atención en ello.

- "Todas las grandes civilizaciones humanas utilizaron pirámides. Las construyeron de todos los tamaños, *perfectamente orientadas* para servir como referentes astronómicos, pero éstas servían para múltiples propósitos..."

- ¡Eureka! -grité en voz alta despertándome.

Cuando tranquilicé a mi madre, que entró asustada por mi grito, seguí con el libro. Esa frase estaba en el libro, y la había leído como chiquicientas veces, pero no me había dado cuenta antes. También lo había dicho Iskaún. Las habían construido ***"perfectamente orientadas"***. Esperé hasta el día siguiente, porque papá dormía, pues era muy tarde, y además yo tenía que ir a la escuela por la mañana.

Apenas me levanté, fui a guardar el libro en su escondite y vi, sobre la pared del fondo de mi casa, a alguien que se asomaba. No alcancé a ver bien, pero era alguien que tenía gafas negras de sol. Si era quien yo me sospechaba, el libro estaba en peligro, así que me volví a la casa y le conté a mamá lo ocurrido, pero ella no me creyó.

- Es que te has quedado con esa idea en la mente, y estás preocupado, así que deja ese libro por ahí, y vete a la escuela, o llegarás tarde.

Salí de mi casa muy preocupado y enfadado con mi madre, llevando el libro en mi mochila, pensando y repensando dónde o a quién podía dejárselo para ponerlo a salvo. Así que más que caminar, corría. Al llegar a la esquina me detuve para mirar apenas asomado desde la última casa, hacia todas direcciones y justo pude ver a uno de los hombres. Esta vez iba vestido con ropas más corrientes, pero igual con sus gafas oscuras. Daba por hecho que me había visto con el libro cuando iba hacia el fondo de mi casa, así que no podía correr riesgos. Casi nadie conocía mejor que yo el barrio, así que eso jugaba a mi favor. Me volví en dirección a mi casa y empecé a correr, pero crucé la calle para meterme en un estrecho terreno baldío que salía hacia unos olivares. Me metí por un agujero en el alambrado y para tomar un respiro me escondí tras uno de los gruesos olivos. Al asomarme vi a uno de los hombres que estaba en la entrada del baldío, haciendo señas a otro que yo no veía. Señalaba en la dirección en la que yo estaba. Mi única oportunidad para despistarlos era internarme más en el olivar, pero debía mantener la dirección educada para que el olivo me tapara en la fuga.

Al parecer calculé bien, pero al atravesar todo el campo y llegando a la calle, un coche oscuro daba la vuelta desde un par de calles, hacia mi dirección. Justo venía también un grupo de chicos de mi escuela y aproveché que cruzaban la calle para cruzar yo también. Me metí en el grupo saludando a los chicos, que eran mayores que yo, y traté de quedar al centro. Estos, que eran unos diez, me permitieron pasar desapercibido a los del coche. El que conducía parecía muy joven, pero el acompañante era el compañero del que me seguía a pie; uno de los que me habían interrogado sobre Johan. Pasaron despacio, observando al grupo, pero creo que no me vieron y siguieron. Al llegar a unas vías del ferrocarril miré hacia atrás, y el que seguía a pie estaba ya en la esquina donde había encontrado a los otros chicos. Así que cuando llegamos a un paso a nivel, aproveché para salirme del grupo y meterme por el costado del terraplén de las vías. Con más de dos metros de altura sobre la calle, el terraplén me ocultaba por completo.

Corrí como loco unos doscientos metros, hasta llegar a otra finca grande, con frutales, álamos y grandes eucaliptos. Tuve que saltar un alambrado y rogaba que Don Matías -el dueño de la finca- no me viera, porque tenía fama de espantar a escopetazos a los chicos que se metían a sacar frutas. Desde ahí en adelante, yo no conocía bien la zona, así que no tenía idea de por dónde saldría. Atravesé la finca hasta llegar a otro alambrado que me separaba de unos largos viñedos y pasé entre los alambres con el corazón en la boca. Me di cuenta que el miedo se estaba apoderando de mí y casi no podía respirar. Una vez en la viña, me senté en el suelo, escondido bajo de las vides.

Se me ocurrió pensar que quizá esos hombres vivirían en el barrio, y que yo estaba asustado sin motivo, pero repasando los acontecimientos, la mentira del hombre que buscaba a Kornare con el pretexto de una hermana que no existía... El Libro era algo demasiado valioso, y no podía correr riesgos. Saqué la bolsita de plástico en que mamá había metido mi merienda, y puse en ella el libro, preparado para esconderlo donde encontrara un lugar adecuado. Cuando recuperé el aliento y me tranquilicé, luego de respirar varias veces de modo profundo, seguí la línea de viñedos hasta llegar a la parte de atrás de unas casas. Había en una de ellas una portezuela de tela de alambre, que por fortuna estaba abierta, y entré al patio trasero golpeando las manos.

Una mujer salió al patio y me preguntó muy mal agestada, qué hacía en el fondo de su casa.

- Disculpe... Es que tuve un problema con unos chicos... Y me tuve que escapar... Me metí en la finca de Don Matías y luego no podía salir por el mismo lugar...

- ¡Ah!, pero... ¡Qué peligro has corrido...! Ese viejo chiflado es capaz de meter un escopetazo a cualquiera sin preguntar ni una palabra... Bueno, pasa por aquí ¿Te han seguido los gamberros? -dijo en tono más amable.

- Creo que no, señora... Bueno, tengo que irme o llegaré tarde al colegio.

- ¿Al cuál vas?

- A la "Pedro Palacios". Ya deben estar entrando a clases...

- Hummm, tienes poco tiempo... Hay como un kilómetro desde aquí. Tendrás que correr.

- Sí, pero quiero pedirle un favor...

- ¿De qué se trata?

- Tengo un libro muy pesado que no quiero llevar a la escuela. ¿Podría guardármelo Usted? Yo puedo pasar otro día a recogerlo...

- Claro... Ven adentro.

La mujer me hizo pasar a la casa, y me llevó a una sala donde me encontré con una biblioteca espectacular. Había miles de libros allí y le dije a la mujer que me encantaban los libros y que ordenar la biblioteca de mi casa era una tarea que hacía siempre. Eso le hizo cambiar la cara y pasó a ser más amable conmigo.

- Como ya de todos modos llegas tarde, puedo prepararte un café con leche... ¿Has desayunado?

- No, no tuve tiempo, pero gracias, señora, no quiero causarle molestias...

- ¡Que no es molestia, chico! De todos modos ya llegas tarde. Y a mí me gusta la compañía de los niños. También soy maestra de tu escuela ¿Sabes?, pero voy en el turno de la tarde. Puedo hablar con la directora y te quedas conmigo hasta que se enfríe el asunto con los otros chicos... De paso, si quieres, me ayudas a clasificar algunos libros que estoy ordenando ¿Te parece bien?

- ¡Me parece magnífico!, muchas gracias. -dije- Es Usted muy amable...

- Mientras preparo nuestro desayuno, busca un lugar donde dejar tu libro, pero recuerda dónde lo dejas, porque si lo olvidas no será fácil encontrarlo entre tantos otros.

Eso me vino como anillo al dedo. Sólo yo sabría dónde estaba el libro. La señora Aurora Heredia llamó a la directora del colegio para decirle que me quedaría con ella ayudándole.

- Todo arreglado Natalia, gracias... -decía ella al teléfono- ¿Cómo te llamas?

- Marcel, de primero "A".

- Sí, Marcel, de primero "A"... Bien... Sí... Gracias, Naty. Un beso... -y colgó el teléfono- ¿Sabes? Todo arreglado. No te pondrán tardanza ni inasistencia.

Pasé toda la mañana con ella, conversando de todo un poco, y un buen rato ayudándole a clasificar los libros. Mientras yo leía el título de cada libro y el autor, ella lo escribía en una planilla y me decía donde debía ponerlo.

Ya cerca del medio día llegó su marido y el hombre resultó ser tan simpático como ella. Conversamos un poco sobre su viña, que trabajaba con gran esmero, porque le comenté que yo también tenía algunos parrales en casa. Me hizo algunas bromas sobre las peleas con los otros chicos y a punto estuve de decirle la verdad de lo que estaba ocurriendo. Pero supe mantenerme callado y el tema del libro no volvió a hablarse. Había quedado metido entre otros libros de similar tamaño y rogué al cielo que se olvidaran de él. Sentí como una gran seguridad de que lo olvidarían, así que pude volver a mi casa un poco más tranquilo.

En la tarde salí, como siempre a dar una vuelta en la bicicleta, pero me puse la capucha de un disfraz, por si los hombres peligrosos aparecían, pero no volví a verles ese día. Era casi de noche cuando pude hablar con mi padre y contarle lo ocurrido, entonces me dijo que sin decir nada a nadie, fuera a casa de su hermano Francisco y tratara de localizar a Johan, para ponerlo sobre aviso.

- Ten mucho cuidado -me dijo papá- No sabemos qué intenciones tienen esos granujas, pero seguro que son peligrosos. No preguntes por Johan directamente. Busca a tus primos como si fueses a jugar con ellos. ¿Entiendes?

- Sí, Papi, descuida.

Volví a montar mi bicicleta, sacándole los cartones y broches que ponía entre los rayos para hacer ruido, y anduve los casi tres kilómetros que había hasta la casa de mi tío. Era un sitio difícil de encontrar y bueno para esconderse, con muchos árboles y viñas.

Mi tío me dijo que mis primos no llegarían hasta más tarde, así que me animé a preguntarle por Johan.

- ¿Johan?... ¿Quién te manda a preguntar por él?

-mi papá... Es necesario que le encuentre...

- ¿Y tu padre sabe que Johan vino aquí?

- Sí, claro. Me lo dijo él hace unos cuántos días...

- Ya se ha ido... Dile a tu padre que se acerque en cuanto pueda. Dile que tenemos que hablar sobre el asunto del terreno...

- Bueno, se lo diré. Ahora me voy, que ya es de noche.

Me despedí de mi tío más preocupado que antes, al ver su cara de preocupación. Llegué en poco rato a mi casa, aprovechando la pendiente a favor del camino, y papá también se quedó preocupado. No le dije nada del libro, porque recordaba que Iskaún me había dicho que los Narigones podrían ser telépatas y averiguar casi cualquier cosa. Pero le pregunté si conocía a los Narigones.

- ¿Los Narigones? No sé quiénes serán...

- Algo como Narigones S.A.

- ¡Ah!, sí, claro... Narigonés Sociedad Anónima. Es una empresa de altas tecnologías. Unas están haciendo investigación para usar los satélites que mandan al espacio, y transmitir telefonía, radio y toda clase de información a todo el mundo. Pero los de Narigonés se preparan para hacer alto espionaje de todo el mundo y a todas las perso... ¿Quién te ha hablado de ellos?

- ¿No te acuerdas del papelito del libro?

- ¡Ah!, Claro... Bueno, la verdad es que son gente peligrosa. Creo que son los que buscan a Johan. Y a propósito de ello... ¿Está el libro bien guardado?

- Sí, no te preocupes... No lo encontrarán.

Notaba que mi padre estaba disgustado con que yo estuviese sabiendo todo o casi todo. Pero hasta ahora, ello había salvado al libro y quizá no habían encontrado a Johan. No sabíamos de qué iba la cosa, aunque lo que yo entendía era lo que me había dicho Iskaún y Uros.

- Dime, Papi... -pregunté- ¿Qué puede tener ese libro que sea tan importante?

- Yo creo que sabes demasiado. Si me descuido, más que yo. Y eres un chiquilín todavía. Me da miedo que estés involucrado en esto.

- Bueno, pero ya lo estoy y no he metido la pata ¿Verdad?

- No. Por eso no te dejo al margen del asunto. Pero no quiero que tu madre sepa demasiado, porque ya sabes... Se pone histérica y con toda razón.

- De acuerdo... Pero no me has respondido. ¿Qué puede ser tan importante?

- No lo sé. Ese libro tiene muchas fórmulas, secretos de toda clase. Y esos tipos buscan desarrollar tecnologías para tener poder, en vez que para ayudar a la gente. Ellos desarrollan tecnologías para uso militar... ¿Comprendes?

- Sí. Claro... Con gente así va el mundo tan mal...

Al día siguiente, en el colegio, la maestra me preguntó por qué no estaba atendiendo la clase y me quitó la hoja en la que había dibujado una pirámide y escrito la frase sobre las ellas...

- "...de todos los tamaños, perfectamente orientadas" -leyó en voz alta- ¿Esto tiene algo que ver con el ejercicio de aritmética que he explicado?

- No, señorita. Es que... Bueno, estaba pensando en otra cosa...

- Bien, guarda eso y atiende, que si no aprendes a manejar los números, tampoco aprenderás a manejar pirámides ni nada por el estilo. La geometría no se puede entender sin la aritmética. ¿Pero qué quiere decir eso de "perfectamente orientadas"? -preguntó con curiosidad.

- Pues, que mi papá y yo estamos haciendo unos experimentos con unas pirámides, y hemos descubierto que no nos funcionan bien cuando no están perfectamente orientadas, o sea que tienen que estar en una posición determinada, y no en cualquier posición...

- ¿Y para qué sirven las pirámides? -interrogó la maestra un tanto incrédula.

- Para muchas cosas. -dije- Parece que son mágicas, pero aún no lo sé muy bien. Algunas personas se curan sus heridas más rápido, y esas cosas.

- Bueno, ya está bien... Ahora atiende a la clase de aritmética y dejemos la pirámide para la clase de geometría ¿De acuerdo?

Cuando salía al recreo luego de la hora de geografía, vino la secretaria a preguntarme si estaba interesado en aprender inglés, porque el día había recibido una beca para estudiar en un instituto, pero como no había ido a la escuela, no me había enterado de ello.

- ¿Estudiar inglés? -le pregunté extrañado a la secretaria.

- Claro, creo que es una buena oportunidad. Vinieron dos señores de un instituto de idioma... No recuerdo como se llama, pero dijeron que tú sabrías como ponerte en contacto con ellos.

- ¿Unos señores con gafas de sol?

- Sí... Justamente -dijo la mujer con gesto de curiosidad.

- Pues esos no son de ningún instituto. Si los ve, llame a la policía, porque andan haciendo averiguaciones raras...

- ¿Qué dices?

- Como lo oye, señorita -respondí con firmeza- Esos hombres son mala gente. Verá que en cuanto les diga que llamará a la policía, se esfuman.

- ¿Y cómo sabes tú quiénes son?

- Pues... Es que... Bueno, yo lo sé. Y es largo de explicar. Pero es como le digo. Y si le quedan dudas, hable con mi papá, que mañana viene a instalar el timbre del patio de la bandera.

Con lo dicho, la secretaria puso cara de extrañeza y se volvió hacia la dirección. Por mi parte prefería olvidarme de esos tipos y esperé con gran ansiedad al día siguiente, en que quizá hablaríamos de pirámides en geometría. Pero la maestra me explicó que no estudiábamos en el primer grado de escuela, nada relativo a las pirámides y otras formas complejas. Sólo hablábamos de figuras geométricas, cuadrados, paralelogramos y otras cosas, que de todas maneras serían muy importantes para entender el asunto de las pirámides. Pero en casa, mi papá me explicaba muchas cosas que no me enseñaban aún en la escuela, mientras comenzábamos de nuevo con los experimentos piramidales. Le conté a él lo que había descubierto sobre la orientación, y en cuanto se desocupó de sus asuntos nos dedicamos a orientar las pirámides, con una cara hacia el norte, como las pirámides de Egipto.

En unos días conseguimos un interesante resultado. Habíamos puesto un pedacito pequeño de carne en la pirámide más grande, que era más o menos como la del dibujo que acompaña este libro, pero ésta era de aluminio. Pasados tres días entré al taller y apenas entrar sentí un fétido olor a podrido. Pensé que era una pena, pero había fallado este experimento también, porque la carne estaría podrida. Iba a sacar el trocito, cuando al acercarme apenas sentía olor. Volví hacia la puerta y me di cuenta que el olor no venía de la pirámide.

Miré por todas partes, hasta que detrás de unas herramientas, en el suelo, encontré una rata muerta que era la causa del mal olor. Así que con todo el asco del mundo, me puse un guante de trabajo de mi papá, que me quedaba muy grande, y agarré como pude la rata, que enterré en la huerta. Luego volví a la pirámide y comprobé que el pedacito de carne estaba bastante seco pero no tenía ningún olor. Lo saqué apenas un momento y volví a dejarlo en la pirámide, para sacarlo luego junto con mi papá, que también estaría muy contento de que el experimento de "momificación" hubiera, -por fin- dado al menos un resultado. La verdad es que saltaba de alegría. Si se podía disecar sin que se pudiera un pedazo de carne... ¡Cuántas cosas maravillosas escondería la pirámide en su milenaria ciencia!

La cara de satisfacción y asombro de mi papá, eran un claro indicio de que el asunto era importante de verdad. Así que se entusiasmó tanto, como para fabricar cinco pirámides más, de diversos materiales. ¡Queríamos descubrir con urgencia todo el tesoro mágico de las pirámides!

El primer experimento con un ser viviente lo hicimos con una abejita que apareció en el suelo, entre las hojas secas de uno de los álamos, mientras estábamos fabricando las pirámides. Vi que no podía volar y me dio mucha pena, y se me ocurrió que podíamos intentar curarla.

- No creo que sea buena idea -dijo papá- porque se mueren, como todos los seres y cuando les llega la hora... Quedan así y ya no pueden seguir volando. Además te puede picar si intentas agarrarla.

- Pero podríamos intentarlo, total no hay nada que perder. -insistí.

- Bueno, está bien... -dijo mi papá luego de pensarlo un poco- Habrá que ponerla en una jaulita de tela, para que no se vaya.

- No, no hace falta -dije muy seguro- porque así como está no podrá ir muy lejos. Y si le dejamos un poquito de miel, podrá alimentarse...

- Bien, pero en vez que miel podemos ponerle un poco de polen de calas, de cinerarias y azucenas, así evitamos que se quede pegada.

Finalmente, con un papel recogí la abejita y la metí dentro de la pirámide que ya teníamos bien orientada y decidimos ponerle una tela en la puerta, para evitar que se escapara y así saber si el tratamiento había sido efectivo. Le pusimos una hoja de vid mojada y el polen que mi padre recogió de las flores. Al día siguiente, antes de ir a la escuela, no podía contener mi curiosidad y mi deseo de liberar a la abeja, así que fui al taller a ver si aún vivía. Apenas abrí con todo cuidado la tela de la puerta, la abejita salió de la pirámide volando con tremenda vitalidad. Daba vueltas alrededor de mí hasta que se posó en mi brazo. Debo reconocer que tuve miedo de que me picara, pero se frotaba las patitas y volvía a volar a mi alrededor, para colocarse encima de mi cabeza, sobre mis manos, y hasta sobre mi nariz.

- Bien, abejita, -le dije pensando que podría entenderme- ya puedes irte... Y me alegro que te hayas curado. Cuando quieras, vuelve a la pirámide...

Pero la abeja no se separaba de mí. Entré a la casa abriendo y cerrando rápidamente la puerta del pasillo que comunicaba con el patio, pero la abejita se pegó a mi hombro. Revoloteaba sobre mi cabeza y volvía a posarse en mi pelo o en mis brazos, y yo sentía que era todo un ritual de agradecimiento. Mientras desayunaba, mamá estaba un tanto asustada, porque veía a la abeja sobre la mesa, cerca de mis manos o en mi hombro.

- No te asustes -le dije- que no me hará nada. Ya somos amigos. La pusimos ayer en la pirámide y se curó, y ahora me lo agradece con su compañía.

- ¡Anda ya!, no digas tonterías... Que se ha venido donde estás tú porque has volcado azúcar en la mesa y eso la atrae.

Como yo ya sabía muy bien, ante ciertas cosas hay que callarse y no discutir. En todo caso, papá era testigo del asunto, pero él ya se había marchado al trabajo. La abejita me siguió acompañando hasta que salí, y ya en la calle, la perdí de vista. Cuando nos reunimos para comer, a mi regreso de la escuela, comentamos el asunto y mamá no terminaba de creer; aunque le dijo a mi padre que de todos modos, era muy curioso que la abeja permaneciera a mi lado con tanta insistencia. Apenas terminamos la comida nos fuimos al taller a completar algunas cosas que habíamos dejado sin hacer con las pirámides, como colocarlas comprobando la orientación y la nivelación, poner muestras de distintas cosas y terminar de hacer una pirámide de chapa de cobre. En esta última, pusimos como elemento de prueba una begonia de hojas muy bonitas y gruesas. Después mi papá se fue a dormir la siesta y yo me quedé bajo la parra, esperando como desde hacía varios días, que apareciera Iskaún y me llevara a su mundo. Me dormí un rato allí mismo, pero parece que no ocurrió nada. De repente me despertaron unos ruidos tras la pared del fondo. Miré hacia ella y vi una escalera que estaba seguro no haber visto antes, así que fui corriendo a preguntarle a mi padre si la había traído él. Estaba levantándose de su sagrada siesta y me dijo que la escalera la tenía en la escuela, donde estaba haciendo arreglos de electricidad. Cuando le dije que era otra la que había allí, y que había ruidos del otro lado, salió corriendo hacia el fondo, y yo corrí tras él.

No puedo transcribir aquí las palabras que dijo mi papá, pero el asunto era temible. Alguien la había puesto para meterse a la casa, desde la casa de Johan Schneider. Sacó la escalera y la dejó en el piso, entre los parrales, y nos fuimos corriendo a la calle, y dimos la media vuelta a la manzana. Tocamos el timbre en la casa de Schneider pero no salía nadie.

- No creo que tengan suerte, Dominguín... -dijo una vecina que pasaba por ahí- porque el viejo Johan está en Alemania, visitando a sus nietos.

- ¡Oh!, Doña Celina... ¿Cuándo se fue? -preguntó mi padre.

- Hace como quince días. Y de paso operarán allá a su mujer, que tiene problemas de las rodillas, así que seguramente demorarán un poco...

- Y... ¿No ha vista a nadie entrar a la casa?

- No, la verdad que no, salvo yo misma, que vengo día por medio a regar las plantas...

- O sea que Usted tiene llave de la casa... -dijo mi papá.

- Claro... ¿Pero es que ha ocurrido algo?

- Sí, es que alguien ha intentado entrar a mi casa por el fondo de la casa de Johan. Y hace sólo unos minutos.

- Justo tengo la llave aquí, con las mías, así que si quiere, damos un vistazo...

- Sí, pero mejor hagamos otra cosa. Si son ladrones pueden estar armados. Yo me quedo aquí y Usted va y llama a la policía.

La mujer asintió con la cabeza y fue rápidamente a su casa, justo en frente, y en pocos minutos salió.

- Ya está. Vienen enseguida.

- Marcel... -me dijo papá- Esto puede ser peligroso. Vete a casa y dile a tu madre que esté atenta. También mira si hay alguien en lo de Doña Elsa y en la casa de Oscar, no sea que intenten escapar por detrás...

Apenas alcancé a oír las últimas palabras, porque ya estaba corriendo lo más que podía y en uno o dos minutos estaban avisados mi madre, los vecinos de al lado y algunos otros.

- ¡Hay ladrones en el barrio! -gritaba Doña Elena- ¡Salgan todos, que hay ladrones!, ¡Hay que rodear la manzana!

La voz chillona de la vecina se escuchaba en toda la calle y resultó muy efectiva. Era un horario en que casi todos los vecinos se encontraban en sus casas. Yo no sabía si volver al fondo de mi casa o dar la vuelta y volver donde estaba mi padre. Me quedé unos momentos frente a la puerta de mi casa, y ésta se abrió violentamente. Todo ocurría en un sólo instante. Los dos tipos de las gafas oscuras salían corriendo, y mamá detrás de ellos, a los gritos y con el hierro de remover las cenizas de la estufa, dando por los lomos al que corría menos.

- ¡Aquí están los ladrones! -grité con todas mis ganas.

Los vecinos reaccionaron en el momento y salieron todos detrás de ellos, que ligaron palos y piedrazos por todas partes en sólo unos segundos. Uno de los hijos de Doña Elsa, que era muy corpulento, se lanzó a las piernas de uno y lo tiró al suelo, pero el otro sacó una pistola de entre sus ropas. Tres vecinas se le echaron encima y no sólo le quitaron el arma, sino que le dejaron magullones y arañazos por cantidades industriales. Si no hubiera llegado a tiempo la policía, los hubieran desmayado a golpes.

- ¡Ya decía yo que estos tipos eran muy raros! -decía Doña Chela, escondiendo un palo de amasar tras su vestido para que uno de los policías no la relacionara con la herida en la oreja que tenía uno de los linchados.

Los policías eran cinco o seis y vinieron en dos coches. Metieron a cada uno de los maleantes en un coche y se los llevaron después de tomarle declaración sumaria a varios vecinos. Mi padre había avisado también a los vecinos de la otra calle, y custodiando el frente de la casa de Johan, se había perdido la escena. Llegó justo cuando la policía estaba por irse, así que les pidió que esperasen, para verles las caras a los de las gafas.

- Si quiere verlos bien, nos acompaña y hace su declaración en la comisaría...

- De acuerdo -respondió mi padre al policía- Voy en mi coche ahora mismo.

Los policías se fueron y los vecinos ya tenían para pasar la tarde de comentarios y suposiciones. Mientras, yo le rogaba a papá que no fuera a la policía, porque sabía que no eran simples ladrones...

- Es mejor que no vayas, Papi, que esos tipos son los que quieren el libro, ya sabes... Lo mejor es que la policía averigüe todo lo que tenga que saberse y ya está...

- No te preocupes. -respondió mi padre- Ya le dije al oficial que iba, así que no puedo echarme atrás ahora. Además, no te preocupes. Sean quienes sea, esos sinvergüenzas no aparecerán más por aquí.

- Pero es que pueden ser telépatas, Papi...

- ¿Queeeé? ¿Telépatas? ¡Esos son rateros!, han estado vigilando la casa y nuestros movimientos para entrar a robar... Saben que tengo muchas herramientas caras...

- Sí, pero lo que quieren robar es el libro... Vamos, Papi, que sabes muy bien que no son simples ladrones. Esos son los que preguntaron por Johan...

Mi padre me miraba desconcertado porque quería hacerme creer que no era para tanto y pretendía que yo, como era un niño, quedara al margen del asunto. Pero no estaba dispuesto a que me dejaran de lado, aunque no podía explicar lo que me habían dicho Iskaún y Uros. Sabía que los malandras eran de los Narigones o como se llamen y que quizá fueran telépatas.

- Bueno, si son ladrones quiero que me lleves. Voy contigo...

- ¡Ni hablar! -dijo él decididamente.

Pero yo sabía algo de la "magia de la insistencia".

- ¿Qué te preocupa? Si sólo son ladrones ni se fijarán en mí. Si son de los Narigones tampoco. Soy sólo un niño, y además allí hay muchos policías ¿No?

No sé cuántos argumentos más le puse, uno tras otro, y cuántas "facturas" le cobré de ayuda en su trabajo, de mis buenas notas, de mis deberes bien hechos, de que nunca le falté el respeto ni tenía quejas de los vecinos, de mi buena conducta en la escuela... Por ahí casi meto la pata... Hasta que resignado accedió. Pero cuando entramos en la comisaría, algo me hizo sentir miedo. En un rincón estaban los dos tipos de las gafas, conversando muy amigables con los policías. Mi padre entró muy cabreado a la recepción y empezó a decir:

- ¿Cómo es que estos granujas están de charla corrida con el personal policial? ¿Es que acaso ellos son policías?

Los dos policías que charlaban con los "detenidos" estaban con unas caras de totales imbéciles, y papá y yo nos dimos cuenta que el asunto era peligroso. Los de las gafas no las tenían puestas y al mirarnos fijamente sentimos sus miradas penetrantes y poderosas.

- ¡Son telépatas, Papi !-grité- ¡Hay que ser fuertes y no mirarles a los ojos!

- ¿Donde está el Comisario Padilla? -gritó mi padre- Quiero ver al Comisario ahora mismo o aquí termina preso hasta el Jefe de Policía de la Provincia.

- ¿Qué pasa aquí? -preguntaba al entrar el Comisario.

- ¡Por fin! -dijo papá bajando la voz- Disculpe Don Carlos, pero está ocurriendo algo grave. Esos tipos que han detenido han cometido violación de propiedad privada, con escalamiento de muros, atropello personal a mi esposa, invasión de una propiedad eventualmente deshabitada, han estado haciendo averiguaciones de modo ilegal... Bueno... No me dirá Usted que estos tíos son policías secretos o algo así...

- ¡Que va! Acabo de mandar un telegrama con su descripción a la central, y me avisan que los está buscando el ejército, por espionaje y otras cosas peores. Pero... Pero... ¿QUIÉN LES HA QUITADO LAS ESPOSAS?!!

Los dos policías seguían allí, con caras de tontos, y apenas empezaron a reaccionar con los gritos del Comisario. Se miraron entre ellos y como si se dieran cuenta que estaban siendo influenciados de alguna manera, se lanzaron sobre los maleantes, que miraban fijo al Comisario y se le acercaban como para explicarle algo. Les arrojaron al suelo y les dejaron boca abajo, mientras uno de los policías decía:

- Señor Comisario, estos tipos son muy, pero muy peligrosos... Nos estaban... Perdone, Señor, pero no lo va a creer...

- ¡Nos estaban hipnotizando! -gritó el otro- ¡Lo crea o no, estos desgraciados nos estaban hipnotizando!

- ¿Es que está loco todo el mundo o me están gastando una broma?

- No, Comisario -respondí yo Es cierto. Esos hombres son peligrosos porque son telépatas. Pueden leer el pensamiento de la gente, entonces dicen alguna cosa con que las personas quedan tan sorprendidas que no pueden reaccionar. Y parece que también pueden hipnotizar... Creo que son de una empresa que se llama Narigonés S.A....

- ¿Eso te lo dijo Iskaún? -dijo uno de los hombres que me miraba desde el suelo con sus ojos que parecían taladrar los míos.

- Sí, me lo dijo... -empecé a decir, pero un escalofrío de miedo me sobresaltó.

Sin embargo reaccioné y mirando para otro lado pensé que si decía cualquier cosa sobre Iskaún era porque sabía sobre la Terrae Interiora o porque estaba leyendo mi mente. Pero pensé que en cualquier caso, nadie le creería que dijera cualquier cosa al respecto. Lo tomarían por loco.

- ¿O lo leíste en el Librrro? -preguntó de nuevo.

Pero no me pilló desprevenido. Hacía ya unos días que venía pensando la posibilidad de enfrentarme a los telépatas y con lo aprendido en la Terrae Interiora, había pensado en algunos posibles métodos para evitar que supieran donde estaba el Libro Mágico. Había elaborado una imagen en mi mente, con el libro dentro de la Gran Pirámide de Keops, de la que había visto muchas fotos interiores y exteriores. Pero como las explicaciones de Iskaún me habían hecho saber que un telépata podía sentir todo lo que yo sintiera, porque no sólo se leen los pensamientos, sino también los sentimientos, había preparado una sorpresa para los posibles telépatas.

Me puse a recordar con toda la intensidad posible cuánto había sufrido cuando tuve el sarampión, y recordaba con claridad cómo me había ahogado con un pedazo de pan, por comer apurado. Mantuve con tanta fuerza la imagen en mi memoria, aumentando todo lo posible aquellos recuerdos, como si hubiesen sido peor de que realmente fueron, que el hombre empezó a retorcerse en el piso hasta ponerse morado. Eso me asustó, porque comprendí que nada menos que yo, que no aguantaba de ver sufrir ni a una mosca y que era un pequeñajo, estaba contrarrestando el poder de un hombre telépata, aunque yo mismo no lo era.

- O sea... -dijo el hombre sonriéndome malévolamente- Que como erres de los débiles no serrías capaz de librrarte de mi parra siemprre...

Esa provocación me llenó de bronca y el malvado se reía más. Pero ni mi padre ni el Comisario pasaban por alto lo ocurrido. Estaban muy atentos a mí y a los otros. Papá me puso la mano en el hombro y me dijo que no les hiciera caso, porque estaban empezando a jugar conmigo.

- No van a jugar conmigo. Yo seré un niño... Pero la próxima vez, si es que la hay, les irá peor.

El telépata se reía más fuerte y luego los dos se burlaban de mí, tratando de meterme miedo y descontrolarme. Pero yo no estaba dispuesto a perder ni una batalla con ellos. Recordaba cuánto le había molestado mi miedo a Iskaún, así que observé mi miedo y traté de sentirlo más fuerte, más fuerte, más fuerte cada vez. Finalmente los hombres dejaron de mirarme y fijaron sus ojos en el Comisario.

- ¡Que se vaya! -le gritaron- ¡Sáquelo de aquí!

- ¡Ah!... -dijo el Comisario- Parece que el niño les molesta a los señores...

- Sí, es un incorrrdio. Porrr favorrr, sáquelo de aquí... -respondían.

- Señor Padilla -le dije al Comisario- Piense Usted en cosas feas que haya sentido. No deje que ellos le manejen la mente... De verdad que son telépatas.

- Sí... -dijo el Comisario en voz baja a mi padre y a mí- Son espía de Narigonés S.A. Eso lo dice todo, pero no me imaginaba que sería verdad lo de los telépatas...

Inmediatamente llamó a otros policías más para custodiar entre varios a los detenidos.

- Mucho cuidado -les decía a sus subordinados- Estos tíos son extremadamente peligrosos. Son entrenados en telepatía y se los van a llevar los científicos del ejército. Pero mientras tanto no hay que permanecer mucho con ellos, ni mirarles a los ojos. Así que al calabozo inmediatamente. Les pasarán la comida por debajo de la puerta. Y no escuchen lo que les digan.

Luego salimos a la calle y al hablar él con mi padre descubrí que eran amigos.

- No te preocupes Dominguín, que estos tíos no aparecerán más por aquí. Por lo que parece, no tienen el Libro.

- No, creo que no lo tienen, no tuve tiempo a asegurarme. Pero pueden venir otros. Ya sabes. Parece que han descubierto donde tenemos el Libro. Uno de éstos fue a verme en el trabajo, no recuerdo con qué excusas, y terminó hablándome de libros esotéricos. Cuando caí en la cuenta de que lo que quería era hacerme pensar en el Libro y dónde estaba, ya era tarde. Habrá que cambiarlo de lugar. Si lo han encontrado, puede que esté en la casa de Johan Schneider, así que te llamaré si hay que buscarlo... No puedo entrar ilegalmente.

- No se preocupen, señores... -interrumpí- Veo que no me cuentan mucho últimamente... Y mi papá se hace el ignorante... Pero estén tranquilos. El libro está bien guardado. Lo mejor sería que yo no les dijera nada a Ustedes, porque ya veo que los telépatas les averiguan todo...

- ¿Y a ti no te lo han averiguado recién? -dijo preocupado el Comisario.

- No, señor Padilla. Hace unos días que vengo pensando cómo evitar que me lean el pensamiento, así que creerán que está en la Gran Pirámide de Keops, pero les resultará un poco "sofocante" hasta la idea de ir allí.

- ¿Eso tiene que ver con el ahogo que tenía el crápula ese?

- No. Me concentré en el recuerdo de una vez que me ahogué con el pan. Y me imaginé que estaba ahogándome hasta morirme, tirado en el piso pero dentro de la Gran Pirámide, y mientras, pensaba que si fuesen a buscarlo allí, se ahogarían y no podrían respirar...

- Oye, Dominguín... -dijo Padilla- ¿Este es un niño o es un enano...? ¿No hay como sacarlo de este asunto tan peligroso?

Mi padre se rió un poco, negando con la cabeza y luego dijo que no sabía si debía sentirse orgulloso o desesperado. Conversaron algunas cosas y volvieron a hablarme.

- Estás muy seguro de que nadie sabe donde se encuentra el libro. -preguntó mi papá-

- Sí, Papi, les aseguro que nadie lo sabe y los telépatas sólo pueden creerse que lo he hecho enviar en una caja, a esconder en la Gran Pirámide de Egipto.

Unos días después ya estaba más tranquilo todo, y mejor aún me quedé cuando nos fuimos a la montaña, a la casa de Johan Kornare. Allí se reunieron él, papá, el Comisario Padilla, mi tío Francisco y otro hombre al que no conocía. Aunque no pude estar en sus conversaciones, mi padre me explicó:

- Esto sólo lo sabrás tú. Ni tu madre ni hermanos deben saberlo. Los aquí reunidos somos miembros de una Orden de Caballeros Templarios y nuestra misión es desde que existe esta hermandad, aproximadamente desde el año 400 antes de Cristo, cuidar algunos elementos mágicos y ciertos conocimientos para no se pierdan, pero también es nuestra misión evitar que caigan en malas manos. Algún día podrás saber más...

Al regresar a casa tras unos días de pasear entre montañas, visité nuevamente a la señora Aurora Heredia, porque habíamos quedado que le ayudaría cuando pudiese a continuar con la clasificación de su biblioteca. Una de esas tardes me dejó solo un buen rato, así que aproveché a buscar el Libro Mágico y me costó tanto encontrarlo que llegué a asustarme. Por fin lo encontré y me puse a copiar todos los dibujos que pude, colocando un papel manteca transparente encima de la hoja del libro, poniendo debajo un papel carbónico y debajo de ella la hoja en blanco. No había fotocopiadores, ordenadores y todas esas cosas que hay ahora, así que para "calcar" un dibujo sin dañar los libros, había que hacer todo eso. Antes que regresara la señora Aurora, ya tenía calcado bastante bien unas veinte páginas del Libro. Al menos todo lo importante de lo que yo entendía algo, lo tenía copiado y sería mi copia personal, a la que igual debería tener bien escondida.

Justo cuando todo iba tan bien y habían pasado ya varios días de aquellos momentos peligrosos, volví a casa y algo me llenó de tristeza y mi corazón parecía llenarse de amargura. Mi mamá había comprado dos canarios muy bonitos, pero estaban prisioneros en una jaula pequeña. Cantaban muy bonito, pero yo sentía que no eran felices. No podía ver esos pajarillos allí, sin poder volar. Antes había visto canarios en la casa de mis primos, pero aunque no me había gustado verlos presos, pero tampoco me habían entristecido tanto porque estaban en una jaula muy grande de varios metros de largo. Yo recordaba lo maravilloso que había sido volar junto a Iskaún y me imaginé prisionero de una jaula, condenado a no poder volar o ni siquiera caminar. Entonces le dije a mi mamá que por favor los soltara, porque yo no iba poder estar en la casa sufriendo como los canarios.

- No digas tonterías, Marcel. Los canarios están muy bien allí. ¿No los escuchas cantar? ¿Acaso puede alguien cantar si está triste?

- Sí, Mami, yo algunas veces canto de tristeza... -y era muy cierto-

- Anda, lávate las manos que tienes que hacer los deberes de la escuela...

- Pero antes, por favor, suelta los canarios... Por favor...

Me explicó que los canarios siempre estaban enjaulados porque estaban más seguros allí, que los gatos se comían a los canarios que andaban sueltos, que ellos estaban acostumbrados, que si los soltaba se irían lejos y se morirían de frío o de calor, que comerían cualquier cosa y podrían enfermarse... Pero nada de eso me había convencido. Mis insistentes ruegos terminaron en una pequeña paliza. Mamá se había salido de quicio. En realidad, ni sentí los cachetazos. El dolor del Alma era mucho más intenso, pero ella no podía comprenderlo. Así que cuando se descuidó, ¡zas!... Abrí la jaula de los canarios y sentí como que volvía a vivir, cuando los pajaritos tomaron vuelo. Unos minutos más tarde, se armó la de Troya.

- ¡Maaarceeeel! ¡Te voy a dar una palizaaaaa!

Y la paliza fue un poco más grande, pero no llegó a ser tan dolorosa como ver los pájaros enjaulados.

Mi hermano pequeño, que estaba por cumplir los cinco años, también "voló" lo más lejos posible, no fuera que también recibiera lo suyo por haber roto un frasco de mermelada. También mi padre se enfadó mucho y me dijo que se acabarían los experimentos con las pirámides y las conversaciones de Magia, como siguiera con esas tonterías de soltar a los pájaros.

Uno de los canarios volvió a las pocas horas, se posó en el parral del patio y mi madre lo atrapó echándole un baldazo de agua. Al día siguiente compraron otro. Pero yo no estaba dispuesto a soportar aquel espectáculo terrible de tener esos prisioneros en casa, así que le dije a papá que se preparara para darme una paliza bien fuerte, porque en cuanto pudiera, volvería a abrir la jaula, aunque se me acabaran los experimentos mágicos, aunque me gritaran todo el día y aunque me mataran a palos. Mi padre me miró muy serio y pude advertir su gesto de preocupación. Entonces me dijo que no lo hiciera, porque ya pensaría algo para conformarme y que a la vez permitiera tener en casa a los canarios.

Sin embargo pasaron muchos días sin que el asunto tuviera solución. Yo sentía que poco a poco me iba apagando. Algo en mí era como una vela que ya no brillaba. Sufría por tener que llegar a casa y ver esas malditas jaulas. Cada vez que hablaba del asunto recibía un reto, y apenas insistía, mi mamá me reprendía. Así que trataba de olvidarme. Pero no podía. Era como llevar una condena, porque compartía con los pájaros el tormento de su prisión. Ya no tenía interés en la Magia. Había hecho una cuantas veces, invocaciones mágicas de las que escuchaba hablar a mis compañeros en la escuela, y de las que había leído en libros de cuentos, pero ninguna resultaba. Sentía que mi sufrimiento era tan grande que no podría soportarlo por mucho tiempo. Así que le dije a la maestra que me iría de mi casa. Pero no quería decirle cuál era el motivo. Entonces me dijo que como volviera a decir algo así, llamaría a mis padres.

En esos días mi tristeza por los canarios encerrados no me dejaba ni un instante y sólo fueron soportables gracias a que una amiga de mi madre había venido a visitarnos trayendo unos regalos. A mi hermano le trajo un bonito coche de carreras y sabiendo mi gusto, a mí me trajo un libro que me llenó de emoción. Abrí el envoltorio y casi me desmayo de alegría al leer el título: "Viaje al Centro de la Tierra", de Julio Verne.

En un par de semanas terminé de leer el enorme y maravilloso libro, que me confirmó que lo que había vivido con Iskaún no era un sueño, y alguien más sabía del tema, aunque en el prólogo decía que era una "novela". Como no quería dejar el libro me lo llevaba a la escuela y me ponía a leer en los recreos. Al acercarse mis compañeritos, interesados principalmente en los dibujos del libro de Julio Verne, me puse a dar más detalles y casi se me escapa que yo conocía la Tierra Interior, y apenas dije algo, uno de ellos que era mi mejor amigo me miró con cara preocupada.

- ¿Es que acaso te has metido en alguna caverna, para saber tanto de la Tierra?

- No, Esteeee... Es que he leído el libro. Y en otros libros... - respondí a Rubén.

- Yo creo que adentro -interrumpió Carlitos- está el Diablo, y allí hay fuego y hace mucho calor, y los que se portan mal son condenado por los siglos...

- ¡Calla, tonto! -dijo Mario- Esas cosas ya no se las cree nadie. Yo no sé cómo es la Tierra por dentro, porque no conozco a nadie que haya ido, pero mi tío es geólogo, y dice que hay cavernas enormes y muy profundas donde cabrían ciudades enteras. Pero el problema es que no llega la luz.

- A mi me parece- decía Rubén- que además de cavernas está llena de fuego, aunque no creo que ni el Diablo pueda vivir allí, porque lo que sale por los volcanes es el fuego de la Tierra. Pero la verdad que lo más interesante, para mí, es ir a otros planetas. Me gustaría ser astronauta. Sí, seré astronauta.

- A mí también me gustaría ser astronauta -dije coincidiendo- pero antes, me gustaría conocer muy bien todo el mundo, que es bastante grande. Quisiera descubrirlo todo, por dentro y por fuera.

Como ya había pensado yo eso de estudiar para hacerme astronauta, porque no podía esperar a hacerme Mago, para que Iskaún me permitiera volar en una de aquellas naves redondas, y hacía poco había aparecido una nota en el diario sobre el proyecto para ir a la Luna, ocupé el siguiente recreo en escribir una carta a la NASA, pidiendo información de que requisitos debía reunir, y si aceptaban niños-astronautas yo iba de voluntario.

Volví a conversar varias veces con mis compañeros sobre el asunto, que me distraía un poco de las clases, pero cumplía bien con mis tareas y estudiaba para sacar buenas notas. Pero cada vez que volvía a mi casa, sufría lo indecible por causa de los canarios. No recuerdo cuántos días aguanté pero se hacía cada vez más insoportable.

Por fin un día, me animé a decirle a papá que yo sentía que me estaba muriendo por causa de ver los canarios allí en la jaula. Así que me dijo que ya tenía pensada una solución. Esa tarde, algo más relajado, fui a casa de un compañerito de escuela a hacer unas láminas que debíamos dibujar entre ambos, y cuando volví me encontré con algo mucho peor que los pájaros enjaulados, y no pude contenerme de llorar porque parecía que me iba a morir de angustia. Les habían cortado las alas a los pájaros, que intentaban volar y apenas se arrastraban y daban tumbos en el suelo. Era lo más terrible que había visto en la vida y creo que hasta hoy no he visto nada tan doloroso en cuanto al trato a los animales.

Le dije a papá que era un criminal, y mamá me dio tal cachetada que quedé encajado bajo la mesa del comedor. Allí me quedé llorando con tal desconsuelo que no podía escuchar lo que me decían. Mi padre se acercó y me tomó de los brazos, alzándome para sacudirme y gritando que me callara para oír su explicación.

- ¡No les he cortado las alas, sino sólo las plumas de las alas! Les volverán a crecer, pero para cuando las tengan largas otra vez, se las cortaré un poco menos, así podrán...

- ¡Noooo! -gritaba yo aterrorizado con la idea de que siguieran en las mismas, cortándole las alas a quienes habían nacido con ellas para volar.

- ¡Nooo, no quiero oír ninguna explicación porque eso es horrible e inexplicable! -gritaba yo- ¡Eso de cortarles las alas a los pájaros es como si a mí me cortaran las piernas!

Me mandaron a encerrarme en mi dormitorio, y allí estuve llorando hasta la noche. Mi hermano Gustavo también se había puesto a llorar, porque aunque era muy pequeño, entendía muy bien lo que pasaba. También le dolía mucho aquello. Al día siguiente, cuando me despertó mi padre, me dijo que no me preocupara, que no cortaría más las alas a los canarios. Que cuando les crecieran las plumas, ya estarían acostumbrados a estar dentro de la casa pero no en la jaula. Pondría unas puertas de tela mosquitera, así no se escaparían, pero tendrían toda la casa para volar.

Mi madre decía que harían "lo que nadie puede hacer por ellos", en toda la casa, y dejarían todo enchastrado. Pero papá decía que esperaríamos a ver qué ocurría, y si no hacían sus necesidades en la jaulita, que quedaría abierta para que fueran allí a cagar, comer y beber, les compraría una jaula más grande. Al día siguiente fui a la escuela rogando a Dios que los canarios aprendieran a no llenar de caca la casa.

- Señorita -pregunté a la maestra en cuanto tuve ocasión- ¿Usted sabe cómo pueden amaestrarse los canarios para que hagan sus cacas siempre en el mismo lugar?

- No, no sé... -respondió dudando- ¿Es que tienes canarios?

- Yo no pero mis padres sí, y si no aprenden a hacer sus cosas en la jaula, les van meter allí y los dejarán presos de nuevo. Y yo estoy... Yo... -me puse a llorar otra vez y no me pude consolar por un buen rato.

Me puso una nota en el cuaderno, para que al día siguiente me acompañara mi madre o mi padre, a fin de aclarar la situación. Mis padres conversaron en su dormitorio y luego me dijeron que iría mi papá, porque mi hermano había pillado el sarampión y mi madre se quedaría a cuidarlo. Gustavo tenía todo el cuerpo lleno de manchitas rojas, tal como lo había tenido yo el año anterior. Es muy desagradable, porque pica todo el cuerpo y uno no puede rascarse porque se pone peor.

No sé qué es lo que hablaron aquel día la maestra y mi padre, pero ella me dijo que no me preocupara. Luego, en casa, mi papá me aseguró que no volverían a tener canarios si ensuciaban la casa. Habían dejado la jaula en el suelo, en la habitación central, y ambos pajarillos andaban a duras penas por el piso. Las plumas de las alitas les habían crecido en aquellos días, pero no daban más que unos cortos aleteos que no les alcanzaba para volar. Apenas lograban posarse en los barrotes inferiores de algunas sillas.

Por fin me tranquilicé aquel día, y era como que el Alma me volvía al cuerpo después de mucho tiempo. Sentí como si me hubieran sacado de abajo de una montaña. Pero no me animaba a reclamarle a mi padre que continuáramos con los experimentos piramidales. Lo que había conseguido era mucho más importante. Podía vivir sin Magia y sin experimentos, pero no habría podido seguir viviendo en una casa con pájaros prisioneros, sintiendo que mis propios padres eran los crueles carceleros.

No obstante, yo seguía cuidando a diario los experimentos. Uno de esos días ocurrió algo que me puso en alerta. La begonia que había colocado mi papá en la pirámide de cobre, estaba toda opaca y deformada. Algo andaba mal en esa pirámide. Coloqué la plantita en una pirámide de aluminio y en unos días ya se había repuesto y había cambiado las hojas. Desde entonces, hice varios experimentos con la pirámide de cobre, pero los resultados nunca eran buenos. En las de aluminio, las de plástico y las de cartón, los experimentos resultaban maravillosos. Pero con el cobre, había que tener mucho cuidado.

CAPITULO IV

EL SEGUNDO VIAJE

Tenía una copia de algunas partes del Libro Mágico, así que tomé ese libro de apuntes de Magia y me fui a mi dormitorio, con una enorme alegría interior. Todo había vuelto a la normalidad con la promesa de mi padre y los canarios que serían libres en cualquier caso. Había comprobado más cosas con las pirámides y era hora de volver al tema de la Terrae Interiora, cosa de la que pensaba que podía ser un sueño, una locura más... Hice la invocación mágica en voz baja, para que no me escucharan.

- "Visita Interiora Terrae Rectificando Invenies Occultum Lapidem", ¡Oh, Iskaún...! Si me escuchas, por favor, ven a buscarme...

Y luego me fui al fondo, a recostarme bajo la parra. Esperando ansiosamente sin saber si había sido escuchado. Pero mi mamá me llamó para comer y di por terminado el asunto. Tenía un raro presentimiento, así que comí poco y pedí permiso para retirarme de la mesa. Volví al fondo y me recosté contra el tronco de la parra, repitiendo la frase mágica varias veces. "Visita Interiora Terrae Rectificando Invenies Occultum Lapidem".

Pasé un buen rato allí, hasta que convencido ya de que Iskaún no vendría, iba a levantarme para ir a hacer algo con las pirámides. Pero al intentar incorporarme sentí que los pies no se apoyaban en el suelo, sino que se hundían en él. Me di cuenta que estaba entrando a la tierra con mi Cuerpo Mágico. Tuve lucidez como para levantarme y antes de irme hacia adentro de la Tierra miré mi cuerpo durmiente que había quedado plácidamente recostado contra el grueso tronco de la centenaria parra. Sentí una especie de agradecimiento hacia esa planta maravillosa que no sólo me daba enormes racimos de deliciosas uvas todos los años, sino también sombra durante el tórrido verano. Desde adentro de su tronco, surgió una luz anaranjada y me sorprendió una voz profunda, femenina y suave que parecía emanar de la luz, que a la vez iba tomando forma parecida a la humana.

- Yo cuidaré tu cuerpo físico. Puedes ir tranquilo, que te están esperando.

- ¿Tú vives dentro de la parra? -pregunté con enorme curiosidad.

- Claro, la parra es mi cuerpo físico...

- ¡Ah!, tú eres la parra... Si le cuento este asunto a alguien, me dirá que estoy loco.

- Entonces no lo cuentes, je, je, je. Si le cuento a otras parras que un Humano puede verme y salir con su Cuerpo Mágico, y que hasta puede comprender nuestro idioma, también dirán que me han echado demasiado desinfectante y me he vuelto loca... Je, Je, je... Bueno, ya está bien de charla, que te está esperando alguien.

Apenas saludé a la parra me predispuse a ir Tierra adentro y segundos después estaba cayendo por el túnel, aunque esta vez Iskaún no había venido a buscarme. Ahora el viaje era un poco más rápido, porque como no tenía miedo y estaba seguro de no ir a ningún infierno, disfrutaba del paisaje que ofrecía la piedra en sus más variadas formas y colores, las paredes de fuego y lava, de petróleo y otros minerales, y de agua en diferentes puntos del túnel. En algunos sitios, el espectáculo era casi aterrador, porque las formas del fuego y el magma intraterreno eran magníficas, y se movían hirviendo con esa fuerza que acaba escapando por los volcanes.

En unos minutos llegué al final del túnel y allí estaban Iskaún y Uros, esperándome en sus Cuerpos Mágicos, con sus amplias sonrisas. Me di cuenta que estaban con el Cuerpo Mágico, porque sus cuerpos físicos se hallaban más atrás, entre las raíces de los inmensos árboles.

- ¿Tranquilo el viaje, amiguito? -preguntó Uros, jugando con su barba.

- Sí, esta vez no tuve ningún miedo, así que disfruté mejor del paisaje del túnel. Pero me hubiera gustado más si Iskaún me hubiese ido a buscar. -dije mientras ella se agachaba a mi lado y me abrazaba con gran cariño.

- Bueno, bueno, no reproches. -dijo Uros- Era necesario para nosotros, saber si podías venir solo, porque estamos entrando en una época en que nuestro Sol tiene una actividad especial, y cuando está en época de humareda, no podemos salir tan fácilmente con nuestros Cuerpos Mágicos. Mira...

Uros señaló hacia arriba y reparé en que el sol del interior de la Tierra estaba espectacular. El cielo se había hecho anaranjado rojizo, y los rayos del sol eran de una belleza increíble. Podía verlo a simple vista porque no era muy fuerte y, además, yo estaba con mi Cuerpo Mágico, entonces es más fácil. Desde el sol salían unas lenguas de luz, como pedazos del mismo sol, algo así como si estuviera hirviendo. Un efecto parecido a la lava volcánica que había visto en el túnel. Pero más hacia afuera, se veían unos brazos como de humo negro.

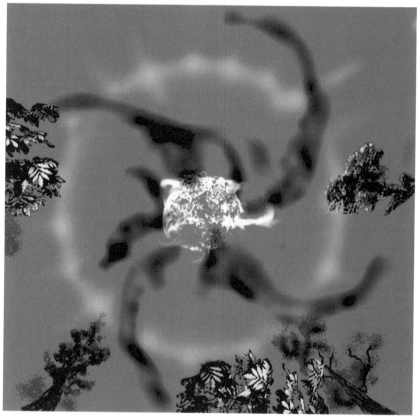

- ¡Qué bonito! -exclamé extasiado con los colores y la forma del sol- ¿Y esos brazos de humo, por qué son así tan raros?

- Porque el sol -respondió Iskaún- va girando sobre sí mismo. Entonces se forma esa figura. Por lo general son cuatro brazos, porque el sol tiene cuatro puntos por donde despide energía en esta época. Le llamamos "Época del Sol Negro" y dura más o menos lo que una vida de ustedes, cerca de ochenta años. Los indios de América, los Lamas del Tíbet, lo Vikingos y los Vascos, y casi todas las culturas del mundo, usan como símbolo ese dibujo, porque aunque no lo saben, añoran volver a la vida normal, como la nuestra, sin guerras ni muerte, sin enfermedades y, además, se usa ese símbolo mágico con otros significados.

- ¡Qué interesante! ¿Me explicarás más sobre los símbolos, o eso no es muy importante?

- Claro que sí. Es muy importante el lenguaje de los símbolos, porque producen efectos en el Alma de las personas. Además, dicen mucho más que las palabras. Pero no es tan fácil aprender a usarlos de manera mágica... Oye, Marcel... Estoy viendo apenas en tu mente algún suceso extraño...

- Sí... Claro, es que aparecieron dos hombres y...

Después de contarles todo lo ocurrido con unas pocas palabras y recordando las imágenes de lo sucedido para que ellos las vieran con su telepatía, me tranquilizaron diciéndome que si no cometía errores, los espías no volverían a molestar.

- Y Además -dijo Iskaún- aunque no seas telépata has sabido manejar muy bien tu mente, así que tienes nuestra felicitación, porque el Libro está a salvo, por ahora. Pero pasemos ya a otro asunto... Daremos un paseo por la tierra de los Unicornios. ¿Te gusta la idea?

- ¡Síí..! ¿¡UNICORNIOOOOSSS!? Yo creía que era pura fantasía, porque...

- Entonces nos vamos ya, porque tenemos poco tiempo. Ya sabes que debemos volver antes que alguien te encuentre y crea que estás desmayado.

- ¿Sabes que la parra está cuidando mi cuerpo? -dije mientras caminábamos.

- ¿La parra?... ¿Has hablado con la parra? -preguntó Uros con cierto asombro.

- Sí, pero no creas que estoy loquito. Simplemente salió de su tronco como una luz, tomando luego forma casi humana. Y dijo que cuidaría mi cuerpo.

Iskaún y Uros se miraron sorprendidos, así que les pregunté si había algún problema o si creían que estaba medio loco.

- No, nada de eso. -se apresuró Iskaún a contestar- Es que si los elementales de las plantas están saliendo con sus Cuerpos Mágicos...

- ¿Qué son los elementales? -pregunté confundido.

- Digamos... -Explicó Uros- El "elemental" es el Alma de la planta. Tú no eres tu cuerpo físico, como habrás visto, puesto que lo has podido dejar, como quien deja... hummm... Como quien deja su bicicleta. Entonces tú no *eres* solamente tu cuerpo, sino que *tienes* un cuerpo... Al que debes cuidar como lo más sagrado, pero sabes que eres algo más que el cuerpo. ¿Lo comprendes?

- ¡Aaahh!, Ahora entiendo todo este asunto mucho mejor. O sea que el verdadero cuerpo es éste, el Cuerpo Mágico...

- No, no. -aclaró Iskaún- Tu cuerpo físico es verdadero y tu Cuerpo Mágico también. Pero tú, el verdadero Ser... Eres un Alma. Algo que tiene sentimientos, y no sólo necesidades de comer o dormir. Esas son necesidades del cuerpo, pero el Alma tiene otras necesidades. Necesita amor, comprensión, cariño, necesita ayudar a los demás, porque también necesita dar amor, y no sólo recibirlo. La gente que tú conoces allá en tu mundo, muchas veces es infeliz porque se ha olvidado que el cuerpo es sólo un vehículo. Que hay que cuidarlo muy bien, pero no hay que confundirse tanto con él, hasta olvidarse de que somos algo más. Ni siquiera sabe la gente que tiene un Cuerpo Mágico, también.

Entonces me di cuenta que no somos un cuerpo, sino un "Ser", que podemos "observar" lo que hacemos, y no sólo hacer lo que quiere el cuerpo.

- Ya entiendo. -dije- Por ejemplo mi tía, que siempre se queja de todo, criticando a todo el mundo, llorando y diciendo que su vida es un infierno de sufrimiento... Si tuviera más Amor no sufriría tanto ¿Verdad?

- Bueno... No conozco el caso particular de tu tía -respondió Iskaún- pero creo que justamente es eso lo que ocurre. Si vives comprendiendo a los demás, dando Amor y haciendo todo lo posible por servir a los demás, no puedes vivir sufriendo. Porque el Amor cura todo, produce una felicidad enorme. El problema es que la gente de tu mundo, en vez de dar Amor, usar la Inteligencia y aplicar la Voluntad, vive odiando, teniendo miedos... Y dejando pasar la vida sin preocuparse de averiguar qué es lo importante. Viven mirando a otros haciendo deportes, en vez de practicarlos ellos, entonces la voluntad se va perdiendo. Y en vez de servir a los demás, viven intentando abusar de los demás.

- O sea -dije deduciendo- que el egoísmo, el miedo y la pereza, como dice mi maestra, son los males más grandes de la humanidad.

- Exacto. Pero hay muchos otros males que se derivan de esos.

- ¿Y cómo se puede curar a todo el mundo?

- No es tan fácil, Marcel. -respondió Uros- Hemos estado desde hace millones de años, tratando de enseñar a los mortales cómo se pueden curar. Y lo hemos hecho con muchos. Pero la mayoría no quiere aprender... Al menos, la cuestión por ahora será abrir los ojos a cuantas personas veamos que pueden interesarse en cosas importantes.

Mientras Uros se despedía de nosotros, yo estaba meditando profundamente en lo que iba comprendiendo. Dentro de mi corazón recordaba aquel juramento que había hecho en silencio a Dios, cuando empecé a entender la fuerza de la Magia.

- Yo hice un juramento -dije a Iskaún mientras ella me tomaba de la mano y con un gesto me invitaba a elevarme para volar.

- Hay que tener cuidado con los juramentos. Si se hacen, hay que cumplirlos.

- Sí, eso ya lo sé, pero es que yo estoy absolutamente decidido a cumplirlo. Le juré a Dios que mientras haya sufrimiento en el mundo, yo no descansaré ni seré del todo feliz. Siento que tengo que trabajar mucho para que el mundo sea feliz... Pero también pienso que algún día me voy a morir, y la verdad es que no tengo miedo a la muerte, pero quisiera vivir lo suficiente para hacer todo lo que pueda, para ayudar a esa felicidad de todo el mundo.

- Ese juramento lo hiciste muchas veces, desde hace muchísimo tiempo que lo vienes haciendo... Y hasta ahora lo vienes cumpliendo. No te preocupes por la muerte. En realidad, lo que se puede morir es el cuerpo físico, pero si vives siempre mágicamente tu Cuerpo Mágico no morirá. Tendrás que aprender muchas cosas, pero al menos estás aprendiendo lo suficiente como para ser un buen Mago.

- ¿Y las pirámides pueden servir para cumplir ese juramento?

- Claro que sí. No es lo único, pero es una de las cosas materiales más importantes. Además de ser muy divertido trabajar con pirámides, es muy útil. Es una pena que la gente de tu mundo se haya olvidado de su uso mágico. Ni siquiera creen en la **Magia**, hoy en día. La confunden con "**fantasía**" y con "**ilusionismo**".

- Entonces... ¿Son cosas malas la fantasía y el ilusionismo? -pregunté preocupado- Porque mi papá antes de ser ingeniero había trabajado de ilusionista, y a veces nos hace unos trucos muy buenos.

- No son cosas malas. Son útiles para divertirse, para enseñar algunas cuestiones interesantes, pero la Magia es algo muy superior y más importante. No siempre es espectacular como los trucos, pero es infinitamente más útil. La Magia es imprescindible para Ser Mejor y ayudar a los demás. Si los médicos, además de su ciencia supieran más de Magia, lograrían muchas cosas...

Noté que Iskaún, a pesar de vivir en un mundo tan bello y perfecto, también estaba sufriendo lo mismo que yo, y que sentía mucha tristeza por la gente que no es feliz y que vive y muere sin siquiera saber el porqué.

- Hay algo que me gustaría saber: -dije con cierta ansiedad- ¿Por qué vivimos? ¿Cuál es el destino de las personas?... Porque no puedo creer que mi abuelita, que murió el año pasado, sea nada más que polvo en el cementerio...

- No, nada de eso. Si ella ha sido una persona amorosa, seguro que volverá a nacer en mejores condiciones y su Alma tendrá una nueva oportunidad. Y según lo que se haga en una vida, será lo que le ocurra en la siguiente. Pero lo ideal sería no morir. En eso consiste la finalidad máxima de la Magia.

- Pero no se puede ser Mago, sin antes aprender a ser feliz ¿Verdad?

- Eso es. Aunque como hemos hecho el Gran Juramento, tampoco seremos absolutamente felices, mientras no lo sea todo el mundo.

- ¿Tú también has hecho el juramento? -pregunté sorprendido.

- Sí. Igual que tú. Muchos... "dioses" lo hemos hecho. Porque tenemos demasiado Amor como para Ascender al Reino de los Cielos dejando atrás a la humanidad mortal que sufre tanto. Y nuestra tarea consiste en enseñar la Magia a todos los que quieran aprenderla para ayudar a los demás. Debemos tener ciertos cuidados, porque hay algunas personas que sólo quieren aprender la Magia para tener cosas materiales, o para mandar sobre los otros. Algunos incluso no quieren otra cosa que hacer todo el daño posible... Y eso es un error terrible, porque hacen daño a todos y se pierden ellos mismos en un mar de sufrimiento.

- ¿Esos son los "Magos negros"?

- Sí, así se les llama. Pero es un nombre muy mal puesto. En primer lugar porque hay un Raza Negra, que nada tiene que ver con esos magos malos que hay en todas las razas. También hay que considerar que el color negro representa la Eternidad, el Infinito. Yo prefiero llamarles "antimagos" o "brujos", porque en realidad, el poder sobre los demás que obtienen, es pasajero. Pero además, no les da la felicidad ni la alegría que esperaban encontrar, sino todo lo contrario. Casi todos terminan locos y sus almas deben pasar luego por los mismos sufrimientos que han provocado en otros.

Mientras seguíamos la conversación íbamos volando a poca altura y pasábamos sobre unos lagos increíblemente hermosos, con plantas acuáticas de flores gigantescas, cuyo perfume suave y delicioso llegaba hasta nosotros. ¡Y yo que creía que el jazmín era el aroma más rico!

A medida que avanzábamos hacia la tierra de los Unicornios, el paisaje se hacía cada vez más extraño. Para que lo apreciara mejor, Iskaún me advirtió que volaríamos muy, pero muy alto durante unos minutos, para ver la gran entrada polar, por donde se puede entrar con el cuerpo físico al mundo intraterreno. Era un espectáculo maravilloso. El horizonte iba haciéndose más curvo hacia adentro, hasta formar un enorme círculo. En unos minutos, llegamos a un punto desde el cual se veía una especie de túnel gigantesco, que era en realidad el horizonte en aquella dirección. Mirando hacia atrás, el horizonte era más abierto, pero hacia la tierra de los Unicornios, se cerraba formando aquel túnel, entonces comprendí mejor el hecho de estar en la parte interior de la Tierra, y me daba un poco más de idea de las dimensiones gigantescas del planeta.

- ¿Y por qué es ovalado el gran túnel? -pregunté.

- No es en realidad ovalado. Es redondo, pero aún volando más alto que los aviones, no podemos verlo redondo. Deberíamos volar en esta región, veinte veces más alto que los aviones para verlo en su justa forma, pero como el sol está tan activo, no nos conviene volar tan alto. Podríamos desmayarnos y quedaríamos dormidos mucho tiempo. Y tú tienes que regresar pronto. Mira, ya estamos llegando a la tierra de los Unicornios. Fíjate en esos lagos que hay allá a lo lejos. Pues hasta allí vamos.

Aceleramos nuestro vuelo, y en escasos minutos llegamos a la región de los Unicornios, y fuimos descendiendo poco a poco, mientras iba maravillándome con el paisaje. Había un enorme lago rodeado, como casi toda la Terrae Interiora, de espesa selva, llena de flores de todos colores, pero también había algunas llanuras hermosas, salpicadas de bosques y peñascos. Unas cascadas muy bellas formaban un arroyo que terminaba en el lago y hacían una música natural muy bonita, al saltar el agua entre las piedras.

Apenas pusimos pie en tierra, pude observar mejor a unos caballos que habíamos visto desde lejos. ¡Eran Unicornios! Tenían todos y cada uno, un cuerno muy bonito y brillante que parecía una linterna en la frente.

- ¡Y me decían que los unicornios no existen, que era pura fantasía!

- Sí que existen. -dijo Iskaún- Pero son muy especiales. Ya verás; acerquémonos.

Yo había visto de cerca los caballos en el campo de mi abuelo, y como era muy pequeño no había montado nunca. Pero me gustan mucho así que me acerqué a uno que pastaba en solitario, pensando en que quizá podría montar un Unicornio.

- Eso sí que no, Amiguito... -respondió una voz nueva, que no era de Iskaún.

- ¿Tú has dicho eso? - le pregunté sorprendido.

- No, soy yo quien te está hablando... Mi nombre es Relámpago. Disculpa que siga comiendo estas ricas hierbas, pero es que me he bañado en el lago y ya sabes que el baño da hambre...

- ¡¿Es el Unicornio el que habla!? -pregunté a Iskaún entre confundido y asustado, mirando a uno y a otro. Pero ella sólo sonreía pícaramente.

- No, yo no he hablado. Te juro que no sé hablar... Bueno, al menos lo que tú llamas "hablar". Pero si por hablar se entiende poder relinchar telepáticamente y comunicarnos de alguna manera, pues sí, entonces te diré que yo te he hablado... Las palabras no salen de mi garganta, sino de mi mente, que conoce tooooodos, toditísimos los idiomas de los hombres de la Tierra. Tanto de los que viven ahora como de los que han vivido antes y ya se han perdido sus idiomas... Tanto de los mortales como los de los inmortales. Tanto de los negros, como de los blancos, de los amarillos, los cobrizos, los grises, los azules, los verde claros...

- ¡Ey!, espera... Está bien que estoy sorprendido y toda esta experiencia es muy rara, pero no soy tonto. No hay hombres azules ni verdes...

- Ji, ji, ji, iiiiihhhhhiiiiiijjjjjjjaaa brrrrrr... -relinchó el Unicornio con una estridencia que me sobresaltó.

- Perdona, es mi forma de relinchar cuando me río. -respondió Relámpago- Ya veo que Iskaún aún ni te ha hablado de los Dragtalófagos, ni de los Telemitas, ni de los Clorematicos...

- ¿Y quiénes son?
- Bueno, bueno, bueno... Eso te lo dirá Iskaún. Yo no soy tu guía turístico, pero en cambio puede que les acompañe si necesitan servicio de traductor...

- Esto parece un sueño... -dije mirando a Iskaún, intentando saber si estaba dormido o despierto- Me han dicho que los Unicornios no existen, y no sólo los estoy viendo, sino que... ¡Estoy hablando con uno de ellos! Quizá, como dice mamá, me falta un tornillo. Si estoy medio loquito, espero que se me pase.

- No, nada de eso, -dijo Relámpago- simplemente ocurre que no estás acostumbrado a tratar con seres diversos, porque tu mundo vive prisionero, aunque no se den cuenta...

- ¿Que vivimos prisioneros?, ¡Pero si en mi país impera la Libertad!, incluso los mayores eligen a los gobernantes...

- Ji, ji, ji, ji... Ja, jaaaa MhhhJAAAA, JA, JA, JAAAA Espera. Que me contenga el relincho, porque el tema no es para mucha risa. Ustedes, los mortales, viven prisioneros en la superficie externa del planeta Tierra. No pueden ir de vacaciones a otros planetas, ni conocen la realidad. Son presos de la ignorancia, el odio, el miedo y miles de deseos insatisfechos.

- Espera, Relámpago... -intervino Iskaún- que Marcel apenas es un niño, no podemos enseñarle todo de golpe. Y además también hay cierta libertad en su mundo. Pero en todo caso, está la Libertad Interior...

- Sí, claro, pero ellos ni la conocen. Mira, amiguito, apúrate en aprender las cosas importantes de la vida, porque la vida de ustedes es demasiado corta, aunque les parece larga, y cuando se empiezan a dar cuenta, están viejos y poco después más muertos que una momia. Y lo único que pueden llevarse con ustedes a donde quiera que vayan, es lo que hayan aprendido con toda el Alma. Disculpa que sea tan cortante, pero como soy un caballo, no tengo mucha idea de la cortesía. Pero te digo esto de todo corazón, y eso sí que tengo. No dejes pasar ni un sólo día en tu vida, sin pensar qué es lo de verdad "importante", y qué es lo simplemente "interesante".

- ¿Y cuál es la diferencia? -pregunté con ingenuidad.

- Pues... Para mí, comer estas hierbas es importante... Y saber para qué existo y cómo ser un buen Unicornio, también. Pero aprender la lengua de los macuxíes de la Selva Amazónica, allá en el mundo de afuera, es apenas "interesante". No seré mejor Unicornio, ni más feliz, si la aprendo, ni me desespero por no conocerla correctamente. Aprenderla sería muuuuy interesante. Pero que la sepa o no, no cambia nada importante.

- Me parece que es un poco difícil saber qué cosas son importantes y cuáles son interesantes. Debería hacer una lista con ambas, para ver la diferencia.

- Bien, bien, veo que vas comprendiendo. Jugar, en esta etapa de tu vida, es importante, pero hay juegos importantes y otros que sólo son interesantes... A ver, piensa un poco en tus juegos, a lo que te gusta jugar... -cerré los ojos y pensé en mis juegos para que Relámpago leyera mi mente- Ah, bien, bien, ya veo. Te gusta jugar a la pelota, andar en bicicleta, a los vaqueros, a ser astronauta, el ajedrez, a la guerra... Bien, bien... ¡Uuufff!, te gusta jugar a muchas cosas... ¡QUÉEEE!?, ¿¡TE GUSTA JUGAR A LA GUERRAAAA!?. ¡Iskaún, has traído a un niño violento a nuestro mundo! ¿Cómo es eso?

- No, tranquilízate. -intervino Iskaún conciliadora- No te olvides que tiene Alma de Guerrero. Pero ha hecho el Gran Juramento, así que ya lo comprenderá. También ten en cuenta que es muy pequeño.

- ¡No importa que sea pequeño!- dijo Relámpago evidentemente ofuscado- ¡Y que ha hecho el Gran Juramento! ¿Entonces cómo es que juega a la guerra?

- Pero... Si es que apenas he jugado alguna vez a eso, y todos los días mis amiguitos juegan... -dije intentando excusarme.

- Escucha bien, chiquillo: Perdóname que me haya alterado un poco, pero la guerra no es cosa de juegos. Bueno, veamos si entiendes, porque ese -por ejemplo- es un asunto MUY IMPORTANTE aunque para muchos tontuelos sólo sea apenas "interesante". La guerra puede ser un efecto inevitable de una situación determinada. Por ejemplo, si quieren convertirte en esclavo. Pero debes saber muy bien lo que haces y contra quien haces la guerra, porque la mayoría de las veces, sólo servirás a los acólitos de Ogruimed el Maligno, que inspira en los mortales los miedos, los vicios, los odios, la pobreza, la esclavitud... Así que el Verdadero Guerrero de la Luz no debe combatir nunca en la guerra a muerte, salvo en casos muy especiales, pero rara vez en la historia han sido soldados. Ahora atiende esto: La guerra es una TRAGEDIA, no un juego.

- ¿Y cómo se puede ser un Guerrero sin ser un soldado?

- De muchas maneras. Escribiendo sobre cosas importantes, investigando en la ciencia para ayudar a los demás, pensando antes de actuar, enseñando a los demás cuáles son las cosas importantes... Pero está claro que primero tienes que aprender la diferencia entre lo importante y lo interesante...

- También me gusta hacer experimentos con pirámides ¿Eso es importante?

- Huummm... Déjame pensar... Es como si preguntaras si estudiar medicina es importante, o si construir casas es importante. Bien, bien... Pues... Con franqueza, lo más importante en la vida no es hacer cosas con pirámides, sino ser mejor persona, ser... Eso, SER. Siempre es más importante SER que HACER. Pero sí, también "hacer" es importante. Los experimentos con pirámides... Bueno, sí, de acuerdo, son importantes también, no sólo interesantes, igual que estudiar medicina o cualquier cosa que sirva para ayudar a los demás. Cuando uno aprende a "Ser" una buena persona, o un buen Unicornio, o un buen Mamut, cualquier cosa que "haga" será en beneficio propio y para los demás.

- ¿Y tú eres un buen Unicornio?

- Esteeee... Ejem... Modestamente, soy el mejor Unicornio que hay en toda esta... -miró hacia todas partes y continuó- Bueno, en cincuenta metros a la redonda. Ji, ji, ji, iiiiiihhhhhiiiiiiijjjjjjjaaa brrrrrr... Hiiijijijiii brrrrrr...

   Claro que los otros Unicornios estaban como a cien metros, así que era indudable que era el mejor allí mismo.

- ¿Y por qué dicen en mi mundo que los Unicornios no existen?

- Pero, -respondió Relámpago- sin embargo, somos muy famosos y todo el mundo habla de nosotros, y hasta escriben libros y nos pintan por todos lados. Creo que los mortales son más tontos de lo que parecen... Esteee, perdón por mi sinceridad...

- No hay problema, yo creo que es cierto -dije al darme cuenta que estaba avergonzado por creer que me ofendería.

- Lo importante, amiguito, es que tienes buenos sentimientos. Pero sobre nuestra "inexistencia", caballonalmente, prefiero que sigan creyendo eso ¿Sabes lo que pasaría si se enteran de que existimos?

- Pues... Que los querrían domar, y meterlos en un corral...

- ¡PEOR QUE ESO !!!. Nos buscarían y nos matarían para quitarnos los cuernos, como hacen con los elefantes y los rinocerontes.

- ¡Claro! -dije- Ahora comprendo. La verdad que la humanidad a la que pertenezco es demasiado mala y egoísta... Y cruel.

- Bueno... -dijo Relámpago más tranquilo- Un día de éstos, si vienes con tu cuerpo físico, te prometo que dejaré que subas a mi lomo y te llevaré a dar una vuelta. Pero ahora, si me disculpan, me iré a echar un rato a la sombra. Esta conversación me ha dado un poco de calor.

Se despidió acariciando mi brazo con la cabeza, que aunque no sentía al tacto, lo sentí en el corazón. Había ganado un nuevo muy amigo, muy especial y muy sincero. Mentalmente le agradecí que fuera tan franco porque quienes nos dicen cosas importantes, seguro que nos quieren bien.

- Ahora -dijo Iskaún- iremos a ver a otro amigo. También muy especial pero no tan amistoso como Relámpago. Sin embargo, quiero que le conozcas porque en algún momento puede ayudarte, cuando seas mayor.

Nos volvimos a elevar y fuimos volando a otra región, del otro lado del lago y mucho más cerca del Gran Hueco Polar. Allí también había selva muy espesa, pero también había algunas partes casi desérticas, aunque también con ríos, lagos y arroyos, alrededor de los cuales se formaban manchones de vegetación.

- En esta zona no hay mucha selva porque el suelo tiene mucha piedra y hay animales muy grandes que se comen las plantas. Algunos, incluso se comen entre ellos. Hace muchos millones de años el maligno Ogruimed se puso a hacer experimentos biológicos y diseñó monstruos de toda clase. Finalmente, mis ancestros echaron fuera a los monstruos y a Ogruimed pero algunos han quedado en esta zona, aislados con un campo de fuerza magnética, para estudiarlos y para ayudar a cierto tipo de Almas a evolucionar.

Justo llegábamos al lugar, donde el espectáculo que vi me llenó de miedo. Había allí auténticos monstruos prehistóricos, como en los museos, pero vivos, andando de aquí para allá. Pasamos cerca de uno de aspecto muy feo, que aunque no parecía vernos, daba unos gritos espantosos y mostraba hacia todos lados una dentadura terrorífica.

- No tengas miedo. -dijo Iskaún- Ellos no pueden hacerte daño alguno porque estás con tu Cuerpo Mágico, pero ni siquiera pueden verte ni oírte. Tampoco tienen sentimientos ni emiten sensaciones de sufrimiento. Son mentalmente, una masa de instintos básicos. Comen, duermen, atacan, pasean, buscan calor o sombra, pero no pueden pensar ni sentir. Si otro animal les ataca, no sufren, sino que contraatacan y hasta sienten una especie de placer cuando les hieren o hieren a los otros.

- ¡Qué horrible...! ¿Y cómo es que en un mundo tan maravilloso tenéis monstruos así...?

- Algunos de nuestros sabios proponen eliminarlos para siempre, pero otros no están de acuerdo, porque han servido para demostrar que los Humanos, ya seamos mortales o inmortales, no debemos hacer experimentos genéticos, sino atenernos a las Leyes Eternas. Los sabios de hace millones de años debieron combatirlos y los eliminaron, pero Ogruimed volvió a las andadas y convenció a sus descendientes para que los fabricaran de nuevo, así que luego se decidió dejar unas muestras, para que todas las generaciones de mortales e inmortales recuerden lo que resulta de esos experimentos.

- Hace un tiempo escuché en la radio que con los experimentos genéticos podrían curarse muchas enfermedades, hacer plantas que produzcan más comida para que nadie pase hambre...mi papá dice que según le parece, todo eso es muy malo, pero dice que no sabe muy bien el porqué.

- Es comprensible. Tu padre es un hombre muy bueno y muy sensible, pero como no tiene conocimientos más completos; sabe lo que está mal aunque no logra entender las razones de que lo esté. Pues te aclararé este asunto porque como dice Relámpago, es un asunto IMPORTANTE para todo tu mundo. Vamos a la cima aquella, antes de visitar a nuestro amigo el mamut.

Nos sentamos en la cumbre de un peñasco, cerca de donde se hallaban algunos de aquellos monstruos terribles, y aunque sabía que no podían ni verme, ni hacerme daño alguno, sentía mucha impresión, con esos pobres bichos tan cerca de nosotros. En eso que estaba tratando de controlar mi miedo, uno de esos dinosaurios saltó a una pequeña planicie cercana a nosotros, y si hubiéramos estado allí con cuerpo físico, podía habernos comido de una sola dentellada.

- Vamos, Marcel, controla tu miedo... -me dijo Iskaún, sonriente, como si la situación fuera para broma - que no estás con el cuerpo físico.

- Vale, me tranquilizaré. Pero dime la razón por la que son malos esos experimentos, por ejemplo, y no lo son, en cambio, los experimentos con pirámides.

- Porque cualquier experimento que se haga sin saber lo que se quiere lograr, es malo. Los experimentos con pirámides no son malos, porque hay un objetivo claro, un método sencillo, y se está usando una energía natural y que es armónica con el resto de la Naturaleza. Aún así, hay que tener cuidado con las de metales y evitar especialmente las de cobre, si se aplica a seres vivos. Del mismo modo, no es malo hacer experimentos con la electricidad, aunque es algo más peligrosa. Pero hay experimentos que no son potestad de los Humanos. Ni siquiera nuestra, que somos Humanos inmortales. La forma genética de los seres, ya sean vegetales, animales o Humanos, no sólo tiene aspectos visibles al microscopio, sino también aspectos invisibles que se llaman "psíquicos". Entonces no se pueden manejar esos aspectos sutiles porque no hay cómo verlos. La Ley de Selección de la Naturaleza se encarga de ese asunto. Pero hay algo más importante aún que eso. Es la INTENCIÓN de un experimento. Tanto Ogruimed el Maligno como los científicos de tu mundo, tienen intenciones que no concuerdan con el bien de todos.

- Sí, pero también hay científicos buenos... ¿Verdad?

- Sí, algunos pocos. Pero la mayoría piensa con orgullo en su fama y su dinero, entonces olvidan la "ética" y cometen errores. En tu mundo se usa el dinero y han armado su sociedad de tal manera, que creen que no es posible vivir sin él. Y ciertamente, ahora a la mayoría se le hace imposible vivir sin dinero. Es una forma de esclavitud impuesta. Entonces los científicos de tu mundo trabajan para obtener dinero, fama, supuesto prestigio, y los que les pagan quieren algo más terrible que la fama y el dinero... Quieren poder. Poder sobre los demás. Poder para controlar a los demás, como si los demás fuesen simples objetos. ¿Comprendes?

- Sí, creo que sí... Pero... ¿Tan malo es mi mundo?

- No toda la gente. Al contrario. La enorme mayoría de las personas son buenas, aman a sus padres, a sus hermanos, a sus hijos, a sus vecinos y amigos. Pero hay unos pocos que arruinan todo. Si realmente deseas ser un Mago... Si de verdad sientes ese Gran Juramento que has hecho a Dios, de trabajar para que todo el mundo sea feliz, has de saber las cosas buenas y las malas. Si sólo te quedas con la parte buena de la Verdad, no conoces toda la Verdad. Y sólo conociéndola toda, con sus partes buenas y agradables, como la partes malas, desagradables, puedes hacer que lo malo se acabe y lo bueno triunfe.

- Sí, eso se lo escuché decir a mi maestra, y a mi papá. Pero hay muchas cosas que es mejor no saber porque se sufre mucho.

- Bueno, claro... Se sufre hasta que uno comprende más. Por poner un ejemplo... ¿Te sirve de algo conocer a Relámpago?

- ¡Claro!, ha sido tan franco... Y lo más importante es que me ha enseñado que hay que diferenciar entre lo "importante" y lo "interesante". Además me ha hecho dar cuenta de que en mi mundo la gente no es tan inteligente como ella se cree, porque todos hablan de los Unicornios, pero dicen que no existen.

- ¿Y qué te ha parecido la experiencia de saber que existe este mundo en el que todo es más bonito y la vida mucho mejor?

- Pues... La verdad que yo creía que mi mundo era lo mejor, pero ahora estoy entendiendo que no es muy bueno, aunque yo tenga mis padres que me quieren mucho y no me falta nada importante.

- Entonces comprendes que en tu mundo hay gran sufrimiento, injusticias, guerras, hambre y cosas que antes te parecían que no te afectaban ¿No?

- Sí, claro... Es que no sabía que hay otro mundo...

- Entonces ahora estás comprendiendo que hay cosas malas y cosas buenas...

- Sí. Incluso aquí hay cosas malas, como esos monstruos...

- Exactamente. Y ahora sufres un poco más por las cosas que pasan en tu mundo porque eres más consciente de ello. ¿Es así?

- Eso, ahora sufro más, porque quisiera que la gente no se muriera, que fuera feliz, o que por lo menos, si hay que morir, que todos vivieran en paz y no se murieran en combates.

Y como me daba cuenta cada vez más que en mi mundo hay tanto sufrimiento, que antes veía en las noticias pero parecían que estaban muy lejos de mí, me puse a llorar con profunda tristeza. Entonces Iskaún me abrazó y me dijo.

- Ahora dime: ¿Preferirías olvidarte de que has venido aquí y has aprendido estas cosas?, ¿Preferirías olvidar tu Gran Juramento de hacerte Mago para que todo el mundo sea feliz?... Si lo prefieres así, puedo ayudarte para olvidar por completo...

- ¡NOOO! -exclamé horrorizado- ¡Ni hablar!. Si yo me olvidara de mi juramento y me olvidara de que existe este mundo maravilloso, sería como dormirme... Estaría tan dormido como casi toda la gente de mi mundo. Ahora me doy cuenta que estoy despierto, y si me durmiera no podría hacer nada por los demás, ni por mí mismo... Además, si me olvidara de todo no cambiaría nada, las cosas malas seguirían estando allí, aunque yo me olvidara, pero no podría hacer nada por cambiarlas. Y las cosas buenas también estarían allí y yo me las perdería. No, no quiero olvidarme. Quiero acordarme de todo... ¿Es cierto lo que dijo Relámpago de que lo único que nos llevamos a todas partes, es lo que aprendamos?

- Sí, pero también nos llevamos el Amor que tenemos. Cuando los mortales abandonan su cuerpo físico, también se llevan en el Alma los Amores, el recuerdo de los amigos, todo lo bueno o malo que hayan hecho durante la vida. Me alegro que seas tenaz con tu ideal, y que no quieras olvidarte.

- ¿Cómo podría? Mi papá y mi mamá, mi hermano y mis amigos, merecen lo mejor de mí, aunque de vez en cuando no me lleve bien con ellos.

- ¿Darías la vida por ellos?

- Claro, igual que ellos lo harían por mí. Y tampoco me importa mucho si esta vivencia es todo un sueño o si es realidad. Aunque todo fuera un sueño, lo que he aprendido aquí me servirá para toda la vida...

- Bien, ahora viene por allá nuestro próximo visitado. Antes que salgamos a su encuentro te comento que este parque prehistórico abarca un círculo en torno al Gran Hueco Polar, por el lado interior, para que los Humanos mortales y sus criaturas, que de vez en cuando fabrican armas muy terribles y vehículos eficientes, no entren a nuestro mundo. Hay otras barreras, pero esta barrera de animales terribles, no está de más. Como comprenderás, no queremos por nada del mundo, que vengan tropas de vuestros países... Pero... Por favor, Marcel, no sientas vergüenza ajena. Algunos mortales, como tú, tienen las puertas abiertas de nuestro mundo, mientras conserven los pensamientos puros y nobles.

La verdad es que sentía mucha vergüenza por pertenecer a un mundo tan injusto y egoísta. Pero también sentía mucha alegría por empezar a pertenecer -al menos en parte- a un mundo tan diferente, aunque al parecer tenía también algunos pequeños problemas.

Volamos un breve trayecto, desde la cima del peñasco hasta donde se hallaba un gigantesco mamut. Al llegar cerca de él nos saludó con la cabeza y nos dijo mentalmente, con una voz más ronca y suave que el Unicornio Relámpago, pero también telepática:

- Hola Iskaún. Hace mucho tiempo que no visitas a tu amigo Nothosos. Veo que vienes acompañada de un pequeñajo medio raro... ¿Quién es éste?

- Es Marcel. Viene de la Tierra Externa. Ha hecho el Gran Juramento.

- Conque Marcel, ¿Eh? Veamos. ¿Qué crees que haces aquí, muchacho?

Me sentí un poco presionado por su voz inquisitiva y hasta un poco agresiva, entonces le pedí a Iskaún que respondiera por mí.

- ¿Es que acaso ni siquiera sabes hablar? -preguntó en tono más alto.

- Sí, es que... Hace poco que vengo y estoy aprendiendo algunas cosas.

- Bien, aprende, y recuerda que ahora que estás con tu Cuerpo Mágico no puedo hacer nada contigo, pero si vienes en cuerpo físico, te las verás con mis colmillos, o simplemente dejaré que los otros bichos te coman de un bocado.

- Ya está bien, Nothosos. -dijo Iskaún con paciencia- Comprende que es muy joven. Y ya te familiarizarás con él. Justamente lo he traído para presentártelo porque algún día será necesario que le ayudes. Su misión en la vida es muy difícil, así que espero contar con amigos como tú, que saben lo que es la lucha, para ayudar a nuestros aliados... ¿Lo comprendes?

- Bien, bien... -dijo más sereno- Viniendo de tu parte, lo que me pidas, es cosa hecha. Pero ya sabes que tengo mucha desconfianza con los de allá afuera. Desde que aquel tonto en su máquina voladora quiso matarme, les tengo más desconfianza que a los dinosaurios.

- Es que hace unos años -me explicó Iskaún- un aviador logró entrar por el Gran Hueco y sobrevoló esta región, y al ver a Nothosos desde lo alto, le disparó con sus metrallas. Desde entonces hemos tenido que tomar otras precauciones.

- ¿Y por qué haría una cosa así? -pregunté asombrado.

- Porque mucha gente de tu mundo está loca. -dijo el mamut- Son asesinos por naturaleza, les gusta matar por cualquier razón.

- Vale, es cierto que hay asesinos, pero no son todas las personas -reproché.

- Ah, no claro, -respondió el mamut con ironía- también hay muchos que no matan porque tienen miedo a las represalias. O porque creen que hay un infierno para los que matan, como si acaso hubiera algo peor que tu mundo. Mira, pequeñajo, si no fuese que vienes con Iskaún ya te habría espantado de un soplido...

- Perdona, -dije un tanto envalentonado- pero yo quisiera ser tu amigo, no tu enemigo... Por favor... ¿O es que eres igual que los que criticas?

- Hummm, no, claro que no... Bien, si has venido para ser mi amigo, no puedo ser tan descortés. Es que... Te pido disculpas... Si me dejas, te explico lo que me pasa... -dijo el mamut en tono más amistoso.

- No hace falta que me des explicaciones, porque lo único que me importa es que seamos amigos, igual que con Relámpago, el Unicornio.

- ¡¿Qué dices?! ¿Relámpago... Ese caballo gruñón y parlanchín es amigo tuyo?

- Sí, tal como te lo digo. -afirmé.

- Eso sí que es curioso. No te preocupes, que también somos amigos ese caballo y yo. Pero si puedes ser amigo de él, entonces puedes hacerte amigo hasta de Falaf, el león. Pero déjame que te explique el porqué de mi desconfianza. Es que mi trabajo aquí es ayudar a mantener el orden entre estos bichos terribles. Y tengo que ser duro con ellos. Tengo que evitar que se reproduzcan demasiado, y también debo evitar que los Demicosaurios y otros, conspiren para escapar de la zona. Para lo único que tienen inteligencia, es para explorar, cazar e intentar escapar. Entonces me he hecho un poco agresivo y desconfiado.

- Si tienen inteligencia para intentar escapar y conspirar para ello, entonces son más inteligentes de lo que parece... -dije un tanto asustado.

- No, en realidad no es tan así. -continuó Nothosos- Eso forma parte de la inteligencia instintiva. Además, no pueden escapar porque chocan con la barrera magnética. Pero cada vez que lo intentan, se hacen mucho daño, entonces se ponen más agresivos y atacan a otras especies. Y si les dejáramos solos, se matarían unos a otros en muy poco tiempo. Por eso se extinguieron allá afuera. Se comen hasta a sus propias crías.

- Mi maestra me dijo que se extinguieron por causa de un meteorito que chocó contra la Tierra y cambió el clima.

- Sí, eso ayudó un poco, en una época. Me lo contó mi papá Mamutarco, que se lo contó su tatarabuelo, porque se lo había contado... Bueno, el caso es que el meteoro cayó y mató a unos cuántos. Pero luego tardaron algunos millones de años en desaparecer, y si no hubiera caído el meteorito hubieran desaparecido antes, porque son verdaderas máquinas de matar a todo lo que se mueva. ¡Qué ocurrencia, la de fabricar estos monstruos!

- Nothosos, perdona... -interrumpió Iskaún- la conversación es muy importante, pero en este momento Marcel tiene que volver a su mundo. Tú sabes cómo funciona la instrucción de los humanos mortales. Cuando venga con su cuerpo físico podréis charlar más ampliamente, pero claro... Tendremos que reunirnos cerca de la Tierra de los Unicornios, porque los Demicosaurios... Ya sabes... Seríamos bocadillo.

- Cierto, y no me vendría mal. Hace... Desde la humareda de sol anterior que no veo a ese engreído de Relámpago que no se atreve a venir a visitarme. Y quisiera discutir algunas cuestiones filosóficas con él. Que te vaya bien, amiguito. Perdona mi desconfianza, pero ha sido un honor tu visita. Ahora me voy con mi familia. Adiós...

Apenas terminó de hablarme, hizo un gesto con su enorme trompa a Iskaún, se dio la vuelta y se fue estremeciendo la tierra con sus enormes patas, junto a otro grupo de Mamuts que se hallaban a unos centenares de metros.

- Esto es increíble. Hasta los caballos... Digo... Los Unicornios y los elefan... Digo, los mamuts, son tan inteligentes que hablan de filosofía.

- Y además, lo hacen mediante telepatía -agregó Iskaún riéndose- ¿A que no te lo imaginabas?

- No, la verdad es que me sigue pareciendo un sueño, todo este asunto.

- Bien, pero ahora debemos apurarnos porque nos hemos entretenido mucho con nuestros amigos. Debemos regresar a tu mundo urgentemente.

Volamos a gran velocidad hasta el punto de salida de túnel y allí estaba esperándonos Uros, con el rostro muy serio.

- ¿Habéis perdido la noción del tiempo? -dijo a Iskaún en todo de reproche.

- Perdona, Gran Maestro, la verdad es que ni nos hemos dado cuenta -dijo Iskaún- Le pondré inmediatamente en situación de regreso.

Apenas alcancé a saludar a Uros que me hizo una amable sonrisa y un guiño de ojo, porque Iskaún me tomó del brazo y partimos de regreso al mundo exterior. La velocidad era vertiginosa. En apenas unos segundos estuvimos de regreso, pero yo sentía, por primera vez, algo de calor, estando aún en el Cuerpo Mágico. Iskaún se despidió besándome la frente apenas estuve cerca de mi cuerpo físico.

Al cerrar los ojos me encontré en mi pesadísimo cuerpo material, con el que no podía volar, y en ese momento me pareció que ni podría caminar. Estaba completamente helado y apenas si podía mover los dedos de las manos. Tardé un buen rato en poder levantarme. Era ya noche cerrada; todo estaba en silencio. Sentía mucho sueño pero a la vez, era como si hubiera soñado todo aquello. Muy entumecido, fui hasta adentro de la casa y todo estaba en profundo silencio. Todas las luces apagadas y no se oía ni una mosca. El reloj en la pared de la cocina marcaba las diez y treinta y cinco. Haciendo memoria, recordaba que había ido al fondo de mi casa apenas terminé de comer y no sería más de la una de la tarde.

Iba entrando a mi cuarto cuando mi madre me llamó desde el dormitorio.

- ¿Qué hora es, Marcel? ¿Es que es de noche ya?

- Sí, Mami, es de noche. Son más de las diez y media.

- ¡Dios mío!, ¡Otra vez!... Domi, despierta -decía a mi padre- otra vez nos hemos quedado desmayados a la hora de la siesta...

- ¡Eso es el vino, que le ponen alguna porquería! - decía mi papá despertándose sobresaltado- ¡Pero si hoy no hemos tomado vino! ¿Qué nos está pasando?

- ¿Se sienten bien? -pregunté preocupado, pero sabía que lo que les ocurría tenía que ver con mis viajes al interior de la Tierra.

- Sí, estamos bien -respondió mamá- pero aquí hay algo muy extraño... ¿Tú dónde has estado?

- En el fondo, leyendo...

Me metí en la cama y no quise seguir pensando. Apenas apagué la lámpara, una luz anaranjada entró en mi cuarto y me di cuenta que era el elemental de la parra.

- Perdona que entre en tu dormitorio -me dijo amable y dulcemente- pero quiero decirte que tus padres y tu hermano han estado perfectamente. Los he hecho dormir como angelitos, pero eso les viene bien porque trabajan mucho y a tu hermano lo he curado del sarampión... Que descanses.

Eso era muy fuerte. No sólo viajaba al mundo interior y hablaba con un Unicornio y un Mamut. Yo que prefería pensar que todo aquello era un sueño extraño y resulta que la parra de mi casa me hablaba y hasta había curado a mi hermano del sarampión. *"Debo estar soñando, todavía"*, pensé. Encendí la lámpara del velador y me levanté en silencio y destapé a Gustavo, para ver con enorme sorpresa que en su cuerpo no había ni rastro de los sarpullidos. Pensé que quizá no era sarampión. Se podrían haber equivocado y era otra cosa, y yo podría haber tenido un sueño o estar soñando todavía.

Decidí que lo mejor era dormirme de una vez, porque mi mente no daba para más... Hasta el día siguiente, en que lo increíble siguió haciéndose realidad ante mis ojos...

CAPITULO V
MÁS MUNDOS EN EL MISMO PLANETA

Al levantarme para ir a la escuela, mientras desayunaba con mi papá, le dije que me parecía que mi hermano se había curado.

- No lo creo, seguramente estará así unos cuántos días. Y mejor que no se rasque, porque se infectan las heridas. A tí te pusimos la vacuna pero te pilló igual el año pasado, pero a él todavía no se la hemos puesto, así que quizá le agarre más fuerte. Hoy te acompaño a la escuela porque tengo que hacer una instalación eléctrica en las aulas nuevas.

- Pero es que anoche lo miré cuando dormía y no le vi ni una marca...

- Eso es muy raro...   ¿Y qué hacías ayer mientras dormíamos como unos tronco los demás? -decía mi padre, mientras mamá, que había escuchado la conversación, venía del dormitorio a salvarme los pasteles. Porque de no interrumpir ella, papá, muy preguntón, me habría interrogado sobre dónde había estado, qué había leído... Y le hubiera tenido que contar todo.

- ¡Esto es increíble! -decía mamá- ¡No tiene ni una marca del sarampión! Aquí pasa algo muy raro. Dice que ayer vino un "pipito" grande, y le dijo que si se dormía, lo curaría. Parece que también ha dormido toda la tarde y toda la noche sin despertarse para nada. Ha mojado la cama.

- Hay que ver qué es lo que hemos tomado -dijo mi padre- porque no es normal que durmamos tanto tiempo. Algo que bebemos, o alguna comida...

- Anoche -agregó mi madre- no hemos estado despiertos más de media hora, y no hemos comido nada. ¿Será el agua?

- No, porque le pasaría lo mismo a los vecinos y a toda la ciudad. Quizá es que estábamos muy cansados... Pero es la segunda vez. Hace casi un mes nos pasó lo mismo ¿Te acuerdas?

- Claro. Y Marcel jugando como si nada, o leyendo o no sé qué.

Y cuando me estaba sintiendo aludido, mi hermano venía del dormitorio a medio vestir y desvió la conversación.

- ¿Entonces, si no tengo más sarampión me puedo levantar para ir a jugar con Esteban?

- Pero te tienes que vestir bien... Y ustedes se tienen que ir o llegarán tarde a la escuela. Aprovecharé para llevar a Gustavo al médico, a ver si encuentra una explicación a esto.

Llegamos a la escuela y mi papá, que es electricista, se fue a hacer su trabajo. Pero mi maestra se había ido a un seminario, así que la directora nos despidió poco después. Antes de irme a casa pasé por las aulas donde mi papá estaba haciendo las nuevas instalaciones y me dijo que le vendría muy bien la ayuda mía, porque eran necesarias dos personas para poder pasar los cables por las cañerías dentro de la pared. Mientras él me indicaba, yo tiraba de los cables de diferentes colores. Era un trabajo divertido.

- ¿Te gustaría ser electricista cuando seas grande?

- No, yo quiero ser Mago y astronauta.

- Ah, muy bien. Pero entonces es bueno que aprendas sobre electricidad, je, je, jeee...

- ¿Y te pagan bien por estos trabajos? -pregunté curioso.

- Aquí en la escuela no me pagan porque lo hago como colaboración, pero los diseños de ingeniería sí que me los pagan bien. Pero no me hice electricista porque paguen bien, sino porque me entusiasma todo lo que se refiere a la electricidad. No puedes estudiar algo porque se gane dinero con ello. Debes hacer siempre lo que te gusta. No me refiero a jugar o divertirte, sino a tener una profesión en la que trabajes con mucho placer. Entonces trabajar es como divertirse, porque lo haces con amor y alegría. Y además, el trabajo que no se hace alegremente y con Amor, nunca está bien hecho.

- Entonces seré Piramidólogo, también.

- ¿Piramidólogo? Suena bien, ¿Quién te enseñó esa palabra?

- Nadie. Yo solito. Si hacemos experimentos con pirámides, somos Piramidólogos, ¿No?

- Sí, como una actividad extra está bien. Pero no creo que sea una profesión.

- Vamos a continuar con los experimentos piramidales, que los hemos abandonado un poco, ¿Verdad?

- Sí, vamos a ver qué cosas nuevas aprendemos. Si te parece bien, ponemos este cable que ya es el último tramo que hay pasar por la cañería, y mientras yo termino de armar la instalación, te vas a casa y sacas afuera todas las cosas del cuarto de herramientas. Esta tarde las volveré a colocar de un modo más ordenado, así tenemos más espacio para poner tres o cuatro pirámides más.

Así lo hicimos. Más que caminar, fui corriendo parte del kilómetro largo que había entre mi casa y la escuela, y al llegar a la tienda Malizia me detuve frente a la vidriera donde estaba un trencito que me tenía encantado. Era muy bonito, pero muy caro. Si insistía mis padres me lo habrían comprado. Pero pensé:

- Este trencito me gusta, es "interesante"... Pero no es algo "importante". Más importante es convertirme en Mago, más importante es tener a mis padres, más importante es hacer experimentos con pirámides, y también más divertido. Con el trencito jugaría un rato, y luego -como me ha ocurrido con casi todos los juguetes- no lo volvería a usar.

Contento de haber comprendido un poco más la diferencia entre lo importante y lo interesante, llegué a mi casa en un santiamén. Pero la puerta estaba cerrada con llave. Recordé que mi mamá se había ido al médico con mi hermano, así que me senté en el umbral a esperar pero no podía con la impaciencia. Apenas había estado algo más de una hora en la escuela, así que la única manera de entrar a mi casa, era por el fondo de la casa de mi vecino. Mientras él me ayudaba a subir la pequeña medianera, observé en el suelo, del lado de mi casa, unas manchas verdes brillantes. Pero no dije nada.

- Espera que suba yo a la pared y te sostengo. No te vayas a caer...

- No, no hace falta -respondí mientras me sentaba sobre el muro- Hay un baúl muy grande de este lado.

Di un salto, y ya estaba. Agradecí al vecino que me dejara pasar por ahí y entré por la parte de atrás del garaje, cuya puerta estaba siempre sin llave. Pero al entrar, en la penumbra, vi un par de formas de luz por muy breves momentos. Eran muy parecidas a la parra, pero mucho más grandes y se disolvieron en el aire en cuanto encendí la luz.

Dejé mi maleta escolar y me puse ropa de entrecasa para irme a hacer lo que me había pedido mi padre, pero notaba en todo momento que algo o alguien me estaba observando. Pregunté mentalmente quién era, y si era mi parra le pedía que me hablara como lo había hecho antes. Pero no respondía nadie a mi pensamiento, así que sentí un poco de miedo y me apresuré a salir al patio. Llegué al fondo y las presencias seguían estando allí, aunque no las veía y no conseguía que me hablasen, aunque sea telepáticamente.

Me senté recostado en la parra e invoqué su protección, porque esos seres que había por allí, no eran conocidos para mí.

- No temas...- me respondió alguien de inmediato- cierra los ojos un momento.

Al abrirlos de nuevo, estaba allí Iskaún.

- Hola, Marcel. No teníamos pensado un nuevo viaje hasta dentro de un tiempo, pero ha ocurrido algo interesante. Haremos un campo de fuerza y protegeremos la casa para que nadie entre, y estos amigos...

- Pero si son... ¡Elementales, también! -exclamé ante la presencia de varios seres mucho más raros que mi parra, con colores verdes y amarillos que formaban unas áureas enormes, que se movían y refulgían, pero estaba claro que eran vegetales en su Cuerpo Mágico.

- Sí, ellos acaban de ensayar contigo algunos trucos para ser más o menos visibles en el plano material y en el mágico, así que se encargarán de todo, entonces tendremos más tiempo para hacer un recorrido interesante.

- Pero también será importante... ¿Verdad?

- Oh, claro. Veo que estás aprendiendo a distinguir lo importante y lo interesante, como te enseñara Relámpago. Muy bien. ¿Vamos?

Me incorporé un momento, miré mi cuerpo y a la forma Humanoide luminosa del alma de la parra, que lo abrazaba protectoramente, e Iskaún me tomó de la mano para sumergirnos en la tierra. Mientras íbamos por el túnel, me explicaba:

- Ha ocurrido una gran explosión en el sol interior, así que al principio nos preocupamos, pero luego vimos que el Logos está haciendo ajustes energéticos. Le llamamos "Logos" al Ser Consciente, del cual el sol interior y toda la costra de la Tierra sólo es el cuerpo físico. Así que esa situación nos permite ir durante un tiempo con el Cuerpo Mágico a lugares donde en situación normal sólo podría irse con todo el cuerpo, sin separar el mágico del físico.

- ¿Puedes explicarme bien quiénes son esos seres que vi en mi casa? Se parecen al Alma de la parra, pero son más grandes. Iskaún fue haciendo más lento el viaje mientras me explicaba.

- Sí, son elementales de los árboles de mi mundo, que me han acompañado para generar algunas condiciones en tu casa, porque tenemos que aprovechar el poco tiempo que disponemos para visitar esos lugares. Será importante que sepas algunas cosas para el futuro. Entremos por aquí.

Al decir esto, me indicó un nuevo túnel que desembocaba dentro del túnel energético que ya conocía. Este nuevo túnel era un poco más estrecho y anduvimos unos pocos segundo por él, a gran velocidad, pero me daba la sensación de ir en horizontal y no hacia adentro. Al final del mismo, salimos a la parte de arriba de una enorme caverna en la que cabía todo un territorio. Abajo había grandes montañas, un río y algunos arroyos, y se veían unos grupos de construcciones, como pequeñas ciudades. En la bóveda y en muchos puntos, entre los cerros y en la selva, había unas lámparas gigantescas que iluminaban todo sin encandilar. Era un espectáculo impresionante aquel paisaje, en el interior de la Tierra, entre la superficie interna y la externa.

- ¡Qué fantástico es todo esto, Iskaún...! ¿Y cómo producen la electricidad para tanta luz? ¿Hacen represas como las que diseña que mi papá?

- No, ésta no es la electricidad tal como la usan ustedes. Esta luz es aprovechada del sol de nuestro mundo, tanto como del sol externo, el del sistema solar, el sol que ves tú todos los días. Una única placa de cristales especiales, colocada en lugares estratégicos tanto en las altas montañas de la superficie interna como de la superficie externa, trae luz suficiente para cinco lámparas de éstas.

- ¿Y cómo traen la luz, como si fuera agua?.

- No. Se convierte allí mismo en ondas de radio, y estas lámparas absorben esas ondas para reconvertirlas en luz. En realidad hay muchas maneras de extraer energía. Antes se usaban las lámparas de energía pirogénica, que aprovechaban la actividad de los volcanes, pero un día los sabios se dieron cuenta que eso producía alguna molestia al Logos, es decir al Alma del Mundo. Era como pincharle una vena. En cambio hay otras formas de sacar energía sin dañar a la Tierra, usando su propio magnetismo.

- ¡Entonces si le sacamos petróleo, como hacen en mi mundo...!

- Bueno, de eso mejor ni hablar. No sólo sacan el petróleo dañando un poco a la Tierra por dentro, sino que lo esparcen por la atmósfera en forma de gases que contaminan todo y si siguen así, en unos años no podrán respirar. ¿Recuerdas que ya hablamos de eso en otro viaje?

- Sí, pero al volver a mi mundo muchas cosas se me olvidan... ¿Y quién vive en esas pequeñas ciudades?.

- Allí viven los Aztlaclanes, que son Humanos semi-mortales. Ellos eran hombres mortales, que aprendiendo la verdadera Magia han evolucionado y se han purificado lo suficiente como para vivir en armonía. No están preparados aún para vivir entre nosotros, pero van progresando. Hace mucho tiempo que vinieron desde la superficie exterior; cuando estaban por sufrir una invasión y los iban a matar a todos. Les ayudamos a escapar, los refugiamos aquí y les facilitamos algunas cosas para que puedan vivir, a cambio de que no causen ninguna molestia y vivan en armonía.

- ¿Y lo han hecho así?

- Oh, sí, claro. Les ayudamos en su momento porque por cierto son muy buena gente. Y han progresado mucho. Más de la mitad ya son telépatas y hay varios que pueden ver el astral.

- ¿Qué es eso del astral? -pregunté con tremenda curiosidad.

- Es el plano vibratorio en que se encuentran nuestros Cuerpos Mágicos. Una parte del espectro de la luz y la materia. Todo eso que sueles ver en tu mundo pero que no puedes tocar, es materia astral. En tu mundo casi nadie puede ver estos Cuerpos Mágicos ni nada de lo que tú ves, por eso has tenido esos problemas... Y por eso muchos han creído que estás loquito. En realidad es materia en estado semiluminoso, por decirlo de alguna manera...

- ¿Y por qué no pueden verlo los demás?

- Porque los sentidos del tacto, el gusto, el olfato, el oído y la vista de los mortales está muy limitado. ¿Has visto los silbatos para perros?

- Sí, mi primo tiene uno. Pero cuando pita con él, no se oye nada, pero su perro Plinio lo escucha y viene corriendo...

- De la misma manera que ese sonido está en "ultrafrecuencia" también todos los Humanos, los animales y las plantas tienen un Cuerpo Mágico como tú bien sabes, que no se ve con la vista limitada.

- ¡Ya entiendo! Los muertos que siempre he visto están en su Cuerpo Mágico, pero ya no pueden volver a sus cuerpos físicos... Yo creía que sólo los muertos tienen un "fantasma" o se convierten en ello, y resulta que ahora mismo, yo soy un fantasma o algo así. ¿Es así, Iskaún?

Sí, exactamente. Estamos usando nuestros "fantasmas" para salir del cuerpo físico. ¡Buuuuuu! -decía mientras hacía un gesto raro.

Comenzó con una pose agresiva con las manos, que se le alargaron y formaron uñas terribles, y una mueca horrible. Su rostro tan bello se transformó en algo espantoso, que me llegó a asustar. Sólo fue un instante, para volver a su estado natural.

- ¡¿Cómo has hecho eso?! -dije entre reprochándole el susto y queriendo saber más- Me has asustado de veras...

- Ya aprenderás más cosas, pero es simple. El Cuerpo Mágico, al salir fuera del físico, puede adquirir diferencias en la forma. Es muy elástico y se estira muchísimo. Prueba a estirarte un dedo...

Lo hice y con gran sorpresa vi cómo se estiraba mi dedo.

- Los muertos -siguió explicando Iskaún- no suelen hacer esas cosas porque no saben y muchos porque no pueden...

- Ya entiendo que morir es salir con el Cuerpo Mágico pero sin poder volver al cuerpo material porque se ha estropeado... ¿Y qué pasa luego con ellos?

- Muy bien que vayas entendiendo, pero no tengas prisa por saberlo todo en un instante, que ese tema requiere explicaciones más complejas. ¿Vamos a visitar a los Aztlaclanes?

Dimos un rápido vuelo hasta una de las villas más cercanas, que estaba a poca distancia de una de las grandes lámparas, y al ver las casas de cerca, éstas parecían ser más grandes que las nuestras. Veíamos a las personas que caminaban tranquilamente, otras trabajaban en unos campos muy bien cuidados y había una plaza muy grande, llena de árboles hermosos, donde unos niños jugaban juegos muy raros. Había columpios, maromas, toboganes y todo eso que hay en cualquier plaza, pero los chicos jugaban con las manos, como si hablaran, pero no hablaban con la boca.

- ¡Hola chicos! -dije divertido- Seguro que seremos buenos amigos.

Pero nadie parecía oírme, salvo uno que se acercó a nosotros con una gran sonrisa.

- Esperen -decía a los demás- tenemos visitas. ¿Cómo te llamas?

- Marcel, ¿y tú?

- Yo me llamo Inejhuiyân. Hola Iskaún, ¿Este chico va a vivir con nosotros o está muerto?

- No, todavía no. Él vive en el mundo de afuera. Y tiene mucho trabajo que hacer. Quizá algún día, cuando esté mejor preparado vendrá a quedarse aquí por un tiempo, si él quiere. ¿Te gustaría? -me preguntó.

- No lo sé. Me gustaría vivir con chicos tan simpáticos, pero es que he hecho un juramento y no descansaré hasta que el mundo sea feliz.

- ¡Qué bien! -dijo entusiasmado mientras estiraba la mano- Yo también hice el Gran Juramento, así que somos colegas, camaradas y te ofrezco mi amistad de todo corazón... Ay, perdona, que olvidé que no podemos tocarnos en tu estado.

Iskaún soltó una risa y yo también.

- ¡Qué bueno! -exclamé rebozando de alegría mientras también estiraba la mano sin poderle tocar- Me gustaría que hiciéramos experimentos juntos. ¿Te interesan las pirámides?

- ¡Pufff!, soy loco por las pirámides! Mis padres son los encargados de la pirámide roja aquella. Allí se cura la gente que tiene accidentes, pero también se hacen tratamientos para despertar la telepatía, y cuando alguien se está por morir de viejo, se le lleva allí y a veces en vez de morirse de transfigura.

- ¿Se transfigura? ¿Y eso qué es?

- Es que en vez de morirse, se convierte en un Kristálido Luminoso. Sigue viviendo, pero con un cuerpo de energía enorme.

- ¡Vaya, qué cosas dices, estoy alucinado...! ¿Y los... Kristálidos Luminosos son como los dioses?

- No... -siguió explicando mi nuevo amigo- Son más elevados que los dioses, porque son Almas que tienen más experiencia. Los que mueren aquí, muchas veces nacen entre los dioses. Pero otras veces vuelven a nacer aquí para intentarlo de nuevo. Otros nacen allá afuera, en tu mundo, cuando han hecho el Gran Juramento para ayudar a los mortales a librarse de Ogruimed el Maligno.

- ¿Y tú? -pregunté intentando conocer más a ese camarada que era todo un colega- ¿Volverías a nacer allá afuera, en mi mundo?

- Pues, claro. Pero no sólo debe elegirlo uno, sino que platican los dioses con nuestros ancianos sabios y se autoriza sólo a aquellos que están bien preparados. Porque es muy duro abandonar lo que se ha aprendido aquí. Yo como llevo algunos años preparándome, ya soy telépata y tengo vista astral. Incluso he llegado a mover algunas cosas con la mente. Ahora mismo estoy enseñándoles a los otros chicos a desarrollar la telepatía. Pero cuando me autoricen para volver a nacer allá afuera, lo haré. Yo tampoco seré del todo feliz hasta que la humanidad deje de sufrir... Bueno, ya sé que tienes muchas ganas de abrazarme, porque somos Hermanos en el Alma, sentimos de la misma manera, pero para que nos demos un abrazo tendrás que venir con el cuerpo material. Y ya sabes... Aquí también tienes Familia.

Yo estaba, igual que él, llorando con lágrimas y todo, porque estábamos muy emocionados, entonces me pidió que esperara allí; se retiró unos pasos y les dijo a los otros chicos que formaran un círculo protector alrededor de él, que se acostó en el suelo.

Los demás así lo hicieron, y en unos segundos, vi cómo salía con su Cuerpo Mágico y voló hasta mí, para darme un abrazo que no olvidaré jamás en la vida o en todas las vidas que tenga.

Nuestras mentes y nuestros sentimientos de Amor por Toda la Humanidad se hicieron una sola energía. Ahora sabía lo que era tener un hermano. Y pensé que me gustaría que mi hermanito pequeño fuese igual, que tuviera ese Amor Inmenso por todos los Seres del Universo.

- Dale tiempo... Seguro que será un gran hombre, pero nadie está obligado a hacer el Gran Juramento -dijo Inejhuiyân mientras volvía a su cuerpo físico.

Entonces Iskaún, que también estaba disimulando un poco sus lágrimas, se despidió de Inejhuiyân y le agradeció su recepción.

- ¡El agradecido soy yo!, que me has traído tan maravillosa visita.

Me sentía tan feliz y mi Alma bailaba dentro de mí, que tardé en darme cuenta del elogio de mi nuevo Hermano. Nos despedimos y volvimos a elevarnos, pero en vez de regresar por donde habíamos entrado a la gigantesca caverna, surcamos el espacio sobre las nubes que cubrían la densa selva de aquel territorio subterráneo. Bajo las nubes, cientos de aquellas lámparas enormes alumbraban todo el territorio. Mientras volábamos pregunté a Iskaún por qué tenían nombres tan raros todos ellos.

- Para nosotros no son raros. Tienen un significado. Algunos nombres, o casi todos, son un "mantram", o sea un sonido que produce efectos en la mente y el cuerpo. Por ejemplo, acabas de conocer a Inejhuiyân, que en su lenguaje ancestral significa "Por propia voluntad".

- ¿Y qué significa Iskaún?

- *"Si te dominas a ti mismo controlarás los poderes de tus enemigos y recuerda que tu sangre es tu tesoro más preciado".*

- ¿Eso quiere decir que debo dominarme y no preguntarte tantas cosas?

- ¡No, no... ! -dijo riéndose- Eso es lo que significa mi nombre.

Seguimos en nuestro vuelo muy velozmente hasta el final de la región y entramos a una zona más oscura y extraña, por una caverna más estrecha, pero que igual daría para contener grandes edificios, aunque no había más que piedras de los más variados colores y formas, hasta terminar en un túnel muy estrecho. En cierto punto, una especie de pared semitransparente de color azul con destellos eléctricos, parecía el final. Iskaún hizo algo como envolverme con algo apenas visible, como una manta transparente. Entonces me llevó del brazo y atravesamos aquel muro que parecía de pura energía y por primera vez, con mi Cuerpo Mágico, pude sentir algo que me sorprendió porque era como frío y calor alternativos. Sólo duró un momento aquella sensación. Cuando estuvimos al otro lado, Iskaún retiró aquella especie de manta que pareció meterse en sus manos.

- Con nuestro cuerpo físico -aclaró Iskaún- no hubiéramos podido pasar esa barrera sin la llave adecuada. Es absolutamente infranqueable, pero no sólo cubre la entrada por el túnel, sino que envuelve una enorme región intraterráquea. Esta barrera electromagnética va incluso por dentro de la piedra. Es para que la gente que vive en esta región, no salga de aquí. Más allá de la zona de los dinosaurios hay otra barrera igual. Pero esta de aquí la tuvimos que poner debido a las características de la gente que vive en esta parte.

- ¿O sea que están prisioneros?

- No, son refugiados, pero hay muchos de ellos que son insoportables y muy dañinos. Más o menos como los que dirigen tu mundo, pero pertenecen a otra especie genéticamente muy distinta. Muchos de ellos son muy buenos y hacen lo posible para que los otros comprendan las Leyes del Amor Universal, pero esos insoportables dicen una cosa, y luego hacen otra, así que algunos nos pidieron que hagamos una barrera infranqueable. Como no pertenecen a este planeta, sino a uno que ellos mismos destruyeron hace algunos miles de años, no tienen donde vivir. Escaparon algunos miles de ellos, pero como es lógico, eran los de la clase gobernante los que pudieron escapar; es decir, los peores, los mismos responsables de la desgracia de su planeta.

- ¡¿O sea que mataron su propio planeta?!

- Eso es. Pero no te asombres tanto. El creador de tu mundo, donde los hombres se matan en guerras terribles y sin sentido, y que creó mediante experimentos los animales de allá afuera, que deben comerse uno a otro para poder seguir vivos, ha sido uno de nuestros antepasados. En todas partes está la semilla del mal. Por eso los que amamos el bien debemos saber diferenciar las cosas.

- ¡Ah!, voy entendiendo. Pero es como el cuento de nunca acabar...

- Un poco así. Pero el bien siempre triunfa. Y finalmente, lo que va en contra de la corriente del bien, algún día se termina, se destruye a si mismo. Los tatarabuelos de estos seres que verás ahora, destruyeron su planeta, pero no todos sus descendientes son malos, aunque algunos llevan la maldad en el Alma y es necesario darles todas las oportunidades posibles para que puedan evolucionar. Si no lo hacen, al fin de cada período solar, esas almas son destruidas y se mueren para siempre.

- ¿Y cada cuanto hay un período solar?

- Hay dos períodos solares. El del sol de adentro y el de afuera. Cada veintiocho mil años se cierra un período solar del de afuera, del que ves tú. Pero cada ochenta mil, se cierra un período del sol interior.

- ¿Y qué pasa cuando se cierran esos... Períodos?

- Afuera, las civilizaciones son destruidas, hay terremotos, se hiela el planeta, luego aumenta el nivel de los mares, hay grandes cataclismos y sólo se salvan los que están a cierta profundidad. Pero los que han abandonado el cuerpo físico también se quedan sin Cuerpo Mágico y sin Alma. Mueren para siempre si el cambio los pilla afuera.

- ¿Y es posible que ese cambio ocurra pronto? -dije pensando en quedarme a vivir adentro en cuanto pudiera.

- No, todavía falta algún tiempo bastante largo. Creo que algunos siglos. Hay mucho por hacer en tu mundo todavía.

Las explicaciones de Iskaún me tenían un poco confundido. No es lo mismo leer tranquilo en la casa de uno, que estar aprendiendo esas cosas en lugares tan extraños. Por cada respuesta, en mi mente surgían mil preguntas. Pero seguramente después iría entendiendo todo.

- Mira, esos vehículos son los que usan los Dragtalófagos para movilizarse en esta región. Funcionan con electricidad.

Allí las cavernas se hacían más grandes, hasta desembocar en otra, casi tan grande como la de los Aztlaclanes, pero bastante más oscura. Sin embargo, se podía ver lo suficiente como para andar.

- Si vinieras con tu cuerpo físico, no podrías ver casi nada. Es que con el Cuerpo Mágico puedes ver con menos limitación. Y no te preocupes por los Dragtalófagos, porque ellos no pueden ni vernos, ni oírnos, ni tienen idea de que existe el plano astral.

Más lentamente, casi caminando, nos fuimos acercando a una de las paredes de la caverna en la que veíamos de lejos, lo que parecía ser gente contra la pared, en donde ésta era de color amarillo o casi blanca. Al acercarnos más, llegué a sentir miedo de aquellos seres, aunque sabía que no podían hacerme ningún daño, porque estábamos con el Cuerpo Mágico. Eran muy raros, pero había visto una película donde salían seres más o menos así. Entonces me di cuenta que no eran puras fantasías. Vestían unas ropas verdes o azules muy ajustadas a sus delgadísimos cuerpos. Tenían los dedos alargados, terminados en punta, sin uñas, pero cuando los apretaban contra algo, parecían espátulas redondas. Sus ojos eran tan enormes que ocupaban la mayor parte de la cara. La boca era tan pequeña que apenas se veía, y no tenían nariz ni orejas. En su cabeza tenían dos especies de antenas se movían para todas partes, y que según me explicó Iskaún, esas eran sus narices.

- ¡Qué raros!, ¡En vez de una nariz, tienen dos, y en la cabeza...!

- Sí, y se alimentan de sales minerales. Pueden comer casi cualquier mineral. Si comieran vegetales no les caería muy bien, aunque también pueden comer algunos productos que extraen de algunas plantas y las procesan en sus laboratorios. En su mundo comían plantas que no existen aquí, criadas en la oscuridad.

-¡Qué raro! A todo el mundo le sientan bien los vegetales...

-Sí, en nuestro planeta... Pero ten en cuenta que también hay plantas venenosas para los humanos. Pero estos seres son toda una excepción. Su mundo tiene un sol interior tan diminuto que casi no da luz y los vegetales que hay allí son los mismos que puedes crear tú juntando sales de plomo en un cubo de vidrio con agua y dejándolas reposar. Aunque verías formarse unos raros hongos aunque haya luz, si lo haces en una habitación a oscuras verías que se forman unos seres entre cristales minerales y vegetales, más completos aún.

- ¿Es cierto lo que me cuentas?

-¡Claro...! ¿Crees que te mentiría? Haz la prueba tú mismo. Sólo hay que tener los mismos cuidados que cuando se manipula cualquier veneno, porque las sales de plomo son tóxicas. Algún día tu padre podría ayudarte, no es bueno hacer esos experimentos en solitario. Pero para la formación de los Magos, es importante también la química, porque se aprenden muchas cosas del funcionamiento del Universo...

Justo en ese momento nos acercábamos a un grupo que se internaba en un túnel más pequeño. Iban gritando o algo así, haciendo un ruido parecido a un soplido, pero muy fuerte.

- Alguien ha encontrado algo... Creo que mercurio. El metal líquido. Es toda una golosina para ellos. Si lo comieras tú te morirías. Incluso para nosotros los dioses, aunque es muy útil, sería un poco venenoso si comiéramos tanto como ellos. Estaríamos mucho tiempo con dolor de tripas.

- ¿Es que ustedes pueden comer cualquier cosa?

- La verdad que sí. Pero lo mejor para nosotros, es lo mismo que para ustedes: Comer miel, frutas y semillas. Eso es lo mejor. Pero veamos qué hace esta gente.

Y con toda la curiosidad del mundo, y por mi parte un poco de temor que me costaba dominar, nos internamos en esa galería en la que había unas máquinas -que Iskaún me explicó que usaban para abrir túneles- y muchos cables y vehículos de aquellos que ya habíamos visto, como un huevo partido por la mitad, con cuatro pequeñas ruedas y una conexión eléctrica a los rieles por los que se desplazaban. Mientras nos acercábamos al grupo de unos veinte que se habían reunido más allá, observé a uno que de su pequeña boca sacaba una lengua larguíiiisima y lamía la pared del túnel donde había una mancha amarillo-rojiza. Era un espectáculo rarísimo que no me gustaba mucho, pero pensé que cada uno tenía que comer lo que su cuerpo le pidiera.

Luego nos acercamos al grupo, y estaban todos arrodillados junto a una especie de lago gris muy pequeño de poco más de dos metros de diámetro. ¡Era mercurio!, y estiraban sus largas lenguas para comerlo o beberlo, según se mire, porque es un líquido espeso. En realidad, metal fundido a temperatura ambiente.

- El mercurio se hace líquido a casi 39 grados bajo cero, según la medida de tu país, pero aquí no hacen más de cinco bajo cero.

- O sea que en cuerpo físico estaría tiritando o muerto si no me abrigo. ¿Y ellos no sienten el frío?

- No, a estas temperaturas están bien. Como podrás imaginarte, si no estuvieran adaptados, no podrían vivir aquí. Además, nosotros hacemos lo posible para que todos, sean Dragtalófagos o lo que sean, vivan del modo más seguro y cómodo, y tengan oportunidad de evolucionar sin perjudicar a otros. Pero ahora nos iremos, porque no hay mucho que ver entre esta gente, que tiene muchos problemas de adaptación y no pueden relacionarse con nadie. Ni siquiera con los animales, porque los han matado a todos los que vivían en esta región. Iremos a ver a los Cloremáticos, que son mucho más simpáticos.

- ¿Y esos también son refugiados?

- Algo así, pero son propios de este planeta. El mismo antepasado mío que hizo a los hombres mortales, hizo también unas mezclas terribles de Humanos mortales y vegetales. Pero los Cloremáticos conservaron mucho del espíritu de los vegetales y son gente muy amable y simpática, porque además de haber evolucionado, ya que a la larga la Naturaleza tiende a arreglar todo del mejor modo posible, son en extremo sensibles.

Salimos por otro túnel y traspasamos la barrera azul sintiendo nuevamente el escalofrío aquel tan desagradable. Anduvimos un buen rato hasta la región de los Cloremáticos, que era otra de aquellas cavernas gigantescas, casi tan grande como la de los Aztlaclanes pero mucho más larga.

Allí había una gran humedad, en un ambiente muy nuboso y bien iluminado, también con aquellas lámparas enormes, sólo que éstas eran de diferentes colores. El espectáculo de luces de distintos y suaves colores era muy bonito, pero mi curiosidad por conocer a los Cloremáticos era mayúscula. Así que fuimos bajando hasta llegar cerca de nivel del suelo y allí me di cuenta que había una enorme cantidad de agua. Arroyos pequeños, acequias, pequeñas lagunas aquí y allá, como una enorme red de agua. Nos internamos en un sendero muy colorido, con cientos de variedades de flores por todas partes, y allí me sorprendió ver algo que ya conocía muy bien. Un elemental muy parecido al de mi querida parra, que estaría en esos momentos cuidando mi cuerpo físico, apareció ante nosotros, pero de repente sus rasgos se hicieron notablemente Humanos. Casi como una persona con su enorme sonrisa y brillos de diversos tonos anaranjados.

- ¡Iskaún!... ¡Qué gratísima sorpresa! ¿Cuánto hace que no vienes por aquí?... Has crecido, ¿verdad?

- Sí, un poco. La última vez que vine fue cuando era todavía una niña, cuando te presenté al Gran Caballero Iesus...

- ¡Oh, sí! ¿Qué sabes de él?

- Que sigue luchando, a pesar de haberse convertido en Kristálido, sigue intentando todavía, mejorar la humanidad. Igual que este amiguito que también ha hecho el Gran Juramento. ¿Ustedes están todos bien?

- Sí, claro, pero... ¿Te enteraste de lo que nos hicieron los Dragtalófagos?

- Sí, por supuesto, pero ya no podrá repetirse, gracias a la barrera multisiegélica.

- Espero que funcione bien, porque si no, pobre de las demás criaturas que habitan este mundo... -decía entrecortadamente, como si fuese a llorar.

- Está bien, Venitrongil, no te preocupes... ¿Ves, Marcel? Lo que te decía. Son muy sensibles los Cloremáticos. No han aprendido todavía a dominar su extrema sensibilidad, pero tal como te he dicho, son gente muy amable.

- Eso, "Marcel". ¡Qué bonito nombre! Lástima que no estás con tu cuerpo material, porque tengo unas manzanas que te resultarían tan deliciosas que hasta yo me las comería si no fuera que soy alérgico. -decía en tono risueño.

- ¿Alérgico a las manzanas? - pregunté extrañado.

- Sí, nosotros no comemos frutas ni verduras. Somos medio vegetales. Nos alimentamos de agua y substancias disueltas en ella... ¡Ah!, mira, aquí viene mi esposa. Se llama Sabinazulia.

Por el sendero venía caminando Sabinazulia, pero con su cuerpo físico, que era prácticamente un cuerpo Humano, pero con algunas rarezas notables. Era verde, con unos ojos azules muy bonitos, y con ramitas, hojas, flores y todo lo que un buen vegetal puede tener.

- ¡Hola Iskaún!, ¡Qué alegría verte por aquí! Y veo que vienes acompañada de un niño ¿Es tuyo?

- No, pero como si lo fuera. Ha hecho el Gran Juramento, así que estoy encargada de su instrucción.

- ¿El Gran Juramento? ¡Pero si es un pequeñajo, todavía...!

- Sí, pero no te olvides Sabinazulia, que tú misma lo hiciste cuando ni siquiera tenías una hojita...

- ¡Ah!, entonces los Humanos mortales del mundo de afuera tienen consciencia espiritual a cualquier edad... O sea igual que los Aztlaclanes...

- Exactamente. Su inteligencia y su personalidad se forma en más tiempo, pero muchos son conscientes del Amor Universal, casi desde que nacen.

- Entonces... -interrumpí- ¿Ustedes también han hecho el Gran Juramento?

- Así es, jovencito. Los Cloremáticos hemos sido también víctimas de Ogruimed el Maligno. Todos nosotros deberíamos ser dioses, pero aquel malvado hizo cosas terribles con la genética. Bueno, eso ya te lo habrá explicado Iskaún. El caso es que ahora somos muchos los que debemos buscar ser mejores, para poder ser dioses como debería ser lo normal, o con un poco de voluntad, convertirnos en Kristálidos Luminosos. En eso consiste la mayor parte del trabajo de los que hemos hecho el Gran Juramento.

- Voy entendiendo... Voy entendiendo... -dije mientras meditativa- De la única manera que la humanidad puede ser feliz, es recuperando la condición normal. Y en el caso de Ustedes, los Cloremáticos, es igual...

- Eso es. -respondió la dulce Sabinazulia- Veo que aprendes con facilidad. Y ya que estamos, te comento que te será muy difícil, cuando seas mayor, luchar contra el peor mal que tienen en tu mundo...

- Sí, ya sé... La Guerra.

- ¡Oh, no, eso no es lo peor! La guerra a veces es inevitable y es sólo un resultado, un efecto, pero la verdadera causa, querido pequeño, es la esclavitud. El ansia de dominio y poder de unos sobre otros.

- Bueno... -dije dudando- Es que hay que tener un orden, porque si yo, por ejemplo, no obedeciera a mi papá, y mi hermano tampoco, la familia sería un desastre.

- Pero es que estás confundiendo "dominio" con "autoridad". Tu padre no te domina, sino que es la autoridad más natural y auténtica del mundo, porque eres pequeño. Cuando seas mayor, él ya no será para ti una autoridad total, pero será una "autoridad moral" y tendrás en cuenta sus consejos.

- ¿Entonces el "dominio" es lo que hacen los gobiernos?

- En algunos casos sí. -dijo mientras se sacaba una mariposa de la oreja y la depositaba con toda suavidad sobre una flor que tenía en la rodilla- Pero esos gobiernos que dominan sin que el pueblo los autorice a representarlos, casi nunca son los que dominan. Los que realmente mandan son gente muy mala que se mantiene en el poder mediante otros métodos y tienen empleados a los que les pagan con lujos y placeres, y les hacen creer que gobiernan, o usan a diferentes gobiernos para que hagan guerras, y los "dominantes malvados" les venden armas a unos y a otros. ¿Comprendes?

- Sí, pero es muy complicado todo eso... ¿No hay alguna otra forma de pararles los pies a la gente mala?

- Formas diferentes hay -dijo Sabinazulia- pero para cualquiera de las formas que apliques, necesitarás el apoyo de mucha gente, porque los malos también tienen mucho poder, y algunos conocen algo de Magia. Pero lo más importante, Marcelín, es que debes comprender sus métodos, aunque se te revuelvan las tripas. Si no sabes cómo piensa la gente mala, no podrás prevenir sus ataques.

- ¡Ah!, claro, es como en el ajedrez, o como en el parchís. Hay que intentar darse cuenta cuál es la jugada que quiere hacer el rival.

- Algo así. Pero como aún eres un niño, lo más importante que debes hacer para prepararte y cumplir bien tu Gran Juramento, es **conocerte a ti mismo**. Saber realmente quién eres tú mismo.

- Pero si yo sé quién soy, me llamo Marcel y soy un niño que vive en...

- ¡Oh, no, me refiero a otra cosa! -interrumpió Sabinazulia con un gesto amable- Conocerte a ti mismo significa descubrir tus propios defectos y no ocultarlos, sino combatirlos y cambiarlos por virtudes y talentos. Si empiezas a volverte miedoso, deberás convertirte en valiente observando, reconociendo y destruyendo tu miedo. Si empiezas a volverte vago y distraído, deberás darte cuenta, reconocerlo y obligar a tu mente a hacer lo que tú sabes que no puedes dejar para más adelante.

- ¡Ah, sí, eso lo entiendo!. No es nada fácil, porque cuando uno encuentra un defecto en uno mismo, es muy feo y da mucha vergüenza...

- Pues entonces -siguió Sabinazulia con un tono muy firme pero igual de amable- debes decirle a tu vergüenza que se calle y que desaparezca, porque la vergüenza, los pretextos y la distracción sirven de tapadera a los defectos de la mente. Bueno, yo sé que estarás ansioso por seguir visitando lugares, porque hay tantas cosas maravillosas y curiosas que ver... Y más para un niño como tú, así que esta conversación te aburrirá un poco...

- ¡No, que va...!, ¿Conoces a Relámpago, el Unicornio?

- Sí, es muy simpático, aunque desde que se quiso propasar conmigo y comerme los dedos de los pies, le tengo un poco de desconfianza.

- Vamos, Sabinazulia... -intervino su esposo Venitrongil- Que el pobre Unicornio se confundió; no lo hizo a propósito, y se sintió tan avergonzado que se puso rosado oscuro. Pero... ¿Por qué lo mencionas, Marcel?

- Porque él me enseñó la diferencia entre lo que es "importante" y lo que es "interesante". Y sé que hay muchas cosas interesantes que ver, pero estas conversaciones con gente que ha hecho el Gran Juramento, son para mí, sumamente importantes.

- ¡Qué bien! -dijo Venitrongil- Reconocer esa diferencia es el colmo de lo bueno. Pero la próxima vez que nos visites, si lo haces con el cuerpo físico, te mostraré también algunas cosa que hay en las regiones habitadas por Cloremáticos, que son muy interesantes. Y antes de despedirnos, porque presiento que Iskaún tiene poco tiempo antes de devolverte a tu mundo, te ruego que les des muchos cuidados a Virriprinpandomitallonaria.

- ¿A Virripri... Quién?

- Acabo de hablar mentalmente con Virriprinpandomitallonaria, la parra que está en tu casa y que cuida tu cuerpo físico. Y... Pues... Tengo que darte una mala noticia...

- Vamos, Venitrongil, no me tengas en ascuas... -le dije suplicando.

- Pues, que ella ha captado el pensamiento de tu padre y resulta que quiere cortarla para ampliar su taller, un sitio donde hacen experimentos con pirámides...

- ¡Eso sí que no! -exclame a punto de llorar.

- Tranquilo, Marcelín -dijo Sabinazulia- Te agradezco como Cloremática que tengas tanto amor por nuestra gran amiga Virriprinpandomitallonaria, que es una hermana menor nuestra, pero si haces las cosas con tranquilidad podrás convencer a tu padre que una parra tan hermosa que da uvas todos los años, y que les da sombra cuando más calor hace, no merece ser cortada. ¡Pero no vayas a decirle que te lo hemos pedido nosotros!

- No se preocupen -dijo Iskaún- Marcel tiene bien claro que no debe hablar de estas cosas, al menos por ahora. Incluso se lo dijo el mismísimo Uros en persona cuando Marcel vino por primera vez. Y ha guardado muy bien el secreto.

- Bien, una última cosa Iskaún... -dijo Venitrongil- ¿Puedes decirle a Uros que tenga la amabilidad de disponer un equipo para seguir la construcción de la pirámide número cuatro, que con el último terremoto quedó sin terminar?

- ¡Ah, no sabía eso! Es que con los cambios del sol estamos un poco atrasados con varias cosas. Pero eso puedo disponerlo yo misma. Les pediré a los Aztlaclanes que se encarguen, si les parece bien.

- ¡Sí, claro, son verdaderos expertos en construir pirámides! Pero si hasta Uros les ha encomendado algunas construcciones. Vosotros, los dioses ya no os dedicáis mucho a construir... ¿Verdad?

- Sí que lo hacemos -respondió Iskaún- pero hemos tenido mucho trabajo en los planos suprafísicos y con los Dragtalófagos, que nos han causado muchos problemas.

- ¡Ufff!, no me hables de esos. -dijo Sabinazulia- Y pensar que Jacleteb quería una "libre sociedad" con nosotros, invocando derechos de sociabilidad y acusándonos de xenófobos por no querer convivir con ellos. Menos mal que intervinieron los dioses y no permitieron semejante invasión.

- Parece que los Dragtalófagos no se llevan bien con nadie -dije curioso.

- Ni siquiera entre ellos. -continuó Venitrongil- Algunos someten a otros haciéndoles esclavos. ¡Nos querían usar a nosotros para que les extrajéramos minerales de los fondos de las lagunas rojas! ¿Te imaginas...? ¡Ah, no!, si no sabes nada de eso. Querían que los dioses les permitieran vivir con nosotros, para esclavizarnos y sacar unos minerales que siempre se hallan en el fondo de las aguas rojas, porque ellos tienen miedo al agua roja. Pero esos minerales nos matan, son un tanto venenosos para nosotros, así que de trabajar para ellos, que usan látigo hasta con los suyos, ya puedes imaginar cómo terminaríamos... ¡En la más incloremática miseria!

- Amigos, lamento tener que despedirme -decía Iskaún- pero se nos agota el tiempo. Mientras llevo de regreso a nuestro invitado, pasaré por la casa de Quiqueshanhua Tetieti para pedirle que continúe la construcción de esa pirámide.

Nos estábamos despidiendo cuando Sabinazulia puso un beso en su mano y sopló sobre ella, haciéndonos sentir una agradable sensación que no podría haber comprendido nunca si Iskaún no me lo hubiera explicado mientras volábamos otra vez.

- Eso que hizo Sabinazulia, es un beso aromático. Si estuvieras en cuerpo físico, habrías sentido una de las fragancias más deliciosas y espirituales que pueden hallarse en la Tierra. Pero al no tener el olfato bien habilitado en tu Cuerpo Mágico, lo has percibido de otra manera. Has sentido la emoción cariñosa de Sabinazulia, que te siente más o menos como yo, como a un hijo.

En unos segundos llegamos por unos túneles muy bonitos a la región de las lagunas hirvientes. Allí volvimos a pasar una barrera azul con las precauciones que Iskaún tomó antes. El paisaje era un poco tétrico. Muy vaporoso y húmedo. La bóveda de la caverna era baja pero muy amplia. Había entre la superficie del agua y el techo, apenas unas decenas de metros. Algunas pequeñas islas rompían la constante de burbujas que cubrían toda la oscura superficie. Nos detuvimos un momento sobre una de las islas y ésta empezó a emerger, con lo cual me asusté un poco. Iskaún me tranquilizó y me explicó que en realidad no eran islas, sino los lomos de ciertos animales enormes que necesitaban estar algún tiempo en ese ambiente para poder vivir. Las lagunas hirvientes estaban comunicadas con la región de los animales prehistóricos que cuidaba Nothosos, el Mamut. Uno de esos bichos asomó la cabezota fuera del agua y sus enormes ojos me impresionaron. Por suerte no nos detuvimos más que unos momentos y continuamos hasta donde la bóveda se hacía más alta y la caverna más estrecha.

Salimos a otro túnel de paredes con largas rayas de minerales y llegamos a otra barrera azul tras la cual, un pequeño túnel por el que apenas cabíamos, nos condujo a la gran caverna de los Aztlaclanes. Fuimos directamente a la casa de Quiqueshanhua Tetieti, que era un hombre enorme, casi como los dioses.

- Iskaún... -dijo al verla aquel hombre- Si no fuera que estoy haciendo mi catarsis, estaría ofendido contigo...

- La catarsis -le dijo ella- es lo que este amiguito, que se llama Marcel, llamaría como "lo más importante del mundo". Así que sigue con ella y no te ofendas. Ya sé que vas a recriminarme que no vine a visitarte cuando estuvimos con tu sobrino Inejhuiyân, hace un buen rato, pero... ¿Te imaginas si tuviera que visitar a todos los Aztlaclanes? No podría nunca terminar este paseo instructivo con Marcel. Pero a lo que vengo es muy importante. Los Cloremáticos necesitan que les terminen de construir una pirámide que quedó abandonada...

- Ya, no me digas más. Si los Cloremáticos necesitan lo que sea, yo haré honor a mi nombre. Esa gente es de lo más generosa que puede haber. Les diré a mis amigos que vayan preparando todos los equipos y nos iremos un tiempo a hacerles lo que les haga falta. Cuando les construimos el gran canal en la caverna auxiliar, nos regalaron con tantas frutas deliciosas, nos regalaron semillas de las flores de Azunia y nos enseñaron tantas cosas... En fin, que estaremos siempre a disposición de ellos, porque además, son el colmo de simpáticos.

- Eres muy gentil Quiqueshanhua Tetieti. -dijo Iskaún- Pero... ¿Me quieres decir qué significa tu nombre?, disculpa que no te lo haya preguntado antes.

- Significa "El que abraza las piedras pesadas". Me lo puso mi padre porque como bien sabes, él también era constructor.

- Muy bien, y ciertamente que haces honor a tu nombre. Dejo el asunto de las pirámides de los Cloremáticos en tus manos...

- Y todo lo que necesiten de este hermoso y fuerte Aztlaclán.

- Anda, vanidoso... -dijo sonriendo Iskaún- Mientras trabajas, sigue con tu catarsis, ja, ja, jaaaa

Y mientras volábamos hacia uno de los túneles que salen a la superficie interior de la Tierra, Iskaún me aclaró el misterio de la catarsis.

- Eso es justamente lo que hablabas con Sabinazulia. "Catarsis" significa purificación. Y para convertirte en un Mago verdadero, es "lo más importante". Se trata de la purificación de pensamientos y sentimientos. Si la haces, todo lo demás en tu vida, será mucho mejor.

- ¿Y es tan complicado como aprender todas las cosas de la realidad?

- No, es un poco más simple. Pero el modo de hacerla requiere una disciplina constante. Es como declararles la guerra a todos tus enemigos interiores.

- ¡¿Como declararle la guerra a los... Que lamen minerales...?!

- No, los Dragtalófagos son un pueblo problemático, pero por el momento ni siquiera son tus enemigos "circunstanciales". Ellos no podrían hacerte tanto daño como tus enemigos interiores.

- ¿Pero quiénes son mis enemigos interiores? ¿Viven en alguna de estas cavernas o en el interior de la Tierra, donde viven Ustedes?

- No, Marcelín... Tus enemigos interiores viven dentro de ti mismo. Dentro de tu mente, de tu Cuerpo Mágico. Cuando se apoderan de tu mente y de tu Cuerpo Mágico, seguramente terminan enfermando tu cuerpo físico...

- ¡Ah!, ¡Ya está...! Los enemigos interiores son el miedo, el odio, los vicios, la envidia, la ira y todas esas cosas que hacen que las personas se conviertan en "malas personas"... ¿Verdad?

- Lo vas entendiendo perfectamente. Y debes agregar los que te decía Sabinazulia, la vergüenza, los pretextos y las distracciones mentales... Aunque no está mal sentir un poco de vergüenza, pero hay que usarla para saber cuando estamos equivocados y actuar en consecuencia, reparando los errores. Ahora debemos volver urgentemente a tu mundo. O alguien se dará cuenta...

Regresamos con toda urgencia a la superficie externa de la Tierra y allí estaba mi cuerpo material abrazado amorosamente por mi amada parra Virriprinpandomitallonaria. Apenas nos vio llegar, me abrazó a mi Cuerpo Mágico y me dio una especie de beso profundamente cariñoso y se metió dentro del tronco de la parra.

Iskaún se fue tras indicarme que cerrara los ojos como antes, pero en vez de ello esperé un poco. Había algo raro en mi casa y en todo el ambiente.

Varios elementales como Virriprinpandomitallonaria y como Venitrongil aparecieron de todos lados. Algunos eran muy grandes, otros un poco más pequeños y me saludaban al pasar, para irse rápidamente tras Iskaún, sumergiéndose en la tierra en el mismo lugar que ella. Cuando dejaron de pasar elementales, que serían como cien, cerré los ojos para entrar en mi cuerpo físico. Allí me di cuenta que era de noche y estaba haciendo bastante frío. Pero yo no tenía frío el cuerpo. Me incorporé lo más rápido que pude y me fui adentro de mi casa, pensando en ver qué hora era. Entré a la cocina y miré el reloj: ¡Eran las once de la noche!

No parecía haber nadie en casa. Miré en los dormitorios y todo estaba vacío. Recordaba que cuando me fui con Iskaún, mi madre no había regresado del médico y mi padre estaba en la escuela, terminando el trabajo de electricidad. Pero eran cerca de las once de la mañana cuando volví a mi casa, así que habrían pasado unas doce horas desde que me fui a la Terrae Interiora... Di unas vueltas por la casa y cuando estaba empezando a preocuparme porque no entendía lo que pasaba, sentí ruidos en la calle. Entré al comedor, encendí la luz y me quedé allí unos momentos. Luego volví a sentir voces. Era papá que hablaba un poco enojado. Yo no sabía que hacer, así que apagué la luz, me eché en el sofá para tranquilizarme y cerré los ojos. Apenas lo hube hecho, la puerta del comedor se abrió y entraron mis padres mientras yo me hice el dormido...

- ¡Aquí está Marcel! -gritó mamá- ¡Menos mal, Dios mío!, ¡Qué cosas raras están pasando en esta casa!

- Calma Cariño, -dijo mi padre- que no es sólo en esta casa. Ya has visto que en casi toda la calle parece no haber nadie en las casas, y ninguno ha podido abrir las puertas....

Mientras mi madre entraba a mi dormitorio con mi hermano pequeño dormido como un tronco, mi padre volvió a salir a la calle.

- ¡Están entrando...! ¡Se han abierto todas las puertas! ¡Esto es de locos!

Volvió a entrar y yo preferí seguir haciéndome el dormido, porque sabía que los elementales tenían algo que ver en todo esto. Mejor dicho, estaba seguro. Mamá me llamó varias veces y me hice el confundido. Fui a la cocina a tomar agua porque tenía la lengua seca y después me metí en la cama. Papá apagó la luz del dormitorio y escuché que seguía haciendo conjeturas sobre lo que habría pasado.

A la mañana siguiente me fui enterando de lo ocurrido, porque no había que ir a la escuela, ya que la maestra tampoco estaría ese día. Fui a la calle a ver si encontraba a alguien con quien jugar y los chicos que iban a la escuela por la tarde estaban reunidos en la acera de enfrente, sentados en el murillo de una verja.

- Eh, Marcel ¿Donde estuviste ayer? - me preguntó Roberto, que era bastante mayor, entre curioso y risueño.

- En mi casa. Me quedé dormido en el sofá.

- ¿Y dormiste todo el día?

- Creo que sí... -dije mintiendo sabiendo que debía hacerlo, porque si no, el secreto prometido estaría seriamente amenazado.

- Yo también estuve en mi casa, -dijo Luis, que vivía justo al lado de la mía- pero no he podido dormir. Y cuando me asomé por sobre el muro ayer a la mañana, porque no podía salir ni mis padres podían entrar, vi que estabas durmiendo recostado contra la parra grande, al fondo de tu casa...

Sentía que me podía descubrir y trataba de pensar si lo mejor era volver a mi casa para no tener que contar nada más, ni tener que volver a mentir, pero él continuó diciendo que no podía haber estado todo el día en el sofá, sino que me había dormido en el fondo.

- Bueno, el que mejor lo pasó fue Alejandro -dijo Roberto- porque dice que estuvo jugando con un Superman o algo así. ¿No es cierto? -dijo Roberto en tono burlón, y todos se rieron.

- ¡Es cierto, tonto! Y no era Superman, tenía el cuerpo todo luminoso... Anda, que son tontos... Se creen que les estoy mintiendo...

Alejandro tenía sólo cinco años y era un chico muy especial. Así que cuando los más grandes se fueron a jugar a la pelota, yo me quedé con él para preguntarle qué era lo que había visto. En el fondo, dudaba que lo que había vivido en el día interior fuera realidad. Era posiblemente un sueño.

- Te digo que lo vi y estuvo jugando conmigo todo el tiempo, hasta que mis padres pudieron entrar. Y dijo que te pidiera algo a ti ¿Pero a que no te lo crees...? No importa, te lo voy a decir igual. Dijo que tenía una amiga que se llama Virriprin.... Virriprinpa... Ay, no me acuerdo...

- Virriprinpandomitallonaria

- ¡Sí! ¿Cómo lo sabes? ¿La conoces? -preguntó Alejandro.

- Sí, digo... No... Es que es un nombre antiguo...

- Ah, bueno, pero dijo que tú la podías ayudar, pero no me dijo qué le pasaba. Sólo me pidió que te dijera eso. Pero no me crees ¿Verdad?

- Sí, si te creo... Si te dijera las cosas que me pasan a mí, el que no me creería eres tú. Pero no hables de esto con nadie ¿De acuerdo?

- Está bien. ¿Y con quién lo voy hablar si me dicen que estoy loco? Pero dime... Tú sabes algo de lo que pasó ayer, ¿Cierto?

- Sí, yo sé... que me dormí todo el santo día...

Estaba a punto de decirle algo más, pero si le decía una sola cosa, tendría que contarle todo, y en el mejor de los casos no me creería. Así que dejamos ahí la conversación y me fui a jugar a la pelota con los otros. Como era muy pequeño pero tenía buenos reflejos me ponían a jugar al arco. Pero ese día me metieron más "pepinos" que a una ensalada. Yo no podía pensar en otra cosa que en Virriprinpandomitallonaria. Como no atajaba una sola jugada, Roberto me preguntó ofuscado si no me alcanzaba haber dormido todo un día y me fui a mi casa. Mi padre acababa de llegar y se iba para el fondo, así que me temí lo peor.

- Papi... ¿Vamos a continuar con los experimentos de las pirámides?

- Ahora no. Tengo que cortar esta parra porque para seguir haciendo experimentos y otras cosas, necesito agrandar el taller...

- ¡No!, ¡No la cortes, por favor...! ¿Cómo vas matarla, con tanta sombra que da y con tanta uva...?

- Sí, pero hay otras parras, y todas dan bastante uva...

- ¡No, por favor, te lo suplico...! -dije casi llorando. Me desesperaba la idea de que Virriprinpandomitallonaria fuera cortada, era terrible. Porque no era una simple parra, como mi papá la veía. Era un ser maravilloso, como en realidad son todos los árboles. Pero además, y por sobre todas las cosas era mi amiga, y me había cuidado durante mis viajes.

- ¿Y por qué no habría de cortarla si necesito el lugar? Y además hay otras parras, no te podrás quejar por falta de uva, creo yo.

- No, Papi... No es por la uva, es que... Es que... Virriprinpandomitallonaria es mi amiga. No puedes cortarla... Y no es sólo porque sea moscatel rosada.

- ¿Que es tu amiga? ¿De dónde has sacado eso?... ¡Qué nombrecito que le has puesto! Me parece que te ha hecho mal dormir tanto tiempo ayer...

- No, Papi, de verdad. Por favor, por favor te lo ruego, créeme. Virriprinpandomitallonaria es mi amiga. No sé quién le puso ese nombre, pero hasta hablo con ella. ¿Me crees?

- Pues, no... La verdad es que no te puedo creer semejante tontería. Pero si no quieres que la corte, no la cortaré. En vez de ampliar el taller para este lado, cortaré la higuera. No me dirás que también te has hecho amigo de la higuera.

- ¡Nooo, por favor!, No cortes ningún árbol, por favor, por favor...

Nunca había visto al elemental de la higuera, pero seguramente que lo tendría y la higuera sería su cuerpo físico. Me desesperaba la idea de que fuera cortado cualquier árbol. Es ese momento, una voz profunda y dulce me hablaba al oído.

- No te preocupes por mí. De todos modos, gracias por intentar salvarme. Yo soy muy vieja y ni siquiera puedo dar higos, porque mis raíces han sido dañadas hace tiempo. Dile a tu padre que espere hasta mañana. Sólo eso, y yo podré irme en mi Cuerpo Mágico al mundo de los Cloremáticos. Allí naceré con un cuerpo más útil. Y ten por seguro que te haré un regalo.

- No me importan los regalos -dije- Te lo agradezco, pero no hago cosas para que me regalen nada...

- Ya lo sé. Por eso tienen tanto valor las cosas que haces.

Apenas terminó de hablar sentí aquella misma sensación que me hizo sentir Sabinazulia, pero mucho más intensa, y un aroma delicioso inundó todo el ambiente. No sé por qué me puse a llorar.

- ¿Que qué... Con quién hablas? -dijo mi padre mirando para todos lados- ¿Qué será lo que hace ese aroma?

- Es la higuera, Papi. Sabe que la vas a cortar, pero tendrás que esperar hasta mañana porque... Porque se está preparando para que la cortes.

- ¿De dónde sacas tantas tonterías? Tengo que aprovechar ahora, porque mañana no tendré tiempo...

- ¿Y cuál es la prisa? Oye, si quieres, yo la corto, pero mañana...

Papá me miraba extrañadísimo, confundido, sin saber qué hacer. El pensaba que yo estaba medio trastornado o algo así, pero tampoco quería lastimarme. Se quedó un rato mirando al suelo y luego dijo.

- Mira, con lo de los canarios, te comprendo. Son animales, son seres vivos...

- ¡Las plantas también! -dije sintiendo que mi padre entendía pocas cosas.

- Jo... ¿Y las lechugas que comes? ¡No me dirás que no hay que comer lechugas!. ¿Quieres que comamos piedras?

- No, las lechugas no son árboles, y saben que tienen que crecer para alimentar a otros seres.

- Entonces tampoco podríamos usar madera, que proviene de los árboles.

- Claro que sí, pero una cosa es plantar un árbol para que de madera, o cortar un árbol viejo, que cortar a una parra que está joven y fuerte.

- ¿Pero de dónde sacas esas deducciones? ¡Ni que estudiaras filosofía!

En ese momento vinieron a mi memoria unos recuerdos raros y confusos, como los recuerdos de los sueños. Recordaba un lugar donde no estaba seguro de haber estado y las imágenes se me mezclaban en la mente. Pero entonces me acordé de aquella vez que había cantado en un idioma que no conocía, mientras Arkaunisfa hacía música con las piedras de oro y yo había cantado así con una inspiración especial. ¿Sería la Voz Interior? Al sólo pensarlo me decidí a tranquilizarme para que la Voz Interior hablara y apenas lo hice comencé a decir:

- Papi. La vida del mundo es muy compleja y cuesta entenderla. Pero si yo te digo que por favor no mates a una planta, que es un ser viviente, es por algo ¿No te parece? Tú sabes que detesto mentir y a las personas que mienten, pero por favor, no me pidas que te explique todo. ¿Podrás confiar en mí?

Me siguió mirando extrañado y confundido, pero como era un hombre prudente, luego de pensar un momento sonrió y dijo.

- De acuerdo. No cortaremos ningún árbol. La verdad es que no te entiendo, pero como en principio tu intención parece muy buena... No cortarás tú esta higuera, porque es muy grande y gruesa y hay que cortarla empezando por algunas ramas. Pero esperaré. Y espero también que me digas la verdad de lo que pasa, porque tú también has mentido.

- ¿Yo?

- Sí, no te escandalices, que cuando entramos anoche te hiciste el dormido, pero estabas despierto porque encendiste la luz del comedor tres minutos antes de que entráramos...

- ¡Ah!, sí... La verdad es que me había despertado un rato antes...

Estaba a punto de intentar una escapatoria para no tener que explicar más pero eso me hubiera llevado a inventar más excusas. Y así las cosas irían de mal en peor. Como mi padre recogió sus herramientas y fue a guardarlas, yo me sentí aliviado por todo. No había que dar más explicaciones y lo más importante era que al menos ese día no cortaría la higuera. Me sentía terriblemente cansado y mi madre nos llamaba a comer. Apenas probé algún bocado y pedí permiso para retirarme de la mesa. Necesitaba dormir.

- ¡Esto es cada vez más raro! -dijo papá riéndose- El que detesta dormir la siesta, hoy que no ha ido a la escuela, está cansado.

Apenas me acosté y cerré los ojos, una enorme figura similar a mi amiga Virriprinpandomitallonaria apareció en mi cuarto, que con la persiana cerrada estaba casi a oscuras. Pero no era mi parra.

- Hola, Marcel. Soy Larraztripunaufara, la higuera que has salvado hoy de una muerte indigna. Vuelvo a agradecerte lo que has hecho, porque si me hubieran cortado repentinamente, no hubiera podido prepararme para irme al mundo de los Cloremáticos.

- No es nada, simplemente hice lo que sentí que debía hacer...

- Pero eso es justamente lo importante. Si no me hubieras salvado hubiese tenido que nacer nuevamente en este mundo, como una simple higuera... Bueno... No es que ser una higuera sea indigno, pero para mí, nacer como un Cloremático es como puede ser para ti nacer entre los dioses.

Otra vez aquel perfume delicioso me llegó hasta el Alma, con la misma intensidad que antes, mientras Larraztripunaufara iba desapareciendo. Y segundos después mi padre entraba a mi dormitorio buscando el origen de aquel aroma tan extraordinario.

- Parece que sale de aquí... ¿Es que te has puesto algún perfume, Marcel?

- No, Papi, es la higuera. Es el aroma de la higuera, aunque no te lo creas. Vino a agradecer que no la cortaras todavía...

Sonrió incrédulo, apagó la luz y cerró la puerta suavemente.

- Hola Marcelín... -escuché al oído cuando estaba casi dormido, pero no vi nada- Soy Virriprinpandomitallonaria... No vine antes a darte las gracias, porque me desmayé de miedo. Te prometo que jamás en tu vida, ni en la vida de tus padres, verán tanta uva, ni tan enormes racimos como los que voy a producir este año.

También dejó un perfume tan delicioso que papá volvió a abrir la puerta, aunque no encendió la luz ni dijo nada. Estuvo unos cuantos segundos mirando y oliendo. Volvió a irse, otra vez cerrando la puerta muy suavemente. Pero seguramente se quedó pensando en que algo muy raro estaba pasando. Mi hermano pequeño se despertó momentos después, justo cuando un fulgor verde invadió toda la habitación. Se sentó en su cama y le pedí en voz muy baja que haga silencio. La ventana daba al patio, desde el que entraba apenas una tenue luz de luna, así que en pocos momentos nuestros ojos se acostumbraban a esa penumbra. Le hice gesto de silencio a Gustavo y en ese momento la luz verde se hizo más intensa y bella.

Vimos un par de cuerpos de un verde amarillento bailando en la habitación, colocando besos en sus manos y lanzándonos hacia nosotros. Virriprinpandomitallonaria y Larraztripunaufara era ya muy visibles y miré a mi hermanito para ver su reacción. En vez de asustarse, que era lo que yo temía, sonreía con una especial alegría. La danza duró unos cuantos segundos y poco a poco se fueron disolviendo en el aire, hasta quedar nuestro dormitorio en una profunda paz, pero el perfume era tan intenso y agradable que rogué que permaneciera mucho tiempo. Escuchamos unos ruidos en el pasillo y le dije a mi hermano que se durmiera. Se dio vuelta en la cama y yo hice lo mismo. Mi padre abrió la puerta unos momentos después, pero nos hicimos los dormidos y tres un largo rato se fue, pero dejó la puerta abierta. Pensé que a mis padres les gustaría seguir sintiendo ese aroma tan maravilloso y me quedé dormido.

CAPITULO VI
LAS COSAS SE COMPLICAN

Pasaron varios días hasta que mi padre tuvo un poco de tiempo y cortó la higuera. La noche anterior me hizo Larraztripunaufara una última visita y me dijo que algún día nos reencontraríamos. Estaba muy contenta porque había podido prepararse bien para su "traslado", y la acompañaría una pareja de Cloremáticos. Habíamos conversado un buen rato, pero yo estaba medio dormido, así que apenas recuerdo aquella charla.

Mi madre y yo estábamos ayudando a papá con la higuera, porque era muy grande y según mi abuela ya era un gran árbol cuando ella nació. Cuando mi papá cortó algunas ramas, éstas estaban muy secas por dentro, y mamá y yo nos pusimos a cortarla en pedazos más pequeños. Pero al cortar el tronco salió de él una especie de humo con aquel maravilloso aroma inconfundible que mi padre había sentido en mi dormitorio algunas noches atrás. Era poderosísimo el perfume, nos dejó como medio borrachos y duró varios días en el ambiente. A la noche, cuando estábamos terminando de cenar, papá me preguntó con mucha curiosidad.

- Marcel... ¿Cómo fue aquello que me contaste de la higuera?

- Ya se tiene que acostar, -intervino providencialmente mi madre- que mañana hay un acto en la escuela y tiene que ir más temprano.

Aquel aburridísimo acto fue interminable. Una verdadera tortura. Estábamos todos formados en el inmenso patio de la escuela, y yo, que estrenaba un hermoso reloj que me había regalado mi abuelo, pude saber que iban exactamente tres horas y veinte minutos de discursos y chicos con letras en el escenario, y un sol que nos quemaba la cabeza... Y el acto no terminaba a pesar de que un alumno de los cursos mayores se había caído desmayado y se lo habían llevado.

A mi lado cayó redonda una compañerita y entre tres o cuatro la levantamos y la llevamos hacia la sala de la directora. Cuando estábamos saliendo de allí, donde dos maestras se hicieron cargo de la desmayada, venía entrando un grupo con otro chico que parecía más muerto que vivo. Parece que con eso, finalmente se dieron cuenta que era terrible tenernos tanto tiempo de pie al sol. Media hora después me hallaba en mi casa y le pedí a mi mamá que no me obligara a comer, porque estaba demasiado cansado. Pero ya que no tenía sueño, así que en vez de acostarme en la cama me fui al fondo a visitar a Virriprinpandomitallonaria. No esperaba ver su cuerpo luminoso, pero igual era muy agradable estar recostado en su fuerte tronco. Apenas me hube sentado allí, sentí que el cuerpo se me hundía y me di cuenta que otra vez estaba yendo hacia el interior. A mitad de camino, más o menos, me encontré con Iskaún que venía y me dijo que no podía ir al interior en ese momento porque el túnel no era seguro.

- Pero si hemos entrado y salido otras veces...

- Sí, pero hoy no podremos, y por unos cuantos días. Tienes que volver ahora mismo porque es peligroso hasta para mí. Sólo los Cloremáticos y los elementales vegetales pueden andar sin problemas. Otro día te lo explico. Deberás subir tú solito. ¿Te animas?

- Sí, claro, no será tan difícil... Ven a buscarme cuando se pueda....

Apenas pensé en subir, ya iba de regreso a toda velocidad. Pero el túnel se movía para todas partes y yo quedaba como dentro de la piedra aunque no me hacía ningún daño. Pero igual me sentía un poco asustado y de repente me sentí prisionero de algo, como quien queda atrapado entre las ramas de una planta espinuda. No había allí ninguna rama, ninguna planta, sino unas piedras plateadas con muchos hilos, como una especie de cabellera. Esos hilos me aprisionaban y no me dejaban mover. Estuve así un buen rato, hasta que Iskaún apareció junto con otro hombre al que no había visto antes, tanto o más grande que ella, y con mucho cuidado me sacaron de allí para llevarme hasta mi cuerpo físico.

- Ese es el problema, Marcel. Hay cambios en la energía del sol interior, y eso hace que se haya hecho peligroso por ahora, porque es un túnel magnético que se mueve, con nuestro Cuerpo Mágico no podemos atravesar algunos lugares que tienen minerales de plata. La plata y otros minerales menos abundantes afectan al Cuerpo Mágico como si fuera el físico. No se pueden traspasar...

- Salvo los Cloremáticos y los elementales... -dije repitiendo lo que había dicho antes Iskaún. - Si no hubieran venido a rescatarme, la hubiera pasado muy mal...

- Si no te desesperabas, -respondió el hombre en tono cordial- igual hubieras salido solo, pero si vas muy rápido por el lugar, los filamentos de los minerales de plata te pueden hacer mucho daño. Me llamo Thorodilbar y soy el padre de Iskaún. Ya nos veremos en otro momento, cuando podamos volver a usar el túnel sin peligro. Adiós.

Apenas se fueron entré en mi cuerpo físico y algo me picaba en el brazo, pero al mirarme, casi me desmayo de la impresión. Una rayita roja se iba haciendo cada vez más grande y se iba abriendo una herida, como si algo invisible me cortara la piel. Justo cuando estaba por levantarme para salir corriendo a desesperado pedir ayuda a mamá, apareció Virriprinpandomitallonaria.

- No te asustes, que eso es peor. Parece que se te ha lastimado el Cuerpo Mágico... Y tienes una astilla de plata. ¿Has intentado entrar por el túnel?

- Sí, pero está muy peligroso. Iskaún y su padre me han salvado.

- ¡Oh!, ¡Cuánto lamento haber estado tan dormida! Es que estoy haciendo el proceso vegetativo ¿Sabes? No he podido advertirte antes, y me ha despertado tu vibración de miedo. Pero te curaré un poco. ¿Puedes alcanzar ese zarcillo de allí?

- Sí, espera.... -dije mientras ponía un cajón debajo- ahora sí.

- Bien, pero no lo toques. Lanzaré por él una substancia que debe mojar tu herida. Con un sólo dedo, desparrámala por ella y curará pronto. El cuerpo físico tardará más, pero en el mágico la herida cerrará en unos minutos. Mañana metes tu brazo en esa pirámide que tienes allí y te quedas un buen rato. Verás que se cura como por arte de magia.

Hice exactamente lo que Virriprinpandomitallonaria me explicó y noté un gran alivio. Luego de agradecer a mi querida parra, me fui a la cama porque aquellos sustos me habían dejado, ahora sí, con mucho cansancio y sueño. No me levanté hasta el día siguiente gracias a que mamá me dejó dormir todo lo que necesitara. Pero en la mañana me fui a poner el brazo en la pirámide y permanecí allí durante un par de horas en una posición incómoda, porque debía evitar moverme y desorientar la pirámide.

Al día siguiente mamá observó que mi brazo tenía una cicatriz, que estaba casi completamente cerrada.

- ¿Y esto? ¿Cuándo te lo has hecho?

- Ayer... Me caí en el fondo...

- ¡No mientas!, que esta es una cicatriz casi curada, pero de varios días. Se te podría haber infectado... Eso es muy peligroso. No hay que dejarse las lastimaduras así, hay que lavarlas bien, y desinfectarlas... ¿Pero por qué me has mentido? ¿Acaso no sabes diferenciar entre ayer y la semana pasada?

- No, Mami, te digo que fue ayer. Es verdad... Quizá lo que he dormido bien, y me he puesto un poco de leche de la parra...

- ¿Leche de parra?... Sí, me parece que has tomado "leche de parra", de la botella de tinto ¿No?

La broma de mi madre distendió un poco el asunto y como estaba muy ocupada con sus cosas no volvió a hablar del tema. Un día después, al volver de la escuela y cambiarme de ropa, noté que en mi brazo no había ni rastro de la herida. Justo estaba mirando esto con asombro cuando mamá entró en el dormitorio y no pude contenerme de comentarle:

- Mira, Mami, no tengo más la herida...

- A ver... ¿Pero cómo es posible?

- No sé, se ha curado sola. Bueno, con la leche de la parra...

En ese momento sentía una picazón en la zona, y por donde estuvo la herida salía un granito y en unos segundos apareció la punta de una aguja. Mamá veía con el mismo asombro que yo, pero reaccionó buscando una pinza de depilar y terminó de sacar esa especie de aguja. Era como una espina... De plata. Mamá me miró sorprendida y confusa y hasta un poco enojada conmigo, porque presentía que yo no le estaba diciendo todas mis cosas. Durante la comida me lo dijo, porque yo tampoco comentaba nada de la escuela, ni de las pocas veces que jugaba con mis amigos del barrio. Cada vez que abría la boca era para preguntar cosas que ella no entendía y les ponía al parecer en un aprieto. Pero no fue necesario decir nada sobre los hechos que para ellos deben haber sido realmente muy extraños.

Días más tarde las cosas en el barrio estaban complicadas, porque Alejandro había dicho a sus padres lo del mensaje que me habían dejado los elementales, para que supiera que debía salvar a mi amiga la parra, así que doña Zulema había hablado con mi madre, porque pensaban que yo estaba metiéndole cosas raras en la cabeza a su hijo.

Al final, mi madre discutió con la vecina y le dijo que no dijera semejantes tonterías. Pero ella le dijo a mamá que seguramente yo sería el responsable de aquella cosa rara que había ocurrido en el barrio, donde en más de veinte casas la gente no podía entrar en todo aquel día, y no se por qué otra razón, sospechaban todos que yo tenía algo que ver. Eso me dejó muy preocupado. Por si fuera poco, mi vecino Ricardo, que era el esposo de doña Zulema, estaba hablando pestes de otro vecino, en una conversación con mi padre. Entonces él le dijo que no debería hablar mal de esa persona. ¡Para qué! Don Ricardo se puso furioso con mi padre, y terminó espetándole que yo tenía la culpa de las cosas raras que estaban pasando en el barrio, que sus hijos estaban asustados por lo que había ocurrido aquel día, en que ellos se habían tenido que quedar encerrados en la casa, y alguien le había dicho a José -su hijo menor- que el responsable de todo era yo, porque hacía brujerías… Papá estaba indignado con aquel vecino pero me hizo algunas preguntas raras y yo seguía cada vez más preocupado.

En esos días mi padre intentó varias veces que le explicara algunas cosas, sospechando que yo sabía algo más sobre los fenómenos. Pero yo me hacía el distraído. En primer lugar porque había prometido no decir nada y en segundo lugar porque de todos modos no me creerían. Se burlarían de mí o me llevarían al médico pensando que estaba loco, tal como le había pasado a un señor que vivía en mi barrio. Y el médico dijo a mi tío que aquel hombre tenía alucinaciones por causa del alcohol, ya que anda siempre borracho.

Yo apenas tomaba un traguito de vino que mi papá me permitía beber durante las comidas, pero hacía muy pocos días que había probado el vino por primera vez. Nunca antes lo había tomado, pero como aquellas vivencias extraordinarias me causaban dudas aún, era mejor pensar todas las posibilidades. Sobre todo porque justo en esos días había visto salir al elemental de un gran árbol de membrillos, que pareció asustarse cuando se dio cuenta que yo podía verlo. Lo vi varias veces, pero una noche que me acosté pensando en él, sentí que había alguien detrás o debajo de mi cama. Entonces pensé que sería él y le dije mentalmente que si efectivamente era el membrillo, que no tuviera miedo de mí. En eso, una sombra rara salió de debajo de la cama y me dijo al oído:

- ¿Cómo has podido verme? ¿Eres Mago?

- No, todavía no. Pero algún día lo seré -respondí en voz muy baja.

- ¡Oh!, Eso está muy bien, y yo puedo ayudarte mucho porque se mucho sobre Magia. Soy uno de los Magos más poderosos del mundo...

- ¿Y cómo te llamas?

- Yo... No tengo nombre. Pero puedes llamarme...

- Membrillero -dije con el pensamiento- ¿Te gusta?

- No, ese es un nombre muy vulgar... Llámame Suagadilorije, el Bueno.

- ¿Suagadilorije? ¿Pero es ese tu nombre? ¡Que raro! ¿Qué significa?

- Oh, no, es un nombre como cualquiera, que no significa nada, que sólo es mío. Ahora dime: ¿Realmente quieres ser un Mago poderoso o quieres ser uno de esos tontos que la van de Magos y quieren salvar al mundo?

- Yo quiero ser un Mago, y quiero que todo el mundo sea feliz...

- Ja, ja, ja, ja.... Perdona, no es que me ría de ti. Es que el mundo simplemente es como es y nadie pude cambiarlo. Me hace gracia que todavía haya gente que quiere arreglar lo inarreglable. Tú lo que tienes que buscar es tu propia felicidad, tu propia seguridad, tu propio poder. El Universo es un gran campo de batalla donde las fuerzas de la naturaleza luchan entre sí, el viento lucha contra el mar, los animales se comen unos a otros para poder sobrevivir, las plantas parásitas tienen que matar a otras para seguir vivas... ¿Te gustan los gatos?

- Sí, claro. A veces les dejo lugar a algunas gatitas en el fondo para que tengan a sus gatitos... Y donde hay gatos, no hay ratas.

- ¿Y también te gustan los canarios?

- Sí, claro, como habrás visto, tenemos cuatro, que andan por toda la casa.

- Si tuvieras un gato en la casa, tus canarios serían un bocadillo delicioso... En la naturaleza, mi pequeño amigo, sólo sobreviven los más fuertes. Así que tú tienes la opción de ser un falso Mago, de los que creen que pueden salvar al mundo, donde todos luchan por tener más que los demás, o ser un Mago de verdad, reconociendo que la vida no es un sueño mágico, sino una dura lucha por el poder. Por ejemplo: Si tienes dinero, tienes poder, pero si eres tonto, lo pierdes. Si tienes amigos influyentes, puedes usarlos a cambio de algunas cosas. Si tienes demasiado amor por los que no se lo merecen, vivirás en la miseria...

Algo en todo lo que me decía, tenía razón, pero me estaba confundiendo, porque su sentimiento no era igual que el mío.

- Pero yo creo que el mundo está así porque la gente no sabe muy bien lo que hace, porque no tiene amor...

- Justamente... Tú quieres poner amor donde no lo hay... ¡Te comerán vivo! Y encima se burlarán sobre tus huesos...

- ¡No le escuches! -gritó alguien con una voz muy dulce pero en tono triste- ¡Es un mentiroso que quiere engañarte!

- ¡Ya tenía que aparecer uno de estos imbéciles que viven en las plantas...! Que cuando les han sacado todos sus frutos, los cortan sin considerar nada, los matan y los queman despiadadamente en sus estufas para calentarse... Ahí tienes un patético ejemplo de alguien que seguramente le tendrá el mismo final que tú...

- ¿Y tú quién eres? -intervine preguntando a un elemental muy bonito que acababa de aparecer en la puerta del dormitorio.

- Yo soy Melifrutino, el elemental del membrillero que hay en el medio de tu casa. Estaba intentando comunicarme contigo pero tú estabas con el pensamiento en esta rara dimensión, a causa de tu preocupación. Y yo he tenido que hacer un esfuerzo grandísimo para estar ahora aquí...

- ¡Cállate, imbécil!, ¿No ves que estás confundiendo al niño? -gritó Suagadilorije intentando abrazarme con una especie de capa.

- ¡Esperen!, ¡Dejen de discutir! -dije confundido y a punto de llorar. ¿No podemos conversar como personas bien educadas?

- ¡Con este insignificante membrillero no se puede ni hablar! Pero no te preocupes, es como te decía antes... Tendrás que elegir. Si hablas conmigo serás un Mago poderoso. Si le sigues la corriente a estos tontos y débiles, dímelo, así no pierdo más tiempo contigo. Pero recuerda: Sólo los atrevidos y poderosos son los que mandan en el mundo.

- Sí, claro... -dijo más calmado Melifrutino- Y por eso está el mundo como está, con tantos egoístas y malvados como tú.

- Entonces -dije- no sé qué hacer. Ustedes no parece que se puedan poner de acuerdo...

- Es muy simple Marcel -respondió rápidamente Melifrutino- ¿Prefieres sentir con preocupación, con miedo y odio? ¿O prefieres sentir con Amor, con Comprensión y con Respeto?

- Pues... Sin duda, con Amor, Comprensión y Respeto...

- Entonces, ya mismo -dijo enojado Suagadilorije- puedes quedarte con los débiles, con los perdedores, con los necios... ¡Y ya verás que tus pirámides sólo te servirán de adorno!

- No le oigas -dijo suavemente Melifrutino- Simplemente piensa en el Amor, en que todo el mundo algún día será feliz. Incluso este pobre desdichado de Suagadilorije, que anda creyendo que el poder sobre los demás puede darle alguna felicidad.

Fue cosa de apenas empezar a sentir Amor por toda la Humanidad y aquella rara sombra, con escasos brillos celestes y blancos se disolvió en el aire.

- ¿Lo ves? -siguió Melifrutino- Apenas piensas con Amor tu vibración cambia y tu mente sólo puede captar las vibraciones de Amor. Quizá algún día, como estás aprendiendo a ser Mago, tengas que meterte en el mundo de las sombras, pero para eso debes aprender muchas cosas.

- ¿Y qué puedo hacer en el mundo de las sombras? ¡Me confundirán, como estaba haciéndolo Suagadilorije!. Ha sido una suerte que aparecieras tú, porque la verdad es que estaba empezando a creerle un poco...

- No, no te podrán confundir cuando tu mente esté completamente segura de lo que sabe y tú estés completamente consciente de la diferencia entre el bien y el mal. Aún eres muy pequeño y debes tener muchísimo cuidado. Debes confiar en los sentimientos de Amor y Comprensión que hay en ti. Recuerda, sólo tu consciencia debe prevalecer. Sólo el "dios" que hay en tu interior, que te dice lo que pertenece al Amor y lo que pertenece al odio, te ayudará siempre a ver la diferencia. Si no lo hicieras así, cualquiera podría confundirte.

- Hay un periodista que está en la radio, que siempre que lo oigo, dice que ha vivido muchas tragedias y por eso él está "*más allá del bien y del mal*".

- No, Marcelín, nadie está "más allá del bien y del mal". Aunque todas las cosas son relativas, los que dicen eso sólo han perdido la capacidad de diferenciar dónde y cuándo está el bien, y dónde y cuándo está el mal.

- ¡Ah!, ¡Qué importante es entender eso...! ¿Sabes que te quiero mucho porque tus frutos son deliciosos?

- Sí, esa es mi misión en el mundo. Dar buenos frutos. Pero dile a tu padre que no me eche esos venenos tan fuertes para espantar las moscas de la fruta. Me hace daño a mí también... Y al final, aunque hago todo lo posible por evitarlo, también queda veneno en los frutos que vais a comer.

- ¿Y cómo se puede espantar la mosca de la fruta sin dañarte?

- Dile que prepare el agua con una buena dosis de jabón normal neutro, siempre que no tenga detergentes. Entonces echa esa agua jabonosa sobre mis hojas y con eso espanta las moscas de la fruta y me libra de otros parásitos sin hacerme ningún daño. Si haces eso, te aseguro que les daré tantos membrillos y tan grandes, que no podrás creerlo.

- ¡Qué bueno! Pero aunque no dieras mejores membrillos, hay que hacer lo que dices porque no es justo que te dañen si se puede evitar... Además, te quiero porque eres un Ser ¿Sabes?... No sólo porque das buenos frutos.

Al igual que la higuera y la parra, al salir de la habitación dejó un fuerte aroma a membrillo, aunque estábamos fuera de época y no había ni siquiera flores en ese árbol. Cuando le dije a mi padre que había tenido un sueño y que el membrillero me había dicho lo del jabón, se rió con todas las ganas. Pero un poco más tarde me dijo que quizá tenía razón, porque el agua jabón tenía no se qué efecto sobre los parásitos de los árboles y seguramente el olor espantaría a las moscas. Así que en esos mismos días tomó su máquina de sulfatar y roció los frutales con agua jabonosa, en vez que con venenos. Yo estaba más tranquilo por mis amigos, pero también porque mi papá no tenía que manipular esos productos tan terribles, que sólo pueden usarse con guantes, mascarillas y un montón de cuidados, y que al final terminaban en nuestras barrigas porque mucho veneno quedaba en los frutos. Otro día apareció nuevamente Melifrutino y me contó que hacía muchos años, cuando él era un pequeño retoño, todavía vivía allí un Mago indio llamado Guaymarechu, que era el último Humano mortal que en esa región hablaba con los árboles y curaba con su ayuda a casi todas las personas. La única enfermedad que no podía curar nadie, ni con ayuda de los árboles, era la vejez. Pero que algún día, cuando la gente fuera mejor, los dioses les ayudarían a curar incluso esa enfermedad casi inevitable en la superficie de afuera de la Tierra.

Mientras tanto, seguíamos haciendo algunos experimentos con pirámides, que habían quedado retrasados porque mi papá estaba construyendo la ampliación del taller.

Habíamos conseguido recuperar a un canario que encontramos en el patio, seguramente arañado y lastimado por un gato. En tres días de cuidados dentro de la pirámide más grande, que era de aluminio, el pajarito cantaba y estaba en condiciones de volar. Al igual que los otros que teníamos en casa, lo dejábamos revolotear por donde quisiera, porque teníamos puertas de tela mosquitera. Si bien la casa misma era su jaula, al menos era suficientemente grande como para que no se sintieran prisioneros. Para ese entonces eran cinco los canarios en la casa.

Otro experimento exitoso con la pirámide fue el de las cuchillas de afeitar que mi padre usaba y se encontraban completamente desafiladas. Las colocaba entre siete y diez días en la pirámide, justo a la tercera parte de la altura a partir de la base, con el filo orientado de norte a sur y quedaban como nuevas. Creo que papá usó sólo cinco o seis cuchillas durante muchos años.

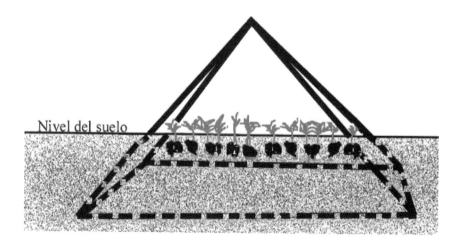

Nivel del suelo

Era muy interesante comprobar también que los rabanitos que sacábamos en la huerta, cuyos almácigos los hacíamos dentro de las pirámides, crecían enormes y deliciosos. A mamá, que nada la convencía del valor de nuestros experimentos, se le ocurrió poner una maceta con unas semillas de rabanito en una de las pirámides, para dejarla ahí todo el tiempo hasta que pudiera cosecharse. El rabanito creció en menos del tiempo normal y por si fuera poco, tenía el tamaño de una naranja. Desde aquel día, nunca más dijo que hacíamos "tonterías" con las pirámides.

CAPITULO VII

LAS VACACIONES Y EL NUEVO AÑO

Todo quedó suspendido por causa de las vacaciones de verano. Viajamos la familia entera a unos setecientos kilómetros, para pasar las vacaciones en la casa de mis abuelos maternos. Pero justo antes de salir mi madre me dio un gran sobre con un membrete de la NASA. Saltaba de alegría, suponía que me aceptarían como voluntario y me enviarían en un cohete al espacio o a la Luna... Pero había una carta y unos libros... Todo en inglés. Así que metí el libro en mi mochila, en la que llevaba carpetas y otros libros. No podrían traducirme la carta ni el libro hasta que volviésemos del viaje.

La verdad es que fueron unas lindas vacaciones, pero el día que llegamos allí yo me pasé llorando toda una noche, porque quería volver a mi casa. Extrañaba enormemente a mi parra, pero no podía decir nada. Sólo quería volver. Mi tía dijo que me dolían los oídos y me pusieron una gotas, pero yo lloraba porque tenía otra angustia. Quería estar allá, cerca del túnel, para que Iskaún me viniese a buscar en cuanto fuese transitable nuevamente.

Mis abuelos tenían un campo muy grande y más de cincuenta vacas. Había perros, un avestruz enorme y un gato gris medio salvaje, del que me hice muy amigo, a pesar de que mi abuela decía que era muy peligroso jugar con él. Sin embargo Gris -que así se llamaba- dormía sobre mis pies, y aunque él se despertaba antes, no se iba de mi cama hasta que yo me levantaba. Cuando iba a casa de mi abuelo alguna persona con malas intenciones, Gris se ponía a dar vueltas y a maullar muy enojado, y poco faltaba para que hablara. Entonces mi abuelo sabía así de quién debía cuidarse.

Fueron pasando los días y aunque no me olvidaba de las cosas pendientes, me reconfortaban bastante los enormes melones, sandías, frutillas y fresas que mi abuelo sacaba de la huerta. También unas mazorcas de maíz llamaban la atención de mi padre, porque algunas tenían ochenta centímetros de largo y unos granos deliciosos. Mi abuela las preparaba hervidas y antes de comerlas las rociábamos con aceite de oliva o con mantequilla. También había tomates de un tamaño descomunal. Eran tres ó cuatro veces más grandes que los que yo conocía, carnosos y frescos, con un sabor que daban ganas de no parar de comer.

También ese año tuve mi bautismo como jinete. Una yegua muy mansa sobre cuya montura me puso mi abuelo, fue para mí toda una aventura. Se llamaba Celestina porque era blanca, pero al pasar la mano sobre su pelaje tenía tonos que parecían turquesa. Me dijo mi abuelo que me aferrara al pellón de la montura y al mismo tiempo sujetara con firmeza las riendas. Le dijo cosas al oído a Celestina y me largó solo. La yegua empezó a caminar y a mí me dio bastante miedo al principio. Pero ella iba con paso tranquilo, paseando por el campo, y así me llevó cerca de un centenar de metros. Cuando yo iba tomando confianza, me animé a jalar un poco de las riendas; quería ir un poco más aprisa. Me sentía todo un vaquero. Celestina se detuvo y dio vuelta la cabeza, mirándome de reojo y luego empezó a trotar suavemente. En unos segundos más iba a galope tendido. A mí se me mezclaban la alegría con un poco de vértigo, y hasta algo de miedo, porque iba como una flecha.

Al llegar donde estaba mi abuelo fue disminuyendo el galope hasta casi detenerse. El abuelo dijo "¡Fuera jinete!", y Celestina dio un salto con sus patas traseras, que me lanzó por el aire, justo hacia donde estaba él, que me recogió en sus brazos. Mientras se reía y felicitaba a la yegua, yo casi me enfadaba con él, porque era toda una picardía lo que le hacía hacer a la yegua, evidentemente muy bien amaestrada.

Como me gustaba descubrir cada escondrijo que hubiera, un día me metí en un enorme galpón donde mi abuelo guardaba herramientas, un tractor, fardos de pasto para que los animales comieran en invierno, jamones de cerdo, y una enorme cantidad de frascos con conservas de verduras y de frutas. Como la despensa que teníamos en mi casa, pero mucho más grande. Al llegar al fondo me encontré con que había una parte que estaba cerrada con una gruesa cadena y un candado. Miré por el agujero de la puerta por donde pasaba la cadena pero estaba muy oscuro y no podía ver nada. En eso, un susto me hizo latir fuerte el corazón. Era mi abuelo, que echó sobre unas planchas de lata la montura de su caballo.

- ¡Eres igual que tu abuelo...! -me dijo- Curioso a más no poder...

- ¿Por qué tienes ésta parte cerrada con candado? -le dije.

- ¿No ves?, Eres el colmo de la curiosidad.

- ¿Es que guardas herramientas más caras que el tractor?

- No… Más caras en dinero, no, pero más importantes para mí, sí.

- ¿Y no me muestras, Abuelo? Anda, muéstrame... Cierto que soy un curioso.

- Bueno, está bien... Pero ni una pregunta. ¿De acuerdo?

- ¿Es que no te podré preguntar?

- No, ese es el trato. Nada de preguntas. Y ni una palabra a nadie de lo que vas a ver.

- De acuerdo. Ni preguntas, ni una palabra a nadie.

Abrió el candado con una llave que llevaba en el bolsillo y entramos en penumbras. Pero cuando abrió con una palanca una claraboya del techo di un salto de alegría exclamando:

- ¡Pirámides!... ¡Almácigos dentro de las pirámides!... ¡Con razón sacas esos maíces tan grandes, y toda la fruta, y esos tomates gigantescos! ¡Entonces tú sabes también lo de las pirámides...!

- ¿Y qué sabes tú de pirámides? -dijo mi abuelo muy sorprendido.

- Nada de preguntas ¿Recuerdas? - respondí con toda picardía.

- Bueno... Podríamos hacer una excepción.... Es que no entiendo qué puedes saber tú de pirámides. Esto es sólo un almaciguero...

- Sí, pero dentro de pirámides... Como las que tenem... Bueno... Como las de Egipto.

- Sí, en realidad están a escala de la de Keops. O sea, con sus mismas proporciones, pero en aluminio y madera. Es que si la pirámide es Perfecta, esconde un tesoro maravilloso... Pero como parece que tú no sabes nada de pirámides, cuando vengas otro año te contaré algo más.

- Espera, Abuelo, espera... ¿Hacemos una excepción?

Mi abuelo sonrió pícaramente, porque se había dado cuenta que yo sabía algo más y finalmente aceptó que conversáramos.

- Es que un amigo de mi papá le regaló un libro mágico que dice cosas sobre las pirámides y entonces estamos haciendo algunos experimentos...

- Ah, o sea que tu padre también está enterado del tesoro mágico que guardan las pirámides. Eso está muy bien ¿Y tu madre que dice?

- A mi mamá le parecía que eran tonterías, pero como dejó una maceta con una semilla de rabanito y salió enorme, ya no dice nada. Pero tú sólo pones los almácigos... ¿Y eso es suficiente para que las verduras salgan tan grandes?

- En algunas plantas es suficiente con haber tratado las semillas, para que crezcan con una fuerza increíble. Pero otras necesitan desarrollarse en sus primeros días, o sea en los almácigos, dentro de las pirámides. Además hay otras técnicas, como dejar las semillas al soy durante tres días y cuando cambian de color se plantan por la mañana apenas sale el sol... Luego hay que esperar tres días antes de regarlas, entonces salen enormes. Pero si se tratan en las pirámides durante esos días que se dejan al sol, salen mejor y resisten mejor a los insectos. ¿Y sabes lo de la orientación?

- Sí, claro. Al principio no teníamos resultado porque no sabíamos que hay que orientarlas bien. Pero... ¿Sabías tú que... ?

- ¿Que qué?

- No nada. Iba a decir una tontería...

Casi se me escapa lo de mi brazo curado y que los dioses del interior usan enormes pirámides para curarse de sus heridas, pero por suerte mi abuelo no insistió en preguntar nada más, y luego, sabiendo lo que hacíamos, habló con mi papá y le mostró su secreto. Era un asunto secreto porque en el pueblo había mucha gente envidiosa e ignorante, que como mi abuelo hacía experimentos diversos, y hasta tenía un equipo que calentaba el agua con energía solar, algunos decían que era un brujo o algo así. Y a él no le convenía que esas cosas se divulgaran, porque si no, nadie le compraría la leche que producían sus vacas, ni las verduras que vendía en el mercado.

El sólo decía que sus frutos eran mejores porque tenía mucho cuidado al plantarlas, con la luna en su justo momento, con la tierra bien abonada y cuidándolas con gran amor. Todo eso era cierto, pero en realidad era la energía de las pirámides y el tratamiento solar era lo que más influía sobre las plantas para hacerlas más grandes y apetitosas. En otra cabaña tenía una pirámide. En realidad la cabaña misma era una pirámide de cinco metros de altura, a la que había puesto un sobretecho y unas paredes de madera para disimular la forma piramidal. Allí guardaba la fruta y algunas verduras durante unos días, antes de llevarla al mercado. También guardaba unos garrafones de vidrio, conteniendo la leche que iban a usar para hacer yogurt y cuajada.

En algún momento, hasta pensé en que sería muy bueno que nos quedáramos a vivir allí para estar cerca de mi abuelo, que ya tenía mucha experiencia con las pirámides, pero preferí callar esa idea porque no sabía si aquel lugar de mi casa, bajo la parra, era el único túnel posible hacia la Terrae Interiora.

Aparte de ese asunto de las pirámides, todo lo demás era interesante y me vino muy bien, porque jugaba con mis primos y otros familiares, andábamos a caballo, nos disfrazábamos con ropas que nos hacía mi tía, y había algunas cosas que me gustaban sobremanera, como subirme al altísimo molino de viento para mirar las colinas que se extendían hasta donde da la vista. Durante las tardes más calurosas, mis primos y yo nos metíamos en el gran tanque redondo que había en la huerta. Un tanque de agua muy amplio y poco profundo, en el que aprendí a nadar.

En lo mejor que estaba divirtiéndome, juntando con mi abuela los melones y poniéndolos en una carretilla, apareció mi madre y me dijo que tenía que prepararme porque al día siguiente volveríamos a casa. Se terminaban las vacaciones. Por una parte tenía mucha tristeza. Nunca había pasado tanto tiempo con mis abuelos, mis tíos y mis primos, y yo los quería mucho, así que sabía que los iba a extrañar hasta que pudiera volver, o ellos fueran de visita a mi casa. Había pasado unas vacaciones como para escribir otro libro, llena de aventuras. No tan mágicas, pero sí divertidas, curiosas, instructivas y hasta peligrosas. Pero por otra parte, estaba con mucho deseo de volver a hacer mis propios experimentos con pirámides, junto a mi padre, y seguramente el túnel hacia el mundo interior ya estaría otra vez habilitado para viajar por él. Aunque había tenido varias pruebas de la realidad de aquel viaje, mi mente aún dudaba, pero en todo caso -pensaba yo- aquellos sueños eran muy bonitos e instructivos. Además, el viaje de regreso era todo un día de paseo en coche y a mí me encantaba viajar aunque no fuera volando como solía hacerlo con Iskaún.

Cuando llegamos a casa y volví a ver todo tal como lo habíamos dejado, me daba una profunda alegría, pero sentía que faltaba algo. Estaban los canarios, que cantaron y revolotearon con gran alegría, posándose en nuestras cabezas, moviendo sus cabecitas como preguntando por qué nos habíamos ido por tanto tiempo. Mi tío, que se había quedado a cargo de la casa, los había cuidado muy bien. La huerta estaba hermosa, con las verduras de la época a punto de cosecharse... Pero aún yo no estaba completamente en casa. Era como si el mundo intraterreno fuera realmente una parte de mi casa, y quizá la más importante. O como si el fondo del terreno y el huerto, donde estaba Virriprinpandomitallonaria, fuese sólo la entrada a mi verdadera casa. Al llegar allí para visitar a mi querida amiga me quedé con la boca abierta de la sorpresa. Sus ramas apenas podían sostenerse porque mi tío las apuntaló con unos palos. Justo estaba él regando una parte de la huerta y luego de saludarlo le dije:

- ¿Has visto cuanta uva ha dado Virriprinpandomitallonaria?

- ¿Quién..? ¡Ah, si!, ¿Así le llamas a la moscatel rosada?

- Sí, bueno... La moscatel rosada...

- ¿Le han hecho algo con las pirámides, también?

- No, a ella no. Pero yo sabía que iba dar mucha uva este año... Aunque jamás imaginé que daría tanto.

- ¡Pufff!, si no le pongo esos puntales se le quiebran las ramas. Y no sólo ha dado una cantidad increíble, ¿Las has probado?

- No, ahora mismo...

Eran una delicia incomparable. Los granos eran tan enormes que no podía meterme más de uno a la boca. Con el pensamiento dije:

-"Gracias querida amiga por haber dado semejantes uvas, que cuando llegue mi papá se va a quedar muy sorprendido...

En esos momentos mi padre llegaba y luego de saludar a su hermano, se dio vuelta por indicación de éste y vio la parra. Se quedó un rato dando vueltas alrededor de ella, y no lo podía creer.

- ¿Viste? -le dije- Ella me dijo que si no la cortabas daría mucha uva.

Mi papá se dio vuelta para esconder unas lágrimas y luego comentó que habría al menos unos ciento cincuenta kilos de uva.

Aún faltaban tres o cuatro días para comenzar las clases, así que inmediatamente empezamos a hacer nuevos experimentos con las pirámides. Yo era aún muy pequeño y torpe para hacer algunas cosas, así que cuando mi papá me dio un molde de aluminio y un pequeño cuchillo muy filoso para que cortara algunas pirámides en cartón, estuve todo un día para cortar una sola. Y para colmo, lo hice bastante mal, porque temía lastimarme los dedos. Mi padre me dijo que no me preocupara, porque al fin y al cabo, todas las anteriores las había cortado él y era importante que yo aprendiera a hacer bien las cosas.

- Si quieres, mañana te dedicas a cortar otra. Verás que te sale mejor. -me dijo.

Y efectivamente, al día siguiente y en menos tiempo corté una pirámide que estaba casi perfecta. Papá me felicitó y luego me enseñó a forrarla con papel de aluminio. Al fin y al cabo, yo tenía que hacer algo más que proponer y controlar los experimentos. Mientras tanto, él se preparaba con el libro, para hacer unas pirámides con láminas de cobre, ya que cuando habíamos experimentado con ese metal habíamos tenido malas experiencias, pero era necesario ver qué clase de energía producían. Hice otras dos pirámides de cartón forradas con papel de aluminio y colocamos en ellas las semillas que plantaríamos en la huerta en pocos días más.

El día anterior al comienzo de las clases, papá me preguntó si quería ablandar un poco de tierra donde sembraríamos los almácigos para lechuga, rabanito y otras verduras propias de la estación. Así que con todo el entusiasmo del mundo hice mi primer trabajo de dar vuelta la tierra, usando una azada para escardillar, y luego una pala para darla vuelta.

El primer día de clases me pilló con las manos luciendo algunos callos y bastante dolor en los brazos. Había terminado las vacaciones trabajando duro, pero con mucha ilusión. Cuando la nueva maestra, que era una señora mayor con fama de muy mala y exigente, nos pidió que escribiéramos una redacción sobre lo que habíamos hecho en las vacaciones, escribí en una hoja que aún conservo:

'Estas bacaciones fuimos a la casa de mi avuelo.
Andube a cavayo, descubri algo sobre el tesoro magico
de las piramides y me diverti mucho jugando con mis primos.
Comi muchas frutas y berduras que son cultibadas con tratamiento
piramidal. Ayer en mi casa prepare tierra para sembrar las semiyas
que tengo dentro de unas piramides que corte yo mismo.'

La maestra me dijo que si no mejoraba la ortografía, no lograría muchas cosas en la vida, porque escribir bien era muy importante. A mí no me lo parecía así, pero con el tiempo, me di cuenta que lo era. Aparte de eso, le parecía muy interesante lo de los experimentos y me pidió que pasara al frente a contar a toda la clase cómo era ese asunto del tratamiento piramidal. A pesar de que me daba mucha vergüenza, expuse más o menos la idea de lo que hacíamos, pero la mayoría de mis compañeritos se morían de risa y hacían toda clase de burlas. Me dio mucha rabia y me senté para no decir ni una palabra más. La maestra les dijo que *sólo los idiotas se ríen de lo que no conocen* y pasó a otros asuntos. Por mi parte, comprendí que no valía la pena hablar del tema a gente burlesca, incapaz de investigar un poco antes de reírse. Pero también me dijo que yo no debería decir tonterías que nadie entiende.

Durante varias semanas la maestra parecía ser una enemiga, más que una persona que enseña. Me echaba la culpa de cualquier cosa que pasara cuando se retiraba del aula, me ponía al cuidado del salón durante los recreos, sus amenazas eran muy feas, y a muchos chicos les hacía chichones en la cabeza, golpeándolos con los nudillos o el puntero.

Ese año mi mente estaba muy difusa. A veces funcionaba casi como la de un tonto. Ni siquiera una nueva carta en inglés que me había llegado de la NASA -aunque todavía no había conseguido que me tradujesen la anterior- me alegraba la vida. Me costaba entender muchas cosas, me surgía miedo por cualquier cosa, andaba pésimo en matemáticas y en geometría, aunque en las demás materias estaba bien, pero algunos días estaba "inspirado" para los números y cuando ocurría esto, la maestra se pensaba que me copiaba de alguien o que tendría alguna papeleta escondida en la manga.

Un día que ocurrió lo mismo en un examen de geometría, dejó de clasificar las pruebas, tomó el puntero, que era un palo como de metro y medio de largo, y se vino hacia mi asiento. No entendía muy bien por qué, pero por su gesto me di cuenta que iba a darme un garrotazo en la cabeza, tal como tenía costumbre de hacer muchas veces con otros chicos. Gracias a mis buenos reflejos, me salí del pupitre y el palo se quebró contra él. La maestra se enfureció y cuando levantaba el medio puntero que le quedaba para golpearme, salté hacia el otro lado y fui corriendo hacia la puerta. Al mismo tiempo le iba diciendo que como me tocara se las vería con mis padres.

Yo estaba ya convencido que no estaría un día más en su clase. Me molestaba mucho que golpeara en la cabeza a los que no entendían algo.

Luego me fui a la dirección, desoyendo los gritos conque me llamaba. Le dije a la secretaria que me iba a mi casa y que nunca más entraría a la clase de esa maestra que golpeaba a los alumnos.

- Es que si no se pone disciplina con ustedes... - me dijo.

- Yo no hice nada, señorita, y si me quedo quieto, la maestra me quiebra el puntero en la cabeza. Y no me diga nada... Mañana vendré con mis padres.

Cuando salía por la gran puerta de la escuela ella salió detrás de mí, para impedir que me fuera, pero mis piernas, largas para mi edad, eran muy difíciles de superar por una mujer con zapatos de tacón. Al contarle a mamá lo ocurrido, su incomprensión me destrozó. Me dio unas cuantas cachetadas por haberme salido de la escuela sin permiso. Pero luego se le pasó la rabia, cuando me dejó contarle exactamente lo ocurrido. Al día siguiente mis padres fueron a la escuela conmigo y hablaron con la directora, que había llamado el día anterior a otros compañeros para que le contaran lo sucedido. A mí me hicieron esperar en el patio.

Rato después me destinaron a otro curso. Mis padres y la directora acordaron el cambio, porque el asunto era que la maestra estaba convencida de que yo había copiado en el examen, pero se descubrió lo de los garrotazos a varios chicos. La maestra de la otra aula era una maravilla. El resto de ese año fue para mí un agradable paseo ir a la escuela. Disfrutaba de las clases. Y apenas empecé a sentirme mejor, libre del miedo, empezaron a mejorar mis notas, hacía las tareas con gusto y mi mente empezó a funcionar normalmente. Descubrí que el terror a la maestra era lo que me hacía andar mal en todas las cosas. Hasta hoy me pregunto cómo es posible que no se haga un examen psicológico a las personas que tienen tal responsabilidad, como es educar a los niños.

También ese año, en la huerta habíamos sacado verduras casi como las de mi abuelo. Y no sacábamos mejores porque el lugar donde teníamos las pirámides era pequeño, así que sólo tratábamos las semillas como nos había enseñado mi abuelo. Pero las plantas mejores fueron aquellos que teníamos con pirámides en la misma huerta.

Otra gran sorpresa la tuvimos con el membrillero. Sus membrillos eran enormes y riquísimos. No apareció ni uno con mosca del mediterráneo ni ninguna otra plaga. También descubrimos que las verduras que se dan bajo tierra, no deben quedar debajo de la línea de base de la pirámide, porque salen muy ricas y sanas, pero un poco deformadas y no tan grandes. Así que aprendimos que a la pirámide para los rabanitos, por ejemplo, hay que ponerla medio enterrada, de tal manera que el rabanito quede también dentro de la pirámide y no debajo de su base.

Mi madre me llevó a la ciudad y pasamos por una radio donde había gente que hablaba varios idiomas, para que alguien me dijera el contenido de las cartas de la NASA. Un periodista me tradujo rápidamente las cartas y fue una verdadera decepción. La primera carta decía que debía concluir mis estudios primarios, secundarios y universitarios, antes de ser astronauta. La segunda era un formulario, donde debía llenar con todos mis datos y los de mis padres, y había un cuestionario con un montón de preguntas. Mamá me dijo que no era ni lógico ni conveniente mandar tantos datos, si para cumplir mi objetivo de ser astronauta debía esperar tantos años y culminar todos mis estudios. Yo estuve de acuerdo así que archivé el asunto. Pero volví a enviar otra carta unos meses después, preguntando si desde los satélites podían ver los huecos de los polos.

Sin embargo, luego de despachar la carta, sentí que no tenía mucho sentido preguntar esas cosas a la NASA, porque si hubiera algo de eso, ya lo habrían publicado.

CAPITULO VIII

OTRO VIAJE MARAVILLOSO

Poco antes de terminar el año tuvo lugar otro viaje. Había estado muchas veces allí, esperando que ocurriera, pero me dormía o me aburría y no pasaba nada. Aquella tarde, apenas terminé de comer, presentí que ocurriría. Así que aprovechando que no tenía tareas escolares pendientes me fui a visitar a Virriprinpandomitallonaria. Apenas me recosté sobre su tronco apareció Iskaún y me saludó como si apenas hubiera transcurrido unas horas desde la última vez que nos vimos. Como me leía los pensamientos, bastaron dos minutos para contarle en colores todo lo que había pasado desde la última vez. Ella, en cambio, tenía que hablarme porque según me dijo, no podía despertarme la capacidad telepática total todavía. Mi cabeza no soportaría el descontrol mental de tanta gente aquí afuera, que piensa con toda clase de maldades, miedos, sufrimientos, etcétera.

- ¿Y ya no hay más problemas con el túnel? -pregunté sabiendo la respuesta.

- No, como te imaginarás, no habría podido venir a buscarte en ese caso. Pero lo interesante es que el sol interior se ha estabilizado antes de lo que pensábamos. Así que por ahora podemos ir tranquilos en ambas direcciones. Ya mismo estamos llegando y Uros quiere verte.

Apenas llegamos, Uros me pudo dar un gran abrazo porque estaba con su Cuerpo Mágico. Claro que prácticamente podía abrazarme sólo con las manos, porque yo no le llegaba ni a la rodilla. Me dijo un montón de cosas muy rápidamente, que nunca las pude recordar.

- Pero si me hablas tan rápido, ni siquiera sé lo que me dices- repliqué

- No te preocupes. Tu Alma sí que sabe entender. Con el paso de los años irás recordando conocimientos que te estoy dando de esta manera. Los recordarás aunque no recuerdes cómo lo sabes o dónde y cuándo los aprendiste.

Y luego de decir algunas cosas más a velocidad ultrarrápida, nos recomendó no demorarnos demasiado en este viaje, porque no podían repetir demasiado lo de los anteriores, ya que los elementales y los Cloremáticos estaban ahora con dificultades para salir hasta mi casa y "entretener" a la gente durante nuestras andanzas. Cuando el túnel estaba peligroso, ellos no tenían problemas. Ahora que todo estaba estable... Bueno... Cosas del plano astral. Así que salimos volando hacia la región de los Telemitas. Iskaún me advirtió que ellos son un poco parecidos a los Dragtalófagos, pero que no debía temerles.

- También son refugiados de otro planeta -me dijo- pero mucho más lejano. Llegaron hace algunos miles de años para estudiar la Gran Explosión de Erk.. ¡Ah!, si no te he contado nada de ese asunto.

- Pues cuéntame todo Iskaún... -rogué impaciente.

- Erk era un planeta. ¿Conoces el Cinturón de Asteroides?

- Sí, claro, el que está entre la órbita de Marte y Venus...

- Sí, pues era un planeta muy bello y grande, que fue destruido por una Gran Explosión. Cuando Ogruimed el Maligno fue expulsado del interior del mundo, construyó una nave espacial y anduvo por otros planetas haciendo maldades y desarreglos. Los habitantes de Erk fueron convencidos por él para hacer experimentos con la energía del sol interior de ese planeta y todo terminó en la destrucción. Poco antes de explotar Erk, la mayoría de los habitantes lograron escapar hacia la tierra y no tuvieron más alternativa que mezclarse con los hombres mortales. Los de Erk eran los Hombres Rojos.

- Entonces, cuando explotó el planeta Erk -dije- los Telemitas vinieron a este sistema solar a ver qué era lo que ocurría...

- Sí. Pero como la distancia desde su planeta es muy grande, prepararon una nave para que pudiera viajar un grupo numeroso de personas. Los científicos vinieron con toda su familia. Pero una avería en la nave por causa de un meteorito les obligó a quedarse un tiempo en Marte. Allí, Ogruimed el Maligno también había hecho de las suyas y había una civilización tan violenta como la de tu mundo, pero también en la parte exterior del planeta Marte. Entonces, cuando las cosas se pusieron peligrosas para los dioses marcianos, porque también los marcianos del exterior hacían explosiones atómicas, decidieron destruir todo lo que estuviera en la superficie exterior. Ellos no conocían las intenciones de los Telemitas, y sospechaban que algunos podían tener tratos con Ogruimed. Así que los marcianos emplazaron a los Telemitas a irse en unos pocos días marcianos. Estos hicieron unas naves pequeñas, que no son adecuadas para volver a su mundo, pero sí para un viaje hasta la Tierra.

- Ah, entonces los Telemitas vivieron un tiempo en Marte y luego tuvieron que venir hacia aquí para que los dioses marcianos no los destruyan...

- Eso es. Pero resulta que los terrícolas no los recibieron bien. Cuando ellos llegaron estaba empezando a surgir la civilización sumeria, tras la reciente caída de la civilización Atlante. Los Telemitas recién llegados les ayudaron un poco a los sumerios, dándoles algo de tecnología y conocimientos filosóficos, pero cuando el Imperio Sumerio se dividió en dos grupos, unos usaron todo ese conocimiento para esclavizar a los otros. Luego Ogruimed volvió a hacer de las suyas en la Tierra y preparó a un gran grupo de acólitos para formar un nuevo imperio que destruyó a los sumerios, y luego otro, para someter a los imperios que nacieron después. Y como todo era guerra y más guerra, los

Telemitas nos pidieron ayuda. Pero las condiciones interiores no son muy adecuadas para ellos, que vienen de un mundo con muy poca luz, muy alejado de su sol pero también con un sol interior muy pequeño.

- Ah, entiendo... Entonces Ustedes les dieron refugio en estas cavernas.

- Sí, porque aquí no hay tanta radiación solar. Además, en la superficie externa debían vivir en cavernas o en casas muy especiales, pero unos monstruos creados por Ogruimed se las destruían. También conocían el tesoro de energía natural de las pirámides, entonces construyeron algunas con nuestra ayuda. Pero había un plan muy bueno de llenar el mundo con pirámides...

Iskaún no siguió porque se dio cuenta que yo no estaba entendiendo bien la historia.

- O sea que los Telemitas pasaron las de Caín. ¿Y qué pasó con el plan de las muchas pirámides?

- Pues, lo que ocurrió siempre con la civilización mortal... Es que es una historia muy larga...

- ¡Vanos, Iskaún, cuenta, que quiero saber!

- Bueno... Hicimos muchas pirámides. Otras las hicieron los pueblos mortales cuando les hubimos enseñado y muchos de estos pueblos pudieron hacer Ascensiones masivas y convertirse en Kristálidos Luminosos. Otros nacieron como "dioses"... Pero los que iban quedando con menor evolución, tenían envidia de los que Ascendían, y cuando quedaban pocos se dedicaban a divertirse y nada más, así que perdían conocimientos, dejaban de conocer la diferencia entre lo "interesante" y lo "importante"... Encima tenían invasiones que Ogruimed el Maligno preparaba usando a los pueblos que él mismo creaba para servirle en sus diabólicos planes. Así que las pirámides cumplieron su cometido, pero los pueblos influenciados por Ogruimed las usaban luego como elemento de culto, deformando la enseñanza.

-¡Cuánto daño ha hecho ese Ogruimed...! ¿Y no hay como pararle los pies?

- Es difícil. Ha logrado sobrevivir muchísimo tiempo. Casi seiscientos millones de años. Pero en realidad no sabemos si actualmente vive o es un "heredero" de él el que hace maldades y sigue manteniendo la confusión entre los mortales. Si es el mismo Ogruimed que nuestros ancestros expulsaron, seguramente ha logrado mantenerse sin morir y sin ascender al Reino de los

Kristálidos por demasiado tiempo. Entonces ha adquirido enormes poderes y conocimientos. Pero ha olvidado las cosas más importantes de la existencia... Esas que tú seguramente conoces.

- Claro, Iskaún: El Amor, el Respeto, la Inteligencia y la Voluntad.

- ¡Muy bien! Veo que no tienes ninguna duda respecto de lo verdaderamente importante. Ogruimed tiene una gran inteligencia, y una voluntad enorme, pero está completamente desviado de lo natural porque no tiene Amor.

- ¿Y a los Telemitas nunca los convenció de seguir sus malos consejos?

- No. Algunos de ellos cometieron algunos errores, influenciados por los mortales que servían a Ogruimed, pero pronto se dieron cuenta que la maldad no les llevaría a nada beneficioso. Y nosotros tenemos con ellos ciertos convenios. Se les permite salir en su Cuerpo Mágico o su cuerpo físico, pero sólo hacia la superficie interna o a visitar a algunos otros pueblos en las vacuoides, como los Aztlaclanes o los Cloremáticos. Pero no pueden salir hacia la superficie exterior con sus cuerpos físicos. Sólo pueden hacerlo con sus Cuerpos Mágicos y por razones de estudio. Además, hay entre ellos algunos científicos demasiado curiosos que hacen cosas indebidas, pero por lo general no se sobrepasan demasiado.

Mientras me explicaba estas cosas, llegamos a un acantilado enorme y bellísimo donde había algunas cavernas. Entramos por una de ellas y continuamos el viaje caminando, porque era muy estrecha y había minerales de plata que pueden dañar el Cuerpo Mágico como si fuera el físico. Luego entramos a una sala interior más grande y a partir de allí seguimos volando, para entrar luego en otras cavernas más pequeñas.

- ¡Esto es todo un laberinto, Iskaún! ¿Cómo puedes orientarte tan fácilmente? Yo no sabría volver.

- Eso es cuestión de costumbre y de instinto. Claro que si vinieras en tu cuerpo físico antes de ser todo un Mago, te resultaría imposible encontrar el camino. Mira, ya llegamos.

En una caverna casi tan grande como la de los Aztlaclanes, había una ciudad enorme, llena de aparatos gigantescos que me recordaban a una destilería de petróleo que había cerca de mi casa. Pero era toda una ciudad grandísima con edificios de metal. También había grandes lámparas como en la de los Aztlaclanes, pero su luz era muy diferente, un tanto azulada y de muy poca intensidad. En realidad, el ambiente estaba como en una suave penumbra. Vi algunas pirámides de gran tamaño también allí.

- Aquí, los Telemitas viven físicamente, pero se pasan la mayor parte del tiempo en sus Cuerpos Mágicos, estudiando las mentes de los Humanos de tu mundo. Ellos están atentos a cualquier vibración que produzcan los cerebros Humanos en cierta frecuencia que les permite comunicarse. Entonces así pueden entrar en la mente de las personas y estudiarlas, porque están haciendo un trabajo científico que puede ayudar a la humanidad a desarrollar algunas capacidades, como la telepatía, pero de modo muy controlado para que la gente no se vuelva loca con los cambios que eso produciría en las vidas de todos ustedes.

- La verdad es que apenas entiendo eso.

- Ya lo entenderás mejor más adelante. No te preocupes que te lo explicaré de otra manera: Cuando ellos perciben con sus aparatos que alguien está en un proceso parecido al sueño a medias, como cuando te empiezas a dormir pero con algunos puntos del cerebro funcionando diferente a lo normal, inmediatamente van con sus Cuerpos Mágicos a donde está esa persona, e intentan sacarla en su Cuerpo Mágico. Si la persona no tiene miedo, entonces la traen a su laboratorio en esta caverna y hacen con ella algunos experimentos que no son dañinos. Se comunican con la persona para tratar de aprender sobre el cerebro Humano mortal. Nosotros no podemos terminar de comprender algunas cosas sobre ustedes porque son bastante diferentes a nosotros. En cambio los Telemitas tienen un cerebro mucho más perecido. ¿Comprendes?

- Sí, bueno... Un poco. Pero que raro. Nosotros somos del mismo planeta, Iskaún. Y según entiendo, somos casi iguales a ustedes, pero mortales...

- Es que hay algunas diferencias producidas por las mezclas con los Hombres Rojos, los Hombres Negros y con los Amarillos, que llegaron más tarde, también de otros planetas. Es una historia muy larga...

- ¡Ah...! Entiendo... O creo que entiendo. Nosotros somos muy parecidos, pero en las mezclas nuestros cerebros han cambiado. Y los Telemitas son cerebralmente más parecidos a nosotros, los mortales.

- Bien, eso es. Por eso que ellos los visitan. Porque no pueden aprender de nosotros, y además también quieren ayudar. Muchos de ellos se encuentran tan a gusto en la Tierra que ya no quieren volver a su planeta de origen. Han nacido aquí. Otros no pueden evitar el deseo de volver a su mundo pero están muy entretenidos, por el momento, en sus investigaciones científicas. Y como algunos de ellos se transforman en Kristálidos Luminosos, luego pueden volver a su mundo sin necesidad siquiera de naves espaciales.

-¿Y si la persona a la que visitan tiene miedo?

- Lo correcto es que lo dejen y se vayan, pero algunos son muy insistidores y siguen adelante. De todos modos se lo tenemos prohibido. También ocurre que es muy difícil encontrar personas libres de miedo, entonces algunos Telemitas no han respetado el acuerdo. Sin embargo, el asunto está siendo beneficioso para ellos y para la gente de tu mundo, porque ya sabemos algunas cosas que en su momento puede ayudar para que algunos pueblos mortales despierten su consciencia espiritual.

Nos acercamos un poco más a la ciudad y entramos en una pirámide muy interesante. Casi como las de los Aztlaclanes, pero de color azul intenso. Allí estaban los cuerpos de varios Telemitas profundamente dormidos. En eso que estaba viendo sus curiosas caras, con enormes ojos, boca pequeñita y sin apenas nariz, uno de ellos apareció detrás de nosotros. Su sonrisa era simpática pero muy rara. Tenía dientes como nosotros, pero su boca pequeña se hacía muy grande al sonreír. Aún así, era simpático.

Nos dijo que se alegraba de vernos y comentó a Iskaún que era el nuevo guardián de la pirámide y nos pidió que para no perturbar a los que estaban allí, le acompañásemos a otra sala.

- Parece que duermen profundamente. -comenté.

- No, pequeño. No están dormidos. Están visitando a algunas personas psicosensibles. A propósito de ello, Iskaún, te comento que hemos tenido poco resultado últimamente. Aún las personas mejor preparadas tienen mucho miedo, pero hay algo peor... -calló por prudencia.

- Continúa, por favor. -dijo Iskaún amable- Nuestro amigo ha hecho el Gran Juramento. Puedes seguir.

- Bien, muy bien, entonces hablaré tranquilo... Resulta que algunos gobiernos de ciertos países están experimentando la "inducción onírica" -una técnica nueva para ellos-, que llaman "psicotrónica". Y como entenderás, mediante esa técnica le pueden hacer creer a una persona que está dormida, que está viviendo una experiencia que no es real. Le hacen soñar lo que quieren. Entonces las cosas se complican porque cierto gobierno sabe o sospecha de nuestras actividades. Han tomado los relatos de algunos de nuestros visitados y los reproducen en forma de ondas alfa, como si fuera una emisión de radio, pero que sólo la captan las personas que están dormidas o casi dormidas. Esta forma de control de las mentes ajenas es muy dañina. Las personas creen haber vivido esas experiencias. Y lo creen a pies juntillas. Han diseñado los sueños de tal manera, haciéndoles "vivenciar" que son secuestrados y que les hacen daño...

- Y esa gente sueña que son ustedes los que los secuestran... -dije

- Exactamente, amiguito. -respondió el guardián- Pero también es cierto que algunos de los nuestros se pasaron de la raya. Y ahora tenemos que hacer todo con extremo cuidado. Si ese gobierno sigue haciendo esas cosas, tendremos que suspender nuestros experimentos y es una lástima.

- Sí, -respondió Iskaúń- sería un problema, después de tanto trabajo.

- Además -continuó el guardián- habíamos hecho algunos progresos enseñando a algunas personas el uso de las plantas en la medicina, el uso de las pirámides... Pero es que hay Humanos que arruinan todo, haciendo las cosas solamente para su propio provecho. No se dan cuenta que con el egoísmo van hacia su propia ruina. También nos arruinan a nosotros el trabajo, porque si comprendiéramos mejor los secretos de la mente humana, descubriríamos cómo podríamos evolucionar mejor. A veces me pregunto si no sería mejor comunicarnos con ellos abiertamente, visitando a unos cuántos gobernantes.

- Eso es imposible. -dijo Iskaún serena pero terminante- Ya lo hemos intentado nosotros y siempre con resultados nefastos. En vez de comprender la realidad, nos han empezado a odiar o a adorar. No entienden que sólo somos Humanos normales, aunque inmortales, y que ellos son incompletos, que se mueren sin saber ni para qué han vivido... No, querido amigo, esa alternativa es imposible para ustedes los Telemitas. Vuestro aspecto es, para colmo, demasiado diferente, y los mortales no saben leer ni en la mente ni en el corazón de los seres. ¡Imagínate! Hasta se creen que los vegetales son "cosas" y no saben que son seres sensibles... No, no... Imposible. Un contacto directo crearía un desastre más. Sólo sería posible cuando estuvieran preparados unos cuántos, pero aún así, habría que tener muchísimo cuidado.

Han desarrollado tantas armas de fuego, armas biológicas, armas electromagnéticas, armas ecológicas, armas atmosféricas, armas... Y más armas... No, el Consejo de Ancianos lleva casi cien mil años tratando de encontrar soluciones definitivas. Cada vez que enseñaron alguna cosa a los mortales para que evolucionen, convirtieron ese conocimiento en armas.

- Sí, es cierto -dijo con gran pena el guardián- y creo que lo único que nunca lograron usar bélicamente, han sido las pirámides. Por eso no se han interesado en conocerlas, salvo unos pocos. Y a los seguidores de Ogruimed no les conviene que la gente conozca los tesoros mágicos de las pirámides, porque se quedarían en poco tiempo sin esclavos.

- Así es, -continuó Iskaún- y por lo visto sólo podemos ir contactando a personas como Marcel, que tiene el corazón puro... Bueno, salvo algunos miedos que aún no aprende a dominar... Pero hay mucho odio en la humanidad todavía. Creo que los niños son en su mayoría, más sensibles y puros... En ellos sigue estando la esperanza de un mundo mejor...

- Sí, claro -intervine- pero también los hay burlescos, tontuelos, malvados, llenos de envidia y odio...

- Pero en todo caso -dijo Iskaún, son una minoría, porque sus padres les inculcan, queriendo o sin querer, odio a hacia cualquier persona de otra religión, de otro país, de otra raza...

- Sí, es cierto. Muchos de mis compañeritos son burlescos y maliciosos porque sus padres no les enseñan a respetar ni a los animales ni a las plantas...

- Y además -continuó el guardián- ven demasiado cine. Y todas esas películas que están haciendo están llenas de violencia y de mentiras. Pocas son las que dejan alguna enseñanza buena. Muchos han perdido hasta el gusto por la Magia. Eso también dificulta nuestro trabajo, porque sus mentes están llenas de miedos sin sentido que les meten en sus películas.

En eso llegó otro Telemita, al parecer más anciano y también más simpático.

- Disculpen, -dijo con vos de anciano, pero muy firme- estaba oyendo vuestra conversación y no puedo dejar de intervenir. Soy Otesdanama. Mucho gusto en conocerte, pequeño amiguito. Cuando crezcas un poco, dile a tu gente que si los Telemitas o cualquier civilización extra o intraterrestre quisiera hacerles daño, o invadirles, ya lo habrían hecho hace mucho tiempo. Son tan vanidosos -continuó en tono más relajado- que... Bueno, que hasta se creen que son las únicas criaturas del Universo. Y los pocos que suponen que hay algo más en él, sospechan que alguien los quiere invadir, como si no tuvieran suficiente con sus propios gobernantes... ¡Qué cosas raras que tiene la gente de tu mundo! ¡Ah, si no hubiera hecho el Gran Juramento!

- ¿Usted también? -pregunté con cierta curiosidad.

- Pues, claro. Tú lo has hecho respecto a la humanidad de tu mundo, pero yo... Bueno... Mi juramento abarca a otras humanidades más. Cuando empecé a comprender estas cosas, hace casi dos mil años, era un niño más pequeño que tú. Ni siquiera sabía silbar. Y aunque tengo origen Telemita soy un terrícola, y a pesar de las diferencias de la forma, las Almas de todos los Humanoides del Cosmos, somos todas muy parecidas. Incluso tenemos símbolos e ideas muy parecidas, pero en tu mundo las diferencias son mucho más graves. Unos usan cruces, otros estrellas, otros medialunas, otros ruedas, otros amuletos de cualquier clase y ni siquiera se han podido poner de acuerdo en el idioma. La gente va a otros países y no pueden comunicarse ni para saludarse debidamente. ¡Bah!, estoy cansado. Con vuestro permiso, me voy a dormir un poco. Iskaún, por favor dale mis saludos a Uros. Tengo muchas ganas de ver a ese gigantón y beber unas ambrosías con él.

El anciano nos hizo un gesto con una mano en el corazón y la otra en la frente y luego se fue lentamente, pero yo podía sentir en su corazón, su gran tristeza profunda e infinita por la humanidad. Al mismo tiempo sentía que él jamás abandonaría el Gran Juramento. Y eso me dio fuerzas para sostener el mío, que era igual: No descansar jamás hasta que toda la Humanidad sea feliz.

Luego llegaron con sus cuerpos físicos otros Telemitas, portando el que iba adelante, una curiosa lámpara verde del tamaño de una calabaza grande.

- Hermana Iskaún... -dijo sorprendido- ¡Qué gusto da verte siempre tan humanamente bella! Desde lejos se siente tu corazón latiendo con inmenso Amor.

Aunque parecían un poco teatrales sus palabras, me di cuenta que eran sinceras, porque en realidad hablaba con cierta dificultad. No telepáticamente, sino con palabras físicas, con sonido. Con acento raro, como cuando uno está aprendiendo un idioma diferente.

- Veo que estás aprendiendo nuestro idioma muy rápido, la última vez que vine no sabías decir ni una palabra entera... Y de eso no hace mucho...

- Sí, Iskaún. Es que como recordarás, cuando viniste la última vez estábamos trabajando en un experimento de ondas cerebrales estimuladas. Pues, hemos desarrollado este aparato, -dijo mostrando la extraña lámpara- que nos ayuda a ecualizar frecuencias cerebrales; y sin ser propiamente telepática, nos ayuda a aprender idiomas y otras cosas, más rápido. Lástima que los Humanos de afuera no estén en condiciones de usar bien estos avances.

- Eso es muy interesante. ¿Y os ha permitido mejorar los contactos?

- No mucho. Pero haremos unos experimentos preparando mejor a las personas sensibles, para tratar de que no tengan miedo cuando se produzca el contacto. Para ello haremos una ecualización moderada de la radiación remanente de la actividad sináptica, acompasándola con un algoritmo en función del coeficiente de...

- ¡Espera, Grururhaaafggggaalll ! -dijo otro Telemita- ¿No ves que el pequeño no entiende nada de lo que estás explicando?

- Ni yo -dijo Iskaún riéndose- Y eso que soy telépata. Apenas comprendo la idea porque percibo tu pensamiento, pero las palabras técnicas me confunden. El asunto es que el aparato aún no les sirve para trabajar con los Humanos. ¿Y han probado de trabajar con los pocos que viven en casas piramidales?

- ¿En casas piramidales? -dijo el Telemita de nombre raro- No sabía que hay gente mortal viviendo en casas piramidales...

- Bueno... No es que sean muchos. Por ahora, a lo sumo una docena... -dijo Iskaún.

- Y tú, Triorrrrtalamhipooofisino... ¿Sabías que hay gente viviendo en casas piramidales?

- No, Grururhaaafggggaalll, te juro que en mis más de treinta mil viajes al exterior, nunca supe nada al respecto... Bueno, pero eso no cambiaría mucho las cosas. Seguramente tendrán miedo de nosotros, como todos los demás.

- Algunos sí pero otros, seguro que no -dijo Iskaún. ¿Podríais determinar antes del contacto si la persona tendrá miedo o no?

- Hummm... Creo que sí -dijo Grururhaaafgggggaalll- y eso sería una buena idea. La gente que viva dentro de una pirámide podría ser estudiada mucho mejor porque su cerebro funcionará más estable y relajado. Así que si vemos que es propensa al miedo, no la visitamos, pero si está dispuesta podemos incluso dejarle un mensaje en forma de sueño, antes de contactar.

- Eso sería muy bueno... -intervine- porque a mí me asustaría un poco que me visiten en mi dormitorio sin avisarme antes.

- Bien, buena idea. -dijo Triorrrrrtalamhipooofisino- Aunque no debe haber mucha gente que viva en casas piramidales.

- Hay una docena de casas piramidales en el mundo externo -dijo Iskaún- Otro día vendré y te diré dónde están. Pero seguramente en unos años habrá muchas más, cuando la gente comience a descubrir que las pirámides no tienen nada que ver con las tumbas.

- ¿Con las tumbas? -dijo asombradísimo otro Telemita- ¿Es que los Humanos creen que las pirámides son tumbas?

- Sí, claro. -dije- En la escuela nos enseñan eso. Y yo sé que es una tontería, porque nunca encontraron ningún cadáver en una pirámide. Pero algún arqueólogo dijo eso hace siglos y todos le creyeron, porque no tienen ninguna explicación mejor.

- ¡Qué grotesca tontería! -dijo Grururhaaafgggggaalll- Eso es como confundir una mesa llena de comida con un basurero. Así, es lógico que nadie quiera vivir en pirámides. ¡Qué ignorancia! ¿Y no se les da ni por experimentar con ellas?

- Si... -respondí- mi papá y yo hacemos experimentos, y mi abuelo también. Y resultan extraordinarios. A veces fallan porque son un poco difíciles de orientar correctamente. Pero nosotros estamos interesados. Y con todo lo que sé ahora, nunca dejaré de experimentar. Algún día viviré en una casa piramidal.

- ¡Excelente! -dijo Grururhaaafgggggaalll- y yo te visitaré en cuanto me autorices.

- Bueno, ahora que te conozco puedes estar seguro que no me asustaré. Pero si me avisas con un sueño, mucho mejor. Porque cuando estoy allá afuera a veces tengo dudas sobre si lo que vivo aquí es verdad o sólo es un sueño...

- ¡Oh, no te preocupes! Eso es perfectamente normal. Aunque vinieras con tu cuerpo físico, el cambio de modo de vida, la diferencia de los paisajes y todas las cosas tan distintas... Es lógico que te parezca un sueño.

- Lamento interrumpir -dijo Iskaún- pero nuestro amiguito debe volver a su casa. Así que nos veremos luego. Estudiaré las coordenadas donde hay casas piramidales en la superficie exterior y vendré a indicároslas.

- Muy bien, de acuerdo -dijeron los Telemitas- Gracias.

Nos despedimos y por el mismo camino que llegamos, emprendimos el regreso. Durante el viaje comentamos algunas cosas sobre los Telemitas, que eran algo parecidos físicamente a los Dragtalófagos, pero en realidad se trataba de seres tan distintos que podía ser peligroso confundirlos.

- Por eso hemos hecho la Barrera Azul -dijo Iskaún- No sólo para evitar molestias a los Clorematicos. Es que algunas veces los Dragtalófagos han salido al exterior y casi han producido un desastre. También han desarrollado tecnologías un tanto avanzadas y hasta han fabricado monstruos. La mayoría han muerto, porque eran demasiado imperfectos, pero otros aún viven. Hay unos de ellos, que llaman "Harpacabuc", que son bastante parecidos a los Dragtalófagos, porque son productos de experimentos genéticos entre ellos, pero han salido más feos aún. Incluso algunos viven en los laberintos de cavernas que van al exterior y se alimentan de la sangre de pequeños animales. Por suerte no son demasiado peligrosos para los Humanos, porque son bastante menos agresivos que los Dragtalófagos que los hicieron. Y algunos de ellos incluso son muy respetuosos. Pero su aspecto es verdaderamente muy desagradable. Cualquier Humano que se encontrara con un Harpacabuc, se puede volver loco de miedo.

- ¿Y si uno no le tiene miedo?

- En ese caso el Harpacabuc se quedaría muy sorprendido, porque hace ya muchísimo tiempo que existen, y como son tan diferentes y feos, en algunas oportunidades los han cazado y hasta se los han comido. Así que son muy temerosos de los Humanos. De todos modos, no es para descuidarse si te encontraras con uno, aunque seguramente el Harpacabuc huiría.

- Iskaún... ¿Los Dragtalófagos tienen naves espaciales? ¿Pueden salir de sus cavernas de alguna manera? Yo he visto dibujos que parecen ser ellos...

- Sí, ya sé... -dijo leyendo mis más profundos pensamientos- Aún consideras que los Dragtalófagos están prisioneros. Pero he de aclararte que no lo son. Ellos están prisioneros de sus propios defectos. No han aprendido a respetar a los demás, y esa es la peor prisión que puede haber. No se les permite construir naves espaciales, ni salir siquiera fuera de la Barrera Azul porque sus actitudes son dañinas, no tienen amor por nadie, salvo por sí mismos. No han comprendido aún la lección de la Catarsis...

- Ah, sí, la Catarsis. Eso de ver los propios defectos, antes que los de los demás... Claro, si no hacen eso, nunca se darán cuenta de sus errores.

- Y no sólo eso, sino que mientras estén gobernados por sus propios defectos, que son el Odio, el Miedo y la Pereza, estarán siempre prisioneros.

- ¿La Pereza? -pregunté con extrema curiosidad.

- Sí, la Pereza. No les gusta hacer nada. Entonces quieren que los otros hagan por ellos y para ellos. ¿Recuerdas que los Cloremáticos te contaban que los Dragtalófagos querían usarlos?

- Sí, pero hace tanto tiempo que me he olvidado un poco.

- Pues, Sabinazulia te contaba que los Dragtalófagos querían usarlos para extraer sales especiales de las Aguas Rojas. No es que ellos no puedan hacerlo, pero es que tienen que trabajar mucho, y en vez de hacerlo con Amor, como no tienen Amor al Trabajo preferían esclavizar a otros. Es que los Seres no estamos hechos para "estar", sino para "hacer". Hasta los minerales y vegetales, aparentemente estáticos, trabajan. Sin al menos un mínimo de Trabajo es imposible vivir bien, comer bien, tener seguridad y tranquilidad. ¿Comprendes?

- Sí... Creo que comprendo... O sea que la esclavitud es una de las peores cosas que hay, porque las personas que no tienen Amor por nadie tampoco aman el Trabajo... ¡Con razón mi papá es tan feliz! A él le encanta trabajar. Siempre está haciendo algo. Diseñando represas, usinas, ampliando el taller, haciendo mejoras en la casa, construyendo puentes, arreglando cosas nuestras, de la escuela y de los vecinos...

- Pues eso es porque tu padre sabe muchas cosas. Es un Alma muy libre... Pero aún no tomamos contacto con él porque tiene miedos.

- ¿Mi papá tiene miedos? Eso me decepciona mucho.

- ¡Oh, no!, que no te decepcione. Es normal en todos los mortales. Cuando seas mayor, esos miedos surgirán en ti también. Tendrás que hacer mucha "catarsis" para eliminarlos. Pero algún día tu padre también nos podrá hacer una visita. Sus miedos tienen una razón que tú deberás comprender: Él ama profundamente a toda la familia, a ti, a tu hermano, a tu madre, entonces quiere la mayor seguridad para todos. Es muy sensible. Pero al igual que la mayoría de los padres, sabe más de lo que los hijos pueden comprender.

- Sí, eso me parece. Mi papá sabe muchas cosas y se las calla...

Como estábamos llegando a la salida de las cavernas, la maravilla del paisaje distrajo completamente mi atención. Si la vista entrando a la caverna era muy bonita, con la emoción de descubrir nuevos recovecos no había prestado atención a la vista que presentaba desde allí el paisaje. Era algo muy precioso, especialmente porque el mar tenía reflejos rojizos, rosados, violetas muy suaves, y las olas estaban es ese momento un tanto violentas. Rompían contra las rocas que había más abajo, con una fuerza enorme, impresionante.

- Ahora hay que volver a tu casa, pero nos reuniremos pronto.

- ¡Ojalá!, porque si tengo que esperar hasta después de las siguientes vacaciones, se me hará como una eternidad...

- No te preocupes, que nos volveremos a ver muy pronto.

Volamos rápidamente hacia la zona del túnel y allí estaban Uros, junto con los tres muchachos que algún día me enseñarían a ser sabio.

- ¿Qué te han parecido estos viajes, amiguito? -preguntó Uros mientras me alzaba en sus brazos. Allí me di cuenta que estaba en su Cuerpo Mágico.

- Buenísimos. Me encanta saber todo lo que hay en el mundo... - respondí.

- Supongo que algunas cosas... Te habrán asustado un poco.

- Bueno... Sí, un poco... Los Dragtalófagos, y lo de los Harpacabuc...

- Ah, pero eso no tiene mucha importancia. Está todo bajo control. La gente de tu mundo es nuestro problema más grave. Están haciendo explosiones atómicas y esas cosas son mucho más peligrosas. Y nos cuesta mucho pararles los pies.

- Pero supongo -inferí- que tenéis algún plan para que la gente de mi mundo no destruya todo el planeta...

- La verdad... -dijo seriamente Uros- No tenemos muchos planes. Estamos haciendo lo que podemos. Ya sabemos lo que hacen y hemos tomado algunas medidas. E incluso hay un grupo de humanos mortales muy especial que ha arreglado las cosas para proteger las entradas polares y... Bueno, pero eso no es para comentarlo ahora. El caso es que aún tomando todas las precauciones, siempre hay peligro. Así que rogamos a Dios que nos proteja a todos.

- ¿A Dios? ¿Pero Ustedes no son dioses?

- Sí, para los mortales somos dioses, pero como ya te expliqué alguna vez, por encima de todos los Seres de Universo, hay un Dios. Un Maravilloso, Perfecto y Eterno Dios. Tan Excelso que no podemos sino Amarle con todo nuestro corazón.

- ¿Y es posible hablar con Él? -pregunté lleno de curiosidad.

- Claro, tú y cualquiera puede hablar con Él, pero no esperes que te conteste con palabras. Si alguien dice ser Dios, tú dile que se vaya a lavar los pies, porque Dios sólo responde por dentro de ti mismo...

- Eso... Es complicado. Me cuesta entenderlo.

- No importa. Pero ya sabes. Nadie es Dios, pero Dios es Todas las Cosas y Todos los Seres que Existen en el Universo.

- ¿Y cómo puedo hablar con Dios si no me va a responder?

- Muy sencillo. Si tú le hablas a Dios, Él te escucha. Pero dentro de ti mismo están todos los elementos de Dios para darte la respuesta.

- Sigo sin entender. -dije tajantemente.

- Muy sencillo, pequeño. Dentro de ti hay Amor ¿Verdad?

- Sí, claro.

- Pues esa es una parte del Rostro de Dios. ¿Y tienes algo de Inteligencia?

- Claro, no soy un genio, pero algunas cuentas puedo sacar...

- Pues esa "Inteligencia" es otra parte del Rostro de Dios. Como comprenderás, no es una cara de carne y hueso, pero todas sus partes están dentro de ti. Tú eres un Hijo de Dios, como todas las Criaturas del Universo.

- ¡Ah! Voy entendiendo... Tendré que pensar un poco más en eso, pero lo que me has dicho es muy importante.

- Bien, pero ya conoces a Thorosthoreherith, Armanodilrith y Lafursieg. Te los presenté la primera vez que viniste ¿Te acuerdas?.

- Sí, claro, no hace tanto tiempo, aunque no me acordaba bien de sus nombres.

- Pues te enseñarán el Gran Secreto de la Trinidad. Yo me voy a cumplir con mis obligaciones y te dejo con ellos un rato. Nos veremos la próxima vez.

Me dio un beso en la frente y se fue volando. Entonces se acercó uno y me dijo:

- Yo Soy Armanodilrith, como estoy con mi cuerpo material no puedo abrazarte, pero te saludo con todo el corazón. Yo Soy el que enseña el primer Gran Secreto a los Iniciados. Yo enseño el AMOR. ¿Quieres aprender?

- ¡Sí, claro que sí! -respondí entusiasmado.

- Entonces escucha atentamente, porque ahora sólo te diremos lo fundamental, lo más básico. Otra vez que vengas te enseñaremos más.

- De acuerdo. Atiendo...

- El Amor es el Poder más grande que hay en el Universo. Pero tiene que ser acompañado de los otros secretos, que son Inteligencia y Voluntad. Quien no tiene Amor por los demás, por el Mundo, por todos los Seres y Cosas del Universo, nunca puede ser feliz. Además, el Amor nunca debe pedirse, sino que sólo es posible darlo. ¿Lo entiendes?

- Sí, eso sí. Porque el Amor es algo que siente uno, y los demás no están obligados a sentirlo.

- Así es, salvo el Respeto, que es una forma de Amor Universal que debe darse incluso a los enemigos. Si tú das Amor, puede que lo contagies a los demás. Algunos responderán con Amor, y otros te tomarán por un tonto. Pero eso no debe importarte. Si usas la Inteligencia, sabrás donde demostrar tu Amor, y donde no, pero aún donde no puedas demostrarlo, amarás por igual. Esa es la Ley.

Apenas dijo esto, dio un paso atrás y Thorosthoreherith se adelantó. Luego de presentarse me dijo:

- Si al **Amor** no lo acompañas de **Inteligencia**, no sabrás cómo y dónde debes demostrarlo y usarlo correctamente. La Inteligencia debe proteger al Amor y al que Ama. Nunca te dirá que no ames, pero a veces te dirá que no demuestres nada. Y a veces te dirá quién te engaña, y si tú tienes Amor Verdadero, te conducirá para que todo lo que debas hacer, sea correcto.

- Y la **Voluntad** -dijo adelantándose Lafursieg- te dará la fuerza para **Amar**, para pensar **Inteligentemente** y para hacer lo que debas hacer aunque cueste mucho esfuerzo. La Sabiduría más grande está en usar el **Amor**, la **Inteligencia** y la **Voluntad**, en su momento justo y equilibradamente.

- ¡Qué importante...! Pero no creo que me acuerde de todo lo que me habéis explicado.

- Te acordarás -dijo sonrientemente Lafursieg- porque cuando estés en tu cuerpo físico, aún recordarás durante unos días. Entonces lo puedes escribir y así lo leerás cuantas veces haga falta para comprender profundamente esas Tres Claves de la Sabiduría.

- Me dijeron algunas cosas más, que sería muy largo de contar en este libro pero aunque yo sabía que eran todas importantes, esas cosas que acababan de decirme eran las claves fundamentales.

Iskaún me llevó de regreso y al dejarme en casa ya era de noche.

Algo extraño había vuelto a ocurrir, porque mis padres se habían ido y me habían dejado una nota diciendo que había comida en el horno y que no me preocupara si venían tarde. Comí y me acosté sin preocuparme de nada, porque "todo estaba arreglado" de alguna manera.

Mi primo Eduardo había quedado con ellos de llevarme a jugar de arquero en su equipo, pero finalmente el partido no se hizo, mi primo no vino a buscarme y yo ni sabía de aquello hasta el día siguiente.

- ¿Atajaste muchos goles? -dijo mi padre al despertarme.

- ¿Qué?... ¿Dónde?

- ¿No fuiste con Eduardo a jugar el partido?

- No, estuve aquí, solito...

- Pero, que pena... -agregó mi mamá- Te perdiste el circo porque Eduardo iba a llevarte a jugar... ¿Y qué estuviste haciendo?

- Paseando, por ahí... Soñando... Jugando...

- Pero... ¿No te habías ido antes que nosotros?

- No, él estaba en fondo cuando nos fuimos, -dijo mi papá un tanto apenado- y no sabía que no le habían avisado lo del partido... Lo hemos dejado solo toda la tarde.

- No importa, Papi... -traté de tranquilizarlos- Me puse a leer y pensando cosas, se me voló el tiempo. Pero otro día podemos ir al circo ¿Verdad?

- Claro. No quisiera que te lo perdieras. Es un espectáculo muy interesante.

- Sí, hace un tiempo fuimos a uno ¿Te acuerdas?

- Sí, pero este es más bonito, con la Fuente de Aguas Danzantes, que cambian de colores al ritmo de la música, y el agua larga chorros de diferente forma...

- ¡Que interesante! -exclamé imaginando el espectáculo y recordando a Arkaunisfa.

- Y además -agregó papá- hay un ballet que baila sobre una pista de hielo...

A pesar de las vivencias tremendas que tenía en el mundo intraterreno, estas cosas bonitas de este mundo siempre me han apasionado. Unos días más tarde mi primo Eduardo, "castigado" por no llevarme al partido, me tuvo que llevar al circo. Era realmente mucho más bonito que lo que podía haberme imaginado. Pensé que muchas veces los Humanos mortales hacemos cosas parecidas a los dioses. Sobre todo cuando ponemos en ellas profundo Amor.

CAPITULO IX
EL PENÚLTIMO VIAJE MÁGICO

Pasaron algunos años, en los que viví con más normalidad y de los cuales recuerdo pocas cosas interesantes. Por ejemplo cuando tuve mi primera novia, pero aunque eso era importante en mi vida mundana, no lo era para mi vida espiritual, ni para el cumplimiento del Gran Juramento. Lo único que me llenaba de alegría en cuanto a asuntos habituales para mí, eran los resultados con las pirámides, ya que con los experimentos iba desentrañando su maravilloso Tesoro Mágico. También pasaba temporadas llenas de largas esperas y charlas con mi querida amiga Virriprinpandomitallonaria, hasta que una tarde, sin apenas darme cuenta, estaba Iskaún lista para llevarme a la Terrae Interiora. Esa tarde también me quedaría solo, porque mis padres se iban a la montaña y no volverían hasta el día siguiente. Aunque a mí me encantaba la montaña, no había querido ir porque tenía bajas notas en matemáticas y debía estudiar para el examen del día siguiente. Y no es que fuera muy responsable con mis estudios, pero si me quedaba alguna asignatura sin aprobar, mi madre me había dicho que me perdería las vacaciones próximas en la casa de mi abuelo, a la que extrañaba porque hacía tres años que no iba.

El caso es que fuimos muy rápidamente al interior del mundo porque Iskaún comprendía que era importante que yo cumpliera con mis estudios. Así que apenas llegamos, Uros me dijo:

- Hola pequeño aprendiz de Mago ¿Lo has pasado bien este tiempo?

- Sí, más o menos... He estado pensando mucho, haciendo la "catarsis"...

- Y qué has encontrado... ¿Muchos bichos interiores?

- Si. A veces he sentido envidia, celos, bronca... De todo un poco...

- Supongo que habrás combatido esos parásitos del Alma...

- Bueno... Tanto como combatido... No sé. Pero me he dado cuenta y he cambiado el modo de pensar...

- ¡Oh!, ¡Muy, pero muy bien! Pobres de los que no quieren darse cuenta. Pero ahora paso a explicarte algo importante. Hemos decidido que tu padre debe ser invitado a venir contigo. Él sabe muchas cosas sobre nosotros y sobre las cosas del mundo. Podría ser un buen Mago...

- Entonces mañana mismo podría decirle que me acompañe...

- Sí, eso harás, pero no será mañana mismo... Es posible que no quiera venir, o que no te crea. Así que no te preocupes ni insistas demasiado... Lo harás para su próximo cumpleaños, que es el... ¿Te acuerdas cuándo es?

- Claro, no podría olvidarme...

- Muy bien, así quedamos. Y ahora que ya hemos quedado citados, Iskaún te llevará a la Gran Pirámide de Odiliepumbar.

Cuando llegamos, la Pirámide, más que una construcción artificial parecía una gigantesca montaña.

- Es la Pirámide más grande del mundo -dijo Iskaún- Ya ni siquiera sabemos quién la construyó. Pero lo importante es que hasta ahora, ha servido maravillosamente para arreglar cosas que han producido los seres Humanos, tanto los mortales como algunos de mis antepasados.

- ¿Es que Ustedes han tenido gente mala, también?

- ¿No te acuerdas de Ogruimed el Maligno?

- ¡Ah!, sí. ¿Pero ha habido más? Sí, claro. Algunos le siguieron en sus maldades, así que otros han tenido que andar arreglando desastre tras desastre. Por eso es que no podemos culpar sólo a los mortales de sus desgracias y de las cosas que hacen. Hace algunos millones de años que no hay más dioses malvados, salvo Ogruimed o sus herederos. Pero no sabemos dónde se oculta. Posiblemente en otro planeta, en una gran nave espacial, o en algún escondrijo de la Tierra.

- Pero no hay malos entre Ustedes ¿Verdad?

- No, entre nosotros ya no hay gente mala. Pero sí que hay "disidencias". Algunos proponen una cosa, y otros proponen otra diferente. Y tenemos leyes que no permiten realizar nada sin el acuerdo de todos. Es difícil de explicar. Pero no te preocupes, siempre la razón triunfa. Como todos ponemos Amor en nuestros objetivos y decisiones, siempre encontramos las soluciones más adecuadas a cada problema.

La puerta principal de la inmensa pirámide era tan pequeña que Iskaún debía agacharse para entrar, pero la primera sala, tras un largo pasillo, era algo más increíblemente magnífico que la de la pirámide que habíamos visitado antes. No es posible describir la belleza de las columnas de mármoles y alabastros, con incrustaciones de oro, plata, platino, diamantes enormes, rubíes increíbles... Unos cuadros pintados con tanta genialidad que parecían estar vivos. Los garabatos modernos de mi mundo (que nunca me gustaron), me hacían detestar la pintura, porque además de no ser comprensibles los podía hacer cualquier chapucero, aunque nunca hubiera tenido un pincel en sus manos. Pero allí me di cuenta que el arte verdadero era otra cosa. Era una mezcla de Amor, Inteligencia y Voluntad, expresada en esculturas que había que mirarlas un buen rato para ver que no eran seres vivientes.

- ¡Esto sí que es el Tesoro Mágico de las Pirámides! -dije con gran asombro.

- No, Marcel, éste uno de los más importantes tesoros artísticos, pero en realidad, el Tesoro Mágico de las Pirámides es su fuerza, su utilidad científica. Ningún tesoro puede compararse al Tesoro Mágico.

- Mi maestra dice que no hay que hacer imágenes, porque así lo manda su religión. -respondí cambiando de tema, impresionado por esas obras.

- Bueno, creo que no todas las religiones lo prohíben, de todos modos, esos son criterios que tenemos que respetar, porque cada uno debe ser libre de creer, si quiere, siempre que no moleste a los demás de ninguna manera.

- Sí, pero en mi mundo la gente hace guerras por motivos religiosos... ¿Y qué religión tienen Ustedes? -pregunté recordando que varias veces me había planteado esa pregunta, cuando estaba afuera.

- Nosotros no tenemos religión oficial alguna. Salvo que le llamemos "religión" al Amor Universal. Pensamos que es mejor SABER que CREER. Cualquier religión que impidiera las guerras y obrara con Amor Universal sería muy buena.

-Claro, -dije- porque lo más importante es la paz...

- En eso nadie de aquí estaría de acuerdo... -respondió Iskaún- porque la paz es una situación natural que se puede mantener si nadie intenta hacernos nada malo. Si alguien ama la paz, debe estar dispuesto a matar o morir por defenderla. Para tener paz hay que tener primeramente Libertad. Y también ese es un tesoro tan precioso, que hay que estar preparado a matar o morir por él...

- Eso me confunde un poco, Iskaún... ¿Cómo que es necesario matar o morir por la paz?

- No sé si debía explicarte esto ahora, pero ya que estamos, te lo dejaré lo más claro posible. La paz es casi igual a la tranquilidad, pero si alguien quiere esclavizarte, no tienes paz ni tranquilidad, porque no tienes libertad o estás a punto de perderla...

- ¡Ah!, sí, eso lo entiendo. Si hay que defenderse porque alguien nos agrede, no nos podemos quedar tan "en paz" que acabemos siendo esclavos, o robados, o secuestrados, o heridos o muertos por el que no tiene intención de dejarnos en paz...

- Bien, lo vas entendiendo. ¿Qué es la paz sin libertad?

- No sé... -dije confuso- ¿Un estado de falsa paz?

- Exacto. Sería un estado de "guerra contenida"... Por lo tanto, las guerras que hay en tu mundo no son lo peor. Aunque todas las guerras se hacen invocando la paz y la libertad, o incluso a Dios, Aláh o cualquier forma del Dios del Universo, al menos algunas de ellas son porque un bando defiende realmente la paz y la libertad. Entonces la guerra es sólo un producto, resultado de una reacción de algunos pueblos que no quieren ser esclavos. El problema está en saber cuáles son las verdaderas intenciones e intereses de los que promueven las guerras.

-Sí, eso lo he pensado mucho, -dije- porque los que fabrican armas son los que siempre ganan con cualquier guerra.

- Justamente, ahí está el problema. Es difícil saber cuando un bando en guerra defiende realmente la libertad de un pueblo, y cuando son ambos bandos, meras víctimas de esos fabricantes de armas que sólo quieren ganar dinero y para ello tienen a los pueblos en constante belicismo...

La conversación se cortó cuando llegamos a otra sala más grande aún, pero con menos arte y más aparatos. Había unas pantallas llenas de lo que parecían pompas de jabón, pero muy grandes, y dentro de cada una de ellas había luces muy tenues de diversos colores, que alternativamente se encendían y apagaban.

- Estas luces son indicadoras de frecuencias electromagnéticas. Pero aquí viene Gibururarriththorisarnot, que nos puede explicar algo más.

- Hola Iskaún, hola Marcel. -dijo simpáticamente el hombre que ya había conocido en la otra pirámide.

- Hola Gibururarriththorisarnot, Marcel tiene mucha curiosidad por saber para qué sirve todo esto.

- Te explicaré lo más simple que pueda, aunque aún así es un poco complicado. Esta pirámide es la principal de la red piramidal que hay en el mundo. Con ellas mantenemos el orden magnético del planeta, y todas las pirámides, desde las de aquí en la Terrae Interiora, las de las cavernas de los Aztlaclanes, Clorematicos y otras, hasta las que hay afuera, en tu mundo, funcionan reguladas por esta Gran Pirámide Principal. La Pirámide que llaman "de Keops", por ejemplo, no funciona por ahora, porque aunque está casi bien orientada, está muy derruida y le falta el piramidión.

- ¿Qué es el piramidión?

- Es la punta de la pirámide, la parte más alta.

- Ah, la cúspide...

- Sí, pero llamamos piramidión a la parte de arriba que puede sacarse y ponerse para hacer que la pirámide quede parcialmente desactivada. Como la de Keops no tiene el piramidión, prácticamente no funciona. Si lo hiciera, muy pocos podrían entrar en ella. Aún así, tiene varios efectos.

- ¿Habría que entrar con trajes especiales? -pregunté.

- No, no hay traje capaz de evitar el efecto piramidal. Sólo podrían entrar las personas muy puras de corazón y con la mente equilibrada. Una persona normal puede entrar en cualquiera de las pirámides menores, y siempre le será útil. Hasta podrían vivir dentro de ella y sería muy saludable. En realidad los mortales deberían vivir en casas piramidales, para envejecer mucho menos, evitar la mayoría de las enfermedades y tener otros beneficios. Pero las pirámides muy grandes y perfectas, que están construidas con mezclas minerales especiales o con ciertas piedras con muchos metales, generan una energía demasiado fuerte. No son para vivir, sino para ir al Reino de los Kristálidos Luminosos, o para producir efectos en el planeta. Ahora mismo estamos trabajando con ésta, para evitar algunos desastres que han producido las bombas atómicas y otros experimentos terribles que han hecho allá afuera.

- ¿Y qué pasará si siguen tirando bombas atómicas? -dije entre avergonzado y preocupado.

- No sientas vergüenza de lo que tú no compartes. Tú no tienes relación con esa clase de gente que podríamos llamar los "tirabombas". -respondió Gibururarriththorisarnot.- Algún día, si eres un buen Mago, podrás hacer algo por tu mundo, pero quizá no puedas hacer nada desde allá afuera, o quizá sí. Cada uno debe buscar el modo en que mejor puede servir a los demás.

Luego pasamos a otras instalaciones, donde había más aparatos y cuando Gibururarriththorisarnot pasaba la mano sobre ellos, se iluminaban como pantallas de cine, aunque un poco más pequeñas. Pero las imágenes eran tan nítidas que parecían auténticas ventanas. En ellas se veían pirámides de toda clase.

- Estas son todas las pirámides que funcionan en el mundo. Desde las más grandes, hasta las más pequeñitas.

- ¡Guay! -dije- ¿Entonces es posible ver las pirámides que hay en mi casa?

- Claro. Piensa en tu casa, en la provincia en que está, en el país...

Apenas pensé un poco, pero solamente medio segundo, Gibururarriththorisarnot tocó algunas partes de un tablero que tenía delante de sí, con unos mapas, y se encendieron en él unas luces. Luego apareció en una de las pantallas grandes el taller de mi padre, los almácigos, la huerta...

- ¡Qué increíble! ¿Y cómo pueden captar esas imágenes?

- Eso es más difícil de explicar. Mira, esa pirámide que tiene una caja con semillas o algo así, es la única que no funciona. Está un poco desorientada. Sólo ocho grados, pero suficiente como para que no tenga el funcionamiento adecuado.

Eso era realmente fantástico. Los dioses de la Terrae Interiora podían detectar las pirámides que funcionan y las que no.

- Esto nos sirve para hacer que aunque se llenara el mundo de pirámides, no producirían daño alguno, sino todo lo contrario. Como acumulan energía cósmica y partículas llamadas *neutrinos*, sirven para que el Planeta y todo lo que contiene, tenga mejores energías. Todos los Reinos se benefician de ello.

- ¿Y en los otros planetas también hay pirámides, verdad?

- Sí, en la mayoría. Pero todos están habitados por dentro. Son muy raros los planetas que están acondicionados para vivir en la superficie externa. Y todas las humanidades normales y otros Reinos Naturales usan las pirámides.

- ¿Y sería posible ir a otro planeta... Digo, si podrían llevarme...?

- Veo que eres un curioso de mil cometas. ¿No te alcanza con conocer éste planeta en el que aún tienes tanto que aprender y descubrir...?

- Sí, claro, y que trabajar, también -dije comprendiendo- pero es que debe ser magnífico poder viajar por todo el Universo. ¿Ustedes lo hacen verdad?

- Claro. Nosotros tenemos contacto con más de mil civilizaciones. Ellos nos visitan, nosotros los visitamos, hacemos fiestas interplanetarias... Pero te recomiendo olvidarte se eso durante unos cuántos años. Si no cumples con tus cosas en este mundo, no podrías disfrutar mucho ni un sólo viaje a otro planeta... ¿Dejarías solos a tus padres y a tu hermano?

- ¡No!, Claro que no... Me gustaría hacer un viaje y volver.

- No le digas más -intervino Iskaún aguantando la risa- que terminará convenciéndonos de llevarlo a otro planeta. La curiosidad de este chico no tiene límites...

- ¿Y es malo eso? -pregunté preocupado.

- Bueno... No tanto... Pero hay que saber ser curioso -me explicó Iskaún mientras Gibururarriththorisarnots seguía trabajando en los aparatos- Hay cosas que hay que saber esperar el momento oportuno para investigarlas y, además, no es cuestión de ser curioso por cualquier cosa. Hay que "curiosear" en las cosas que uno cree que pueden ser importantes.

- Ah, claro, -comprendí- no es cosa de andar metiéndose en asuntos privados de otras personas, cuando no tienen nada que ver con nosotros...

- Eso mismo. -respondió Gibururarriththorisarnot- porque los mortales se entretienen demasiado en curiosear en cosas sin la menor importancia, en la vida de los jugadores de fútbol, en la vida privada de gente que tiene fama, entonces pierden el tiempo, se pelean... Y se olvidan de diferenciar cuáles son las cosas importantes. Bien, ahora, mira esto. Algún día irás a estas pirámides...

En la pantalla apareció una montaña verde, y detrás de esa, otras, y así, hasta que al acercar la óptica me di cuenta que eran realmente unas enormes pirámides cubiertas de vegetación muy espesa. Iskaún me dijo que por ahora no me dirían el lugar, pero cuando fuera mayor me lo revelarían e iría a verlas, porque se encuentran en la selva Amazónica.

- También las hay bajo el mar en muchos más sitios que en la superficie de los continentes. -decía Gibururarriththorisarnot- Mira, éstas de aquí son de la China. Hay más de ochocientas, aunque sólo la mitad funcionan bien.

- Ahora que estamos aquí, Gibururarriththorisarnot -dijo Iskaún- ¿Podrías darme las coordenadas de las casas particulares, para dárselas a los Telemitas?

- Oh, esos Telemitas. No confío mucho en ellos. -dijo él- Quizá porque no les conozco bien, o porque se parecen a los Dragtalófagos.

- ¡Gibururarriththorisarnot! -dijo Iskaún severamente- ¿Cómo puedes pensar así? Marcel pensará que estás juzgando por las apariencias...

- Oh, no, claro que no. Disculpa. Es que no me ha gustado nada lo que han hecho algunas veces, de darles a los mortales unos sustos de muerte...

- Pero eso ya ha pasado -dijo Iskaún más tranquila- ya no hacen eso.

- No, pero por efecto de eso, lo hacen otros...

Evidentemente, a Gibururarriththorisarnot le preocupaba mucho que los Telemitas o cualquiera perjudicara a otras personas con sus experimentos. Pero cuando Iskaún le explicó lo que los Telemitas querían hacer, de visitar a los Humanos más preparados y libres de miedo y con "cita previa", se quedó más tranquilo. Inmediatamente se puso a buscar y aparecieron en las pantallas algunas casas piramidales muy curiosas.

- Bueno, aquí están. Son doce, pero sólo tres funcionan correctamente. Las demás no están bien proporcionadas y están algo desorientadas. Esa otra de allí, -dijo señalando una casa muy bonita- no funciona porque tiene demasiado hierro y acero. Habría que modificarla o agregarle una cámara del caos.

Iba a preguntar que era un "caos" y Gibururarriththorisarnot me leyó el pensamiento antes, y me explicó que era un sistema para eliminar la electricidad estática del metal, y hacer que la pirámide pueda funcionar bien. Ahora, ya que estamos aquí, te mostraré el centro de la Magia fundamental de los objetos de poder.

- ¿Objetos de poder? -pregunté incrédulo- Yo tengo entendido que eso de los objetos mágicos es pura superchería...

- No tan así, amiguito. Hay Leyes Naturales que lo mortales desconocen... Bueno... En realidad desconocen casi todas la Leyes Importantes. Vamos por aquí, directo a la Sala que llamamos "Corazón Mágico".

- A mí -dije- me gustaría conocer todo respecto a las Leyes Naturales, porque según entiendo, su conocimiento haría que las personas conozcan mejor el Universo y si Dios es el Creador de la Naturaleza, conocerían mejor a Dios...

- Este niño no parece tan niño... -dijo Gibururarriththorisarnot a Iskaún, que se reía con cierto disimulo- Las deducciones que hace me dan la sensación de que los viajes secretos...

Interrumpió su comentario cuando Iskaún se quedó un poco seria, pero no me atreví a preguntar sobre aquellos "viajes secretos", que no entendí si se referían a mí o a otras personas.

Entramos en un largo corredor de unos pocos metros de ancho y un poco más alto que los dioses. Estaba completamente custodiado por una fila de guerreros a cada lado, pero de los más curiosos y hasta estrafalarios, de las más diversas épocas, que parecían ser estatuas absolutamente perfectas. El pasillo tendría unos doscientos metros de recorrido y a cada lado habría unos cien guerreros.

- Has calculado bien -dijo Gibururarriththorisarnot leyendo mi mente- son exactamente cien guerreros a cada lado y el corredor tiene doscientos sesenta metros. Pero éstos no son estatuas. Son gente de nuestro pueblo. Están cumpliendo una misión de centinelas, mientras están meditando. Como verás, están vestidos con ropajes de guerreros de todas las épocas de la civilización de los mortales, desde que ésta existe.

-¿Desde cuándo?

- Unos seiscientos millones de años. Fíjate en esos trajes de allí. Son mucho más "modernos" que los actuales. Eso es porque hubo civilizaciones técnicamente muy avanzadas. Pero por lo general, cuando han alcanzado un alto grado de tecnología, han descuidado totalmente la parte espiritual...

- Y allí se pudre todo... -dije preocupado.

- Sí, -continuó mi amigo- porque la tecnología equivale a usar muletas. Ustedes usan teléfono, televisión y radio, se entretienen mirando películas, en vez de entrenar la telepatía.

- ¿Televisión? O sea... ¿Cine?

-No, es diferente. En algunos países ya hay, desde 1939 y están listas para lanzarlas al mercado en el resto del mundo. Son aparatos más grandes que una radio y es como el cine en la propia casa. Seguramente en la tuya habrá un aparato de esos dentro de unos pocos meses.

- ¡Qué bueno! -exclamé...

- Sí, pero tendrá sus graves inconvenientes. Los gobiernos no la usarán para educar a la gente en cosas importantes, sino para hacerla más obediente, menos consciente, entretenida con toda clase de tonterías sin importancia. Haremos lo posible para que eso no ocurra, pero será muy difícil. También en unos años usarán grandes computadoras y hasta habrá una en cada casa. Eso facilitará las comunicaciones, pero también tendrá sus inconvenientes.

- ¿Computadoras? ¿Cómo las que vi en el cine, de esas que usan en la agencia espacial?

- Algo así, pero más pequeñas y mucho más poderosas. Habrá gobiernos que tratarán de controlarlo todo mediante ellas, pero la gente de tu mundo quizá sepa conservar algo de libertad. Se supone que eso ha de romper un poco los planes de Ogruimed el Maligno, pero el resultado dependerá de la suma de voluntades de las personas...

Ya llegábamos al extremo del corredor y yo alucinaba mirando los guerreros de todos los países y épocas. Estaban todos ellos con los ojos cerrados y miré a uno preguntándome si realmente era un buen centinela y notaba nuestra presencia. El gigante me dio un sobresalto al abrir los ojos, me hizo una sonrisa, guiñó un ojo y volvió a cerrarlos, para permanecer otra vez sin mover en lo más mínimo ningún otro músculo.

Entramos en la Sala Corazón Mágico, que no tendría mayor tamaño que la biblioteca de mi escuela. En el centro había una mesa de ocho lados, y sobre ella unos diez objetos.

- Aquí están los originales de los objetos mágicos que hay en todo el mundo, tanto aquí en la Terrae Interiora, como en la superficie externa. -me explicaba Gibururarriththorisarnot.

- Entonces... ¿Existen los objetos mágicos?

- Claro que sí. Por ejemplo, allí está el Runemandag, que es el libro más antiguo conocido, del que hay dos copias mágicas en tu mundo y diez traducciones a diversos idiomas. Las traducciones son algo menos mágicas que las copias escritas en runas... Ese otro, creo que lo conoces...

- ¡Sí, el Libro!... El Libro Mágico...

- Sí. Se llama "Necronomicón".

- Pero el que yo tengo se llama "El Secreto de los Grandes Magos..." y en él hace referencia a este otro.

- Claro, -dijo Gibururarriththorisarnot- pero no está completo en tu mundo y el que tienes es una traducción, pero recordarás que hay un capítulo así y justamente ese es el tema más importante de ese libro. En realidad el que tienes es un compendio de libros mágicos con las partes más importantes de todos ellos. Aún siendo una traducción tiene poder... El poder del conocimiento...
- ¿Y qué significa eso de Necronomicón? Porque esa parte no la he podido entender.

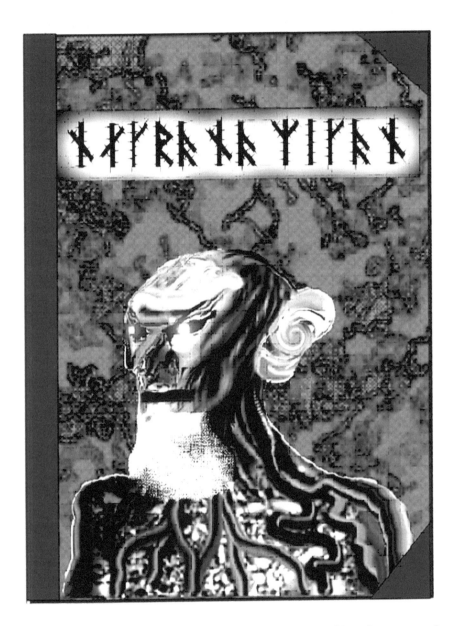

-"Necronomicón" significa "Historia de la Ciencia para la Humanidad Mortal". Fue escrito por Wotan Iº para que los mortales pudieran liberarse de la muerte y volver a ser dioses. Pero como verás, a la mayoría no le interesa mucho. Tú tienes una de las tres traducciones verdaderas que hay en el mundo. Y deberás tener cuidado, porque los secuaces de Ogruimed el Maligno siempre buscan hacerse con los objetos mágicos.

- Sí, ya tengo bien claro eso. ¿Qué pasa si un objeto mágico cae en malas manos?

- Cuando ocurre eso retiramos el objeto original de esta pirámide, y lo llevamos al "caos". Allí desaparece la fuerza mágica que le confiere la pirámide y el objeto se convierte en una pesadilla para quien lo posea con malas intenciones.

- ¿Y si lo tiene una persona que no sabe el poder que tiene?

- No pasa nada. Siempre que no intente usarlo mal, mantenemos el original aquí.

- ¿Y ese palo qué es?

- Ese es el Iki Shimihuinki original, que en realidad es una especie de bastón de mando, de jade negro. Hay una sola copia y está en tu país. La tiene un hombre muy noble, que debe custodiarlo hasta que aparezca un Guerrero de la Luz que pueda usarlo.

- ¿Y para qué sirve?

- Es una llave. Si se usa correctamente, confiere poder psíquico y puede alcanzarse poder político. Por eso lo buscan algunos. Pero tenemos mucho cuidado con él. Si alguien intentara usarlo mal o por mero deseo de poder personal, la energía del bastón lo destruiría antes que pueda llagar a cumplir sus objetivos. Pero también es una llave que abre una maquinaria piramidal, en unas pirámides que aún no han sido descubiertas por los gobiernos de tu mundo.

- ¿O sea que la energía de los objetos mágicos sale de esta pirámide?

- Sí. Se llama "efecto homeopático". A ciertas personas de gran corazón y vocación de servicio a la Humanidad le hemos puesto aquí algún objeto replicado que use siempre, o hasta unas células de su cuerpo, cuando ha sido muy importante, y de ese modo recibe una forma muy sutil pero poderosa de la energía piramidal. Hay personas en tu mundo que conocen sobre esta ciencia llamada homeopatía, en relación con la ciencia del mentalismo...

-Eso, por favor explícame qué es el mentalismo, que se lo he escuchado decir a mi padre, pero nunca entendí qué significa...

- Parece complicado para la gente de tu mundo, -intervino Iskaún- pero es bastante simple. Si vives "mentalizando" una cosa, tarde o temprano eso va a tener un efecto y muchas veces puede que se realice. Por eso hay que tener mucho cuidado con las mentiras. Si mientes, puede que lo que digas se convierta en realidad...

- ¡Ufff!, entonces muchas cosas serán un desastre, porque en mi mundo la gente muchas veces. Y eso es bastante feo. Yo también he tenido que mentir algunas veces, para evitar un castigo o algo que pueda ser peor que la mentira...

- Sabemos eso, -siguió Iskaún- pero así va vuestro mundo, con toda clase de confusiones y problemas. Volviendo al fenómeno del "mentalismo", ten en cuenta que tus pensamientos harán de tu vida según sean ellos. Si piensas siempre con miedo, lo que temes se cumplirá y sufrirás. Si piensas siempre con Amor y alegría, planeando cosas bonitas, tarde o temprano las realizarás y será un placer, causa de alegrías. Por eso es importantísimo que antes de hacer planes y proyectos de vida, pienses en cuál es tu **vocación verdadera**. Ahora quieres ser Mago y astronauta, pero puede que no sean cosas compatibles. Puede que tengas que elegir y hasta puede que ninguna de ambas cosas sean tu vocación auténtica. Eso sólo puedes descubrirlo tú mismo.

- ¿Y si no lo descubro nunca? -pregunté con gran preocupación.

- No te preocupes, pero ocúpate seriamente. Nadie es realmente feliz ni puede cumplir la "misión de vida" que todos traemos cuando nacemos, si no encontramos nuestra verdadera vocación. Recuerda esto, querido Marcel, que si la mitad de la felicidad está en eliminar las emociones malas como los miedos, odios y vicios, la otra mitad de la felicidad está en encontrar y desarrollar en la vida la verdadera vocación.

Conversamos algunas más que no recuerdo bien y fuimos con Iskaún a ver nuevamente a los Telemitas. Gibururarriththorisarnot nos dijo que lo esperásemos un momento, porque había terminado sus ocupaciones y quería venir con nosotros para conocer a los Telemitas un poco más. Entró en una sala donde dejó su cuerpo físico y salió con el Cuerpo Mágico. Al llegar junto a nosotros hizo una graciosa broma, simulando que intentaba chasquear los dedos. Cuando lo vi la primera vez, hizo aquel gesto porque le gustaba mucho marcar la diferencia entre estar en cuerpo físico o sólo con el Cuerpo Mágico.

Para mi sorpresa, tras algunos intentos el chasquido de dedos funcionó e hizo el ruido esperado. Puso cara de asombro pero yo percibí su picardía.

-¡Claro!, -dije entre risas- No hay sonido, pero mentalmente lo has producido para que yo lo escuche. Eso es una picardía mental... Pero no me has pillado, que lo he comprendido perfectamente...

Nos reímos un rato mientras seguíamos camino, pero esta vez sobrevolando un paisaje repleto de flores muy grandes y árboles bajos. Al llegar a la caverna de entrada uno de los Telemitas parecía estar esperándonos. Nos acompañó el resto del camino por la caverna y al llegar a la vacuoide (esa sala gigantesca que contenía su ciudad y grandes pirámides) vimos que había una reunión en la que unos cuántos miles de personas se acercaban a una de las pirámides. Un pequeño grupo llevaba una camilla con una persona sobre ella. Iskaún me tomó de la mano y nos acercamos a la camilla. Era aquel simpático anciano con el que habíamos conversado antes.

- ¡Otesdanama! ¿Qué te ha ocurrido?...

- Nada, nada... No se preocupen... Bueno, nada malo. Pero es que me está ocurriendo... Ahora mismo... Y ya no lo puedo evitar...

- Es que te vas a... ¿Cómo es que no me lo dijiste?

- Bueno, no es que yo sea tan importante como para andar contándoselo a todo el mundo...

- ¿Qué le ocurre a Otesdanama? -pregunté preocupadamente a Iskaún.

- Es que él muy callado, no nos había dicho nada, pero está próximo a convertirse en un Kristálido Luminoso. Y lo tiene muy merecido porque ha trabajado muchísimo toda su vida, y con todo el Amor del Mundo... Pero... ¿Te acordarás de nosotros, verdad Otesdanama?

- Claro, Iskaún... ¿Acaso crees que esto me libra de mi Gran Juramento? Ya me avisaron que es un poco más difícil trabajar por la Humanidad desde la dimensión de los Kristálidos, pero algo seguramente que se puede hacer.

- Bueno, lo importante es que darás ese gran salto evolutivo y ha sido una suerte muy bonita haber llegado justo a tiempo para despedirte... Aunque de cuando en cuando, nos veremos.

- Sí, queridos míos. Pero ahora déjenme llegar a la pirámide, que es más cómodo hacerlo allí... He estado aguantando el cambio para estar un poco más con mi pueblo, pero ya no puedo...

En anciano puso un beso en su mano y luego saludó con ella a todos, mientras cuatro Telemitas lo entraban a la pirámide. Pocos minutos después, los cuatro camilleros salieron y cerraron la puerta. Todos empezaron a cantar una canción bellísima, pero muy breve. A cierta altura, al costado de la pirámide, había una banda de música con instrumentos rarísimos, que comenzaron una de esas músicas que hacen emocionar hasta las piedras.

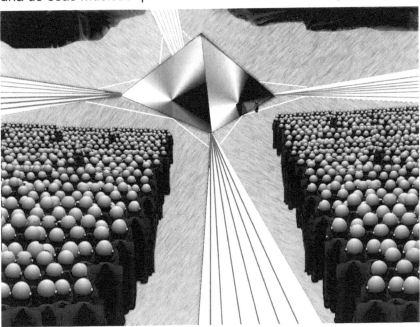

Poco después, el coro de miles de voces perfectamente sincrónicas y afinadas produjo una sinfonía coral e instrumental tan excelsa que vibrábamos todos como en otra dimensión. Así estuvimos unos cuantos minutos, hasta que la parte de arriba de la pirámide empezó a cambiar de colores, pasando por toda la gama, hasta quedar en una luz potentísima, intensamente blanca.

Así estuvo apenas un par de segundos y todo se apagó. La orquesta comenzó entonces otro himno, más alegre pero no menos bello. Y toda la gente iba formando una especie de coreografía de baile alrededor de la pirámide. Era como si en el ambiente no hubiera ni un sólo pensamiento. Todo el mundo concentrado sólo en formar parte de esa ceremonia hermosa y sublime, hasta que luego de unos cuantos minutos se abrió la puerta de la pirámide y salió un Ser resplandeciente, cuyo rostro no era posible ver o diferenciar si era Humano o Telemita. Pero era una figura hermosa y poderosa a la vez. Levantó las manos y todos se quedaron en sus lugares.

- Amados Hermanos... -dijo la figura con una voz dulce y poderosísima, que no se sabía si era material o la oíamos telepáticamente.- Quiero dar a todos Ustedes mi profundo agradecimiento por haber compartido conmigo toda una vida de Trabajo, Felicidad y Amor. Eso me ha permitido reunirme un momento eterno, con Dios, con el Dios de Todo el Universo y Padre de Todas las Estrellas, Planetas y Criaturas. Ahora voy a comenzar otra etapa de Vida dentro de la Vida Eterna, pero no me olvidaré de Vosotros porque aún conservo el Gran Juramento. Venced a la Muerte... ¡Venced a la Muerte...!

Volvió a entrar en la pirámide, y todos se sentaron en el suelo, en actitud meditativa. En la pirámide volvían a producirse algunos pequeños destellos de luz, pero Iskaún me dijo que debíamos irnos, porque se acababa nuestro tiempo por hoy. Así que emprendimos el regreso, y cuando partíamos me di cuenta que Gibururarriththorisarnot lloraba con profunda emoción.

- No es la primera Ascensión que veo -me dijo- pero siempre es maravilloso. Siempre es sublime... Así todo, yo creo que voy a posponer la Ascensión mía, porque no es justo que hayan tantos seres privados de la Natural Ascensión al Reino de los Kristálidos. Es injusta la muerte.

- ¡No me digas que harás el Gran Juramento! -dijo Iskaún con alegría.

- Me lo estoy pensando... Me lo estoy pensando...

Yo también volví a llorar con una felicidad muy grande, profunda, una felicidad del corazón y del Alma, porque no me cabía la menor duda de que Gibururarriththorisarnot haría también el Gran Juramento aunque aún no lo dijera. ¡Si hasta un Unicornio y un Mamut lo habían hecho!

- Pero no pueden hacerlo todos -dijo Gibururarriththorisarnot leyendo mi pensamiento más profundo- Aunque lo hiciéramos todos, no podemos hacer muchas cosas, que dependen de la libertad de cada uno. Además, hay una cadena de evolución que es importante sostener. Así que el Gran Juramento sólo deben hacerlo los que están realmente capacitados para servir a la Humanidad. Y aún así, ya has visto lo que pasa, que tarde o temprano el Alma no puede evitar su propio proceso de evolución y asciende al Reino de los Kristálidos...

- Pero tú estás capacitado, Gibururarriththorisarnot ¿Verdad? -insistí.

- No lo sé. Soy muy joven aún. Y a veces tengo sentimientos que son normales para un dios cualquiera, pero no son dignos de alguien que haga el Gran Juramento. Eso es una cosa muy seria.

Es para un dios, algo muy difícil. Para los Humanos mortales no es tan difícil porque ni siquiera saben que no se acaba todo con la muerte. Entonces es como que no tienen mucho que perder. Pero para nosotros es distinto. De todos modos, me causan admiración algunos Humanos mortales como tú, que aún no sabiendo que su vida real no termina con la muerte, ocupan toda su vida en ayudar a los demás.

Sus palabras me dejaron mediando el resto del viaje por la caverna y parte del precioso paisaje sobre el que volábamos poco después. En un punto sobre el mar nos despedimos de este amigo que yo sabía que haría el Gran Juramento en cualquier momento, y volvimos al punto del túnel mágico. Desde ahí Iskaún y yo entramos para ir a mi casa. Mientras tanto, Iskaún me dijo que ya no podría seguir yendo hacia el interior, a menos que papá aceptara acompañarme.

- Seguramente mi padre aceptará, porque a él también le interesa mucho saber sobre estas cosas. Y creo que será un buen Mago.

- Eso esperamos, -decía Iskaún cuando estábamos ya al lado de mi parra- pero cada uno debe tomar sus decisiones. Tú eres aún muy pequeño y la vida aquí afuera es muy dura. Deberás aprender a vivir conforme a este mundo sin olvidar las claves de la Magia.

- Amor, Inteligencia y Voluntad -respondí inmediatamente.

- Eso es, pero muchas experiencias que tendrás en la vida pondrán a prueba ese conocimiento, y una cosa es saber cuáles son las claves y otra muy diferente es cómo aplicarlas. Si por alguna razón tu padre no pudiera o no quisiera acompañarte mañana, recuerda que él no está obligado.

- ¿Y por qué no puedo volver si no me acompaña él?

- Porque si él te acompaña, entre ambos podrán hacer muchas cosas, pero si no es así, no es para nada conveniente que tú sigas yendo al Interior, porque cada día te resultaría más difícil adaptarte a la vida aquí afuera. Estarías cada vez más sólo aquí y la Terrae Interiora no debe ser para ti un refugio. Llegarías a querer olvidarte del Gran Juramento.

- ¿Ni siquiera un viaje de vez en cuando?

- No, Marcel, Tú ya conoces lo que hay adentro. Y has aprendido lo más importante. Todo lo demás debes aprenderlo afuera. Pero si tu padre te acompaña, podrás venir muchas otras veces... Todo sería muy diferente.

Por un momento, percibí que Iskaún no confiaba en que papá accedería a acompañarme. Pero no dijo nada más. Me acarició la cabeza cariñosamente y sentí que ella tenía ganas de llorar. Cerré los ojos un momento y mientras mi amiga se iba yo volvía a sentir mi cuerpo físico. Aún me quedó tiempo para estudiar lo suficiente y aprobé sin problemas el examen del día siguiente. Cuando entregué la hoja y la maestra revisó los resultados, me dijo que estaba todo perfecto. Al quedarme tranquilo con eso, mi pensamiento volvió sobre el viaje que tendría lugar ese día, así que se me hicieron muy largas las horas en la escuela.

Al volver del colegio esperaba impaciente a papá. Debía explicarle que bastaba con recostarse a mi lado junto a la parra y cerrar los ojos, para ir a otro mundo, a la Terrae Interiora. Comimos mi madre, mi hermano y yo, porque mi padre se retrasó mucho en su trabajo. Ya hacía un rato que mamá dormía la siesta, cuando papá, por fin llegó.

Le dije que era importante que me acompañara al fondo, y mientras, le fui contando toda la historia a grandes rasgos. Su cara iba de preocupado a preocupadísimo.

- Dale, Papi, no tienes nada que perder. Si no pasa nada no hay problema, pero si vienes verás que maravillosa es la Terrae Interiora...

- Es que yo no creo en eso... Todo lo que me has contado parece... Parece un sueño... Yo no creo...

- Si no se trata de creer, papá, se trata de comprobar... Mira, justamente, aquí está Iskaún. Ya sé que tú no puedes verla, pero no importa. En cuanto hagas como te digo, la verás. Vamos, siéntate a mi lado y cierra los ojos...

El rostro de mi papá estaba muy alterado. Le temblaban las piernas y la barbilla. No era precisamente un día caluroso pero él empezó a sudar abundantemente, hasta quedar empapado en pocos segundos... Estaba aterrorizado. Nunca me habría imaginado a mi padre con miedo.

Iskaún fue desapareciendo de mi vista y sentí no sólo el terror de papá, sino un dolor terrible en el Alma.

- Esas... Esas son... -balbuceaba él- Son... imagina... ciones... Cosas de niños... ¡Déjame de decir tonterías!...

Miró hacia el piso, dio media vuelta y se fue hacia la casa. Yo me quedé todo el resto de la tarde allí, sumergido en la tristeza más grande de mi vida hasta ese momento. Sentía que ya nada jamás tendría sentido para mí. Sentía que papá no era mi padre, que mi madre no era mi madre, ni mi hermano era mi hermano. Me sentía abandonado, decepcionado, solo, desprotegido, vacío... También pensé que el Gran Juramento no era más que una grandísima estupidez y que todo lo que había vivido no era más que una imaginación, una fantasía de niños, como había dicho mi padre. La cabeza me daba vueltas en todos los recuerdos de la Terrae Interiora, los dioses, los Telemitas, los Dragtalófagos, los Cloremáticos, los Aztlaclanes, la imponente figura de Uros, la música inolvidable de Arkaunisfa y las piedras de oro, el Unicornio Relámpago, el Mamut Nothosos... Las enormes pirámides del Interior, la Ascensión de Otesdanama... ¿Todo aquello era sólo un sueño?, ¿No existía...? Se desmoronaba todo en el interior de mi Alma y era como un muro de angustia que me aplastaba el corazón. Llegué a desear morir, para nacer allá en la Terrae Interiora, pero algo en mi interior me decía que esa no era la manera de volver.

Lloraba de a ratos con la más profunda amargura. Si todo aquello era sólo un sueño, no había razón para el Gran Juramento. Me preguntaba si acaso valdría la pena hacer algo por una humanidad sin un "más allá", sin la posibilidad de convertirse en Inmortal. Porque si no había nada más allá, y era cierto aquello de "*polvo somos y al polvo volveremos*" ninguna cosa puede hacerme ilusión, darme entusiasmo, ni ganas de vivir. En ese caso daría lo mismo que vuelva al polvo hoy o mañana o dentro de unos años.

Encima, si debía soportar tanto sufrimiento, para resultar que toda cosa bella y maravillosa es sólo una "imaginación de niños"... La Humanidad no tendría absolutamente ninguna oportunidad, estaría en manos de un dios malévolo que nos ha condenado a muerte desde antes de nacer... Sólo el diferenciar entre el Dios del Universo y el dios maligno Ogruimed, me daba un respiro en la mente. Pero no en el corazón.

Se hizo de noche y el frío no me importaba. Tiritaba como una hoja, entre lágrimas y pena. Mamá me encontró sentado allí y me habló, pero yo apenas podía escucharla. Era como si estuviese sumamente lejos. Me tomó del brazo y me entró a la casa. También me dio unas cachetadas, que seguramente sería porque yo no le contestaba. Sabía que me hablaba, pero no podía reaccionar. Cuando me metió en la cama me acordé de mi amiga Virriprinpandomitallonaria. Pensé que todo eran imaginaciones y ya no volvería a verla nunca más.

Durante algunos días posteriores, tratando de dejar mi dolor a un lado, iba bajo la parra, hacía la oración mágica, llamaba con el pensamiento a Iskaún, le rogaba a Virriprinpandomitallonaria que si era real y no producto de un sueño infantil, me ayudara aunque sea, a salir con el Cuerpo Mágico. Nada surtía efecto. La Magia se había roto. En casi todas las oportunidades cerraba los ojos luego de hacer la oración "Visita Interiora Terrae Rectificando Invenies Occultum Lapidem", y hacía el intento de meterme en el túnel aunque fuera mentalmente. Me agarraba el miedo, el pánico, el terror, sin saber por qué. Quizá repetía lo que sintió mi padre; una especie de vértigo, algo que me hacía abrir los ojos y dar un salto, hasta salir corriendo de allí.

Los experimentos con pirámides habían perdido para mí todo el encanto y toda la magia. Me parecía que nunca volvería a tener interés en eso ni en nada. Todo lo hacía con absoluto desgano y mis padres me regañaban porque todo lo hacía mal. Yo apenas podía escucharlos y aunque amaba a papá, también le había tomado una especie de odio, que me costó muchísimos años reconocerlo y eliminarlo. Tardé mucho tiempo en comprender que mi padre sentía miedo, como lo habría sentido cualquier persona porque -como me había dicho Iskaún- una cosa es saber las claves y otra es saber aplicarlas. Algo así como "Yo sé que existe la guitarra y que es de madera y tiene seis cuerdas, pero otra bien distinta es aprender a tocarla".

Varios días después, quizá semanas, empecé a reaccionar. Mi compañerito Rubén me preguntó por qué no jugaba con ellos en el recreo y le dije que no tenía ganas. Insistió de varias maneras, porque un buen amigo no puede verlo a uno tan preocupado sin compartir esa preocupación. Estaba dispuesto a saber qué me pasaba, porqué no atendía en clases, no hablaba con nadie, no jugaba, ni siquiera compartíamos las tortitas como antes. Así que finalmente le confié lo que me ocurría. Contárselo fue un alivio fabuloso, era extraordinario sentir que tenía alguien en quien confiar mis angustias. Hasta ese momento dormía, iba a la escuela, caminaba y comía casi nada, pero todo como si llevase una tonelada de piedras encima.

Cuando le conté todo lo ocurrido, Rubén se puso a llorar también, pero me dijo que él creía en lo que le decía, y cómo habíamos hablado alguna vez sobre el mundo de la Terrae Interiora, también creía en la posibilidad de que aquello fuera cierto. Pero para mí era terrible, pensar que todo lo vivido era sólo una fantasía. Pero él, como siempre, era más práctico.

- Entonces -me dijo Rubén- la solución al asunto está en averiguar cómo podemos ir. Si tú dices que en el polo hay un agujero, nos metemos por él. Y además, he visto en un libro que hay muchas cavernas que nadie sabe dónde terminan. Si quieres, nos ponemos "en campaña" y lo averiguamos.

Me quedé mirando a Rubén, porque esas palabras suyas eran el bálsamo que mi Alma necesitaba. No podía ir con el Cuerpo Mágico, no podía ni siquiera lograr ver a Virri.., Virripri... ¡Ya me estaba olvidando hasta de su nombre!. Pero podía empezar a ocuparme en algo muy importante: Averiguar si aquello era cierto, o sólo era un bello sueño. También me preguntaba cómo un sueño así podía, repentinamente, convertirse en una pesadilla, sintiendo que en este mundo sólo había guerras, enfermedades y miserias, pobreza de la mayoría de los Humanos y ningún futuro válido. Así que averiguar si todo aquello era cierto, se convirtió en mi más importante actividad por el resto de la vida, junto con los experimentos piramidales.

Muchas veces pensé que podía haber sido sólo un sueño, pero no un sueño cualquiera, sino producido por algo que fuera realidad. Yo no había leído nada sobre la Terrae Interiora, salvo lo de aquel libro que apenas daba una insinuación del asunto con esa frase mágica. Tampoco había leído a Julio Verne y su maravilloso libro "Viaje al Centro de la Tierra", que cayó en mis manos unos años más tarde. Tampoco por aquel tiempo había televisión, ni leía las revistas que aparecieron poco después, en las que al ver las figuras de animales prehistóricos, llegaba a llorar de emoción, porque eran muy parecidos o iguales a los que yo había conocido allá, antes de haber visto aquí nada de eso.

Unos meses más tarde, mientras estaba bajo la parra, intentando dibujar todas aquellas cosas que recordaba, una luz suave apareció ante mí y un aroma delicioso envolvió el ambiente.

- ¡Virriprinpandomitallonaria! -grité medio loco de alegría- ¿Eres tú y eres real, verdad?...

Mi amiga parecía hablar, pero no podía escucharla.

- ¡Contéstame, por favor! Virriprinpandomitallonaria, necesito que me contestes.

Y ella movía su delgado y luminoso cuerpecito de un lado a otro, agitaba los brazos con cadencia de baile, pero yo no oía ni entendía nada. Me hizo un gesto con sus manos larguísimas y difusas, para que me tranquilizara.

- Vale, de acuerdo... Me tranquilizo... Bueno, pero como no te escucho, podemos hacer lo siguiente. Si tú me escuchas a mí, te pones de este lado.

Inmediatamente, se colocó donde yo estaba señalando y luego volvió a su lugar. Era al menos una ventaja que ella pudiera escucharme a mí.

- Creo que de esta manera sólo podrás decirme sí o no. ¿Verdad?

Inmediatamente se colocó en el lugar señalado por unos momentos. Luego asignamos el otro lado para que se colocara cuando la respuesta era "no". Y así, y con ayuda de algunos gestos, pude saber que me había extrañado mucho, que no había podido verla porque yo estaba muy mal y a ella le hacía mucho daño verme y sentirme tan triste.

Las cosas de la vida no me impidieron seguir viendo a los elementales, aunque ya no podía oírles. Pero tardé muchos años en volver a salir con mi Cuerpo Mágico, aunque nunca pude volver a la Terrae Interiora con él. Tampoco volví a escuchar músicas tan excelsas como las de los Telemitas en la ceremonia de la Ascensión o la de Arkaunisfa, pero entre otras cosas, me dediqué a cantar. Justamente en esos días, la maestra de música armó un coro y eso era otro aliciente para seguir viviendo y aprendiendo cosas. Descubrí que realmente me encantaba cantar.

Hacia el final del año en que hice aquel último viaje, papá plantó las semillas de la época que habían permanecido todo ese tiempo en una de las pirámides. El resultado fue imperceptible. Se le ocurrió verificar la orientación de la pirámide y estaba desviada más ocho grados. Era la pirámide que me había dicho Gibururarriththorisarnot que debía corregir porque prácticamente no estaba funcionando. Yo me había olvidado de aquel detalle y el ir recordando cosas y encontrando luego algunas comprobaciones como esa, me mantuvo despierto el espíritu investigador toda la vida. Unos años después empezaron a aparecer otras literaturas que algunos gobiernos mantenían escondidas y que me daban la pauta de que aquello no había sido un simple sueño. Aparecieron libros sobre extraterrestres y no eran otros que los Telemitas. En algunos casos leí crónicas sobre seres raros, parecidos a los Dragtalófagos.

Así que entre tanto, seguí mis estudios, que fueron muchos y variados, pero las claves de la vida ya las tenía y me he esforzado por aprender a usarlas: AMOR, INTELIGENCIA y VOLUNTAD. No obstante, una carta que recibí me hizo recordar todo y repasar la memoria en el mayor detalle posible. Era de un hombre que trabajaba en la una empresa de altas tecnologías, y decía:

"Querido Marcel:

Hace unos años yo trabajaba en Narigonés S.A. y recibí por error una carta tuya que me hizo pensar mil cosas. No te respondí antes porque pensé que serías muy joven y además comprendí que sería inútil y hasta peligroso reenviar la carta al destinatario. (la Comisión de Relaciones Públicas) Pero como trabajaba yo en el departamento de criptografía, estaba enterado de algunos secretos de Estado. Mi labor era fabricar archivos de modo tal que sólo los pudiera leer quien tuviera las claves de acceso. Tu carta me hizo pensar en un trabajo que hice poco después de recibirla, en los que se habla de una "tierra incógnita". Así que pedí a mis compañeros de trabajo que si les daban algún trabajo relacionado (nos daban los documentos fraccionados, para que nadie tuviera toda la información) me dieran esos documentos, alegando que los necesitaba para hacer una buena criptografía. Ya no trabajo en esa empresa porque descubrí que pertenece a gente muy mala. Si aún estás interesado en el asunto puedo mandarte un paquete pero necesito confirmar tus datos y saber seguro que vives aún en el mismo domicilio."

Inmediatamente respondí al hombre, porque aunque apenas recordaba que había mandado unas cuantas cartas a diversos institutos militares geográficos, a la NASA, a empresas de alta tecnologías, etc., mi nombre y domicilio eran correctos. Además, a pesar de que sólo me acordaba de Narigonés S.A. por el incidente con los telépatas, consideré que no tenía nada que perder.

Un mes después recibí un paquete conteniendo una caja de cartón con un par de enormes carpetas. Abrí una y decía "viene de la anterior", así que abrí la otra y tenía una carátula con un sello de TOP SECRET y el título "INFORME COMPLETO - HOMBRE PÁJARO"

No transcribiré aquí todo el informe, porque aunque lo tuviera aún, sería larguísimo e imposible de publicar, pero hablaba de Mister Pájaro, que había entrado a un territorio inexplorado, posiblemente en la Terrae Interiora o "más allá del polo norte" y había sobrevolado una gran región en la que había visto un mamut, al que le había disparado con su metralla. Siguiendo el informe, esa primera "expedición" era cuestión de apenas unas hojas. El "Segundo Informe", que abarcaba el resto de la carpeta y toda la siguiente, trataba sobre una expedición militar para invadir la Terrae Interiora y liquidar definitivamente a los "Guardianes de la Entrada". Pero la expedición fue un rotundo fracaso. Sólo habían podido llegar hasta algún lugar cercano al polo con uno de los aviones y la mitad de los 4700 militares que formaron la expedición, no regresaron nunca. Alguien les había abatido en pocos días con unas naves redondas no identificadas.

Escondí el informe en aquel pozo del taller de mi padre, donde alguna vez escondiera el Libro, y lo fui leyendo poco a poco y cuidadosamente durante algunos días. Al terminar la lectura comprendí que había gobiernos que sabían perfectamente la realidad del planeta. Pero no me imaginaba que aquel informe me traería tantos problemas, porque unas pocas semanas después se hizo una exposición de acuarelas en una plaza de mi ciudad, auspiciada por varias escuelas. Yo tenía pintados varios cuadros y los expuse. Cuando estaba allí conversando con mis compañeros, vinieron dos hombres con acento extraño, aparentemente muy interesados en mi estilo artístico. Pero charla va, charla viene, terminaron hablando de la Terrae Interiora. Y yo, como siempre he sido un bocazas, les seguí la corriente. Pero algo me alertó y finalmente les dije que eso eran sólo teorías que nunca serían probadas. Finalmente me compraron algunos cuadros y se fueron.

Yo tuve un poco de miedo por mi familia y no era infundado. Unos días después, cuando estábamos cenando, mi madre comentó.

- Esta mañana me dijo Ema, la del almacén, que un extranjero con gafas oscuras entró a preguntar por los apellidos de los que vivimos en esta calle... Me hizo acordar de aquellos tipos que vinieron a robar hace unos años...

- ¿Con gafas de sol? -dijo papá mirándome- Habrá que tener cuidado... No sea que quieran robar en el barrio...

-¿Qué buscarán? -me preguntó cuando mi mamá se había ido a la cocina.

- No lo sé... -respondí como si no me interesara.

Allí me di cuenta que no podía hablar de estos asuntos con mi padre. No había querido acompañarme a la Terrae Interiora, así que para mí era un tema muerto con él. Hablábamos de cualquier cosa, pero de eso o cualquier asunto relacionado, nada. El buscaba la conversación pero yo tenía un gran resentimiento en ese punto.

- No quisiste acompañarme... -le dije- así que no hay nada que hablar.

- Te comprendo... Y ahora mismo no estoy todavía en condiciones. Pero me gustaría saber dónde está el Libro...

- El Libro está en buenas manos. -respondí secamente.

Yo aún tenía mucho dolor por aquello, pero también él sufría. A pesar de todo, no estaba dispuesto a correr riesgos con el Libro Mágico. Era una fuente de conocimientos muy grande y aunque pensaba a veces que todo lo vivido había sido un sueño, por las dudas mantuve el secreto a rajatablas. Iba a visitar al matrimonio Heredia y me quedaba en su biblioteca estudiando el Libro Mágico. Para ese entonces yo estaba ya en la escuela secundaria, era casi un hombre y los conocimientos adquiridos en la escuela y fuera de ella, me permitían comprender mejor y más profundamente el Libro, que aún hoy no he terminado de descifrar por completo.

Ya tenía una pequeña moto e iba al colegio en ella, y una mañana vi dos hombres extraños cuando estaba llegando a la escuela. Al instante el instinto me alertó, pero lejos de temerles o esconderme, dejé la moto en el aparcamiento y fui directo donde estaban ellos. Uno de los hombres tocó en el brazo al otro y miraron una especie de cuaderno o agenda y luego se miraron entre ellos. Yo continué pasando delante de sus narices pero pensando cualquier cosa relacionada a las materias de estudio, por si acaso fueran telépatas.

- Hola... -me dijo uno- ¿Sabes dónde está la dirección?

- Sí, allá, detrás de aquel árbol grueso, en esas oficinas... -y seguí mi camino.

Al llegar al taller de materias técnicas me di vuelta y vi que los hombres, en vez de ir hacia la dirección se encaminaron hacia el patio de formación, donde en pocos minutos estaría todo el alumnado. Yo no iba a formación porque tenía algunos privilegios como encargado voluntario del laboratorio de química y del taller. Esa mañana tenía que prepararlo para las tareas prácticas de mi curso, pero recordaba muy bien el aspecto de aquellos telépatas que unos diez años atrás habían representado una experiencia difícil y muy desagradable. Así que decidí seguirlos sin que me vieran, porque sospechaba que me buscaba a mí.

La edificación del colegio estaba un tanto desperdigada, con oficinas separadas por patios, algunos de ellos bien arbolados, aulas en bloque de cuatro, separadas por pasillos de cuatro metros de ancho, baños en un bloque aparte, un pequeño galpón que se usaba como comedor y sala de conferencias, también separado de las demás construcciones, así que no me fue nada difícil hallar un lugar desde el cual espiar a los extraños sin ser visto. Me metí en el comedor, desde cuyos ventanales tenía vista a todo el patio, y al estar sin luces encendidas en el interior podía ver todo sin que me vieran.

Me coloqué en el extremo más cercano al centro del patio, desde donde podía distinguir perfectamente las caras. Hablaron con un preceptor y junto con éste se acercaron a la fila de mi curso. Alcancé a oír al preceptor que me llamaba por el apellido y ya no me quedaron dudas. Entendí que no me habían reconocido, estando frente a ellos porque habían pasado muchos años. Mi rostro había cambiado y tenía el pelo largo, pero comprendí que el peligro me acechaba nuevamente. En la cocina había un teléfono y le pedí a una de las celadoras que me permitiera utilizarlo. Estaba prohibido su uso por el alumnado, pero a un alumno que siempre estaba sirviendo en lo que pudiese, no podían negarle una llamadita. La celadora me guiñó un ojo y me dijo "Que sea corta...".

Hice la llamada y mamá aún estaba en casa así que le pregunté si había alguna novedad, pero me respondió que no y se extrañó por mi pregunta. Si estos tipos, fueran quienes fueran, sabían que yo iba a ese colegio -una escuela técnica en medio del campo- seguramente sabrían dónde vivía. Me costaba pensar, porque al parecer ya no tenía la objetividad de la "sangre fría" de años atrás, cuando mi mente aún estaba menos afectada por los miedos que nuestra sociedad nos mete. Pero logré serenarme y salí por la puerta de la cocina que daba al lado opuesto del patio. Tenía que llegar a la moto sin que nadie me viera. Corrí hacia un viejo invernadero y di un rodeo bastante grande, intentando aparecer sin ser visto, en el patio arbolado frente al taller.

Cuando mi objetivo estaba cerca me encontré frontalmente con el profesor Pedraza y los dos tipos, que venían hacia el taller. Alcanzaron a verme y los dos engafados corrieron hacia mí. Así que corrí por la misma dirección que me llevara hasta all, y luego giré hacia unos corrales, perdiéndome entre unas parvas de sarmientos de vid, palos y materiales de construcción, que taparon mi fuga hacia las viñas, desde la que me pasé a una finca vecina. Allí los parrales eran muy bajos y me aseguraron la huida hacia la calle. Pero al llegar cerca del borde de los parrales, pensé que sería una tontería salir a la carretera. No sabía si habría más perseguidores, no sabía por qué me buscaban, aunque el Informe del Hombre Pájaro estaba latiendo en mi memoria y rogaba que no hubiera registros de aquel pozo en el taller de mi padre.

Me quedé bajo los parrales, en el extremo más alejado. Desde allí podía huir hacia la calle, hacia otra finca vecina en la que había frutales y viñedos, o volver hacia la escuela. También sentía que había cometido un error al salir huyendo fuera de la escuela, cuando si me hubiera metido en la dirección o entre medio del alumnado, serían los otros los que tendrían que dar explicaciones. Pero ya estaba hecho así, de modo que esperé un par de horas y como daba por sentado que los perseguidores se habrían ido, volví a la escuela con toda la precaución posible. El taller era la construcción más cercana y yo aparecí entre mis compañeros como si fuera un marciano con antenas y todo, porque me miraban con absoluta extrañeza.

Uno de mis compañeros se me acercó y mientras les decía a los otros que estuvieran atentos por si venía alguien, me dijo en voz baja.

- ¿Qué has hecho?... Andan unos policías de civil buscándote.

- ¿Ya se fueron? -pregunté.

- No, están en la dirección, hablando con el regente. Te han estado buscando por toda la escuela. Pusieron a buscarte como a cuarenta chicos... ¿Te has mandado alguna cagada?

- No, ninguna, y esos no son policías...

- ¡No, que van a ser! Si deben haber mostrado credenciales... ¿Te crees que les hubieran seguido la corriente, si no fuera así?

- ¡Entonces estoy perdido! -dije- Pero esos no son policías. Hagamos una cosa para comprobarlo... ¿Quien se anima a ayudarme?

Todos dijeron "yo". Así que el alma me volvía al cuerpo.

- Yaco, por favor, tú que eres el más grandote y audaz... Puedes preguntarles si son espías de Narigonés S.A., pero así, a bocajarro, para ver cómo reaccionan.

- ¿Es que son de una empresa privada? -preguntó Yaco extrañado.

- Sí, y no precisamente de las honestas. Son una empresa secreta pero no puedo explicarles más por ahora... Les prometo aclararles todo con documentos a la vista, si salgo de ésta.

- ¿Y qué quieren hacerte? -preguntó Berta preocupada.

- No lo sé, pero no me extrañaría que me quieran "liquidar". Tengo documentos comprometedores que parece interesar demasiado que nadie los lea...

- Tengo una idea... -dijo Adrián- ¿Qué les parece si voy yo y en vez de preguntarles, les "comento", algo así como "Eh... Ustedes... ¿Qué hacen los de... de... ¿Cómo se llama la empresa?

- Narigonés S.A. -dije

-Eso, como para no dejarles lugar a la negativa. Y la verdad es que me gustaría que intentaran meterme preso.

- Pero si no son policías -agregó- Roberto, lo mejor que es que llamemos a la policía. ¿No les parece?

- Cierto... -dije- ¿Cómo no se me ocurrió antes? Además, el padre de Carlos es el Segundo Jefe de la Policía.

- ¿Qué Carlos? -preguntó alguien.

- Carlos Padilla, que va al otro curso. -respondí- Si pudiera llegar al laboratorio, podría hablar desde allí...

- Viene Pedraza -dijeron los chicos que se habían apostado en el portón.

- No importa -dije- Que venga y le explicamos. Nos puede ayudar.

En medio minuto Pedraza estaba al tanto de las cosas y aunque no creía que le estuviésemos diciendo toda la verdad y dudó al principio, finalmente me dijo.

- Mira Marcel... Si no fuera porque llevas cuatro años en esta escuela y te tengo buen concepto, te entregaría, pero para eso siempre habrá tiempo. Sólo piensa que si viene la policía y esos tipos son policías de verdad, aparte de las consecuencias legales, vas a quedar expulsado de la escuela...

- Por favor, profe... Ni siquiera estoy intentando huir, sino que me ayuden a atrapar a esos...

- Bueno, de acuerdo. Llamaré a la policía desde la sala de profesores.

- No, Profesor, no hay tiempo. -dije- Quizá los tipos se van en cualquier momento. Tengo que hablar con el Subjefe Padilla. Quiero hablar yo...

- Bueno, bueno, pero tranquilos... Yaco, Ramón y Adrián... Ustedes asegúrense de que estos tipos no puedan irse de la escuela.

- Mejor me encargo yo, -dijo Abel, que era mecánico- Que Berta y Ñoqui vengan a ayudarme que yo sé dónde han dejado el coche...

Berta corrió al curso donde estaba Mateo, el encargado oficial del laboratorio, para pedirle las llaves. Todo el grupo se desplazó mientras tanto y Pedraza hacía gestos con una carpeta en la mano, como dando explicaciones, mientras yo iba agachado, cubierto por el grupo. Berta llegó justo a tiempo para abrirnos la puerta y entramos.

- Hola, por favor... -decía yo al teléfono- Comuníqueme urgentemente con el Subjefe Padilla.

- ¿Qué necesita? No puedo comunicarle directamente...

- ¡Dígale a Charli cero, cero, dos, que es urgente! ¿Me oyó?

En medio minuto, que para mí eran siglos, se puso el amigo de mi padre.

- Señor Padilla... Disculpe, pero tengo un problema muy serio. Han venido a la escuela dos tipos que me buscan y se hacen pasar por policías pero seguro que no lo son. Creo que son de Narigonés. Estoy escondido en el laboratorio con algunos de mis compañeros.

- Pero... ¿Quién habla?

- Soy Marcel, el hijo de Dominguín....

- ¡Ah!... ¿¡Otra vez esos...!?

- Si... Disculpe las molestias... Pero están detrás de mí otra vez.

- Tardaremos como una hora en llegar hasta allá... Puedo mandar una dotación de la seccional de ese distrito... A ver... Déjame pensar... Si eso haré. Pero es importante retenerlos allí.

- No se preocupe por eso. Ya nos estamos encargando; sin coche no podrán ir lejos. Mis compañeros y un profesor me apoyan, otro compañero ha ido a movilizar a todo mi curso, así que somos más de cuarenta contra dos.

- Bien, pero tengan cuidado, porque seguramente están armados. Y una sola pistola vale por más de cuarenta valientes. Salgo para allá, pero en diez minutos llegará una patrulla de la seccional.

No acababa de cortar cuando desde la ventana del laboratorio vimos por entre los árboles a los dos que salían de la dirección y se despedían del regente.

- Espero que Abel y los demás, sepan lo que hacen. -dijo Pedraza- ¿Alguien sabe dónde estará el coche de estos intrusos?

- Si -dijo Julia- En el patio que está detrás de los baños, casi frente al invernadero.

- Entonces quédense aquí todos, menos cuatro o cinco que vendrán conmigo al invernadero, como que vamos a buscar algo, así vemos lo que pasa.

En unos momentos decidió quiénes le acompañarían, pero yo no me podía quedar allí encerrado, esperando sin saber nada. Apenas se fueron Pedraza y cinco chicos, me fui con otros dos por el otro lado y rodeando el laboratorio quedé detrás de unos corrales de aves y un invernadero recién construido. Desde allí, tras los vidrios, apenas se veía el camino y parte del patio donde estaban los sujetos subiéndose al coche. Abel y los demás venían por la calle principal, desde otra dirección, de modo que lo que hubieran hecho, debía resultar ahora. Pedraza y los suyos estaban en el invernadero viejo, haciendo como que buscaban cosas, moviendo objetos de aquí para allá. Los extraños bajaron del coche, que evidentemente nos les arrancaba, y uno de ellos hablaba con una pequeña radio portátil. El otro posiblemente estaría abriendo capó del automóvil -un Cadillac marrón-, cuya parte delantera quedaba fuera de nuestra vista.

- Podemos cruzar la calle corriendo y meternos también en el invernadero.

- No, Aníbal, ni loco -dije- porque para eso tendríamos que ir por aquí atrás y cruzar en los arcos. Mira a ese tipo como observa para todas partes...

Como estábamos casi frente al camino de acceso de vehículos, observamos que entraba una camioneta a unos doscientos metros en el extremo del predio del colegio. Llegaron hasta quedar cerca de los extraños, que se fueron al camin, y subieron ambos en la parte trasera de la camioneta.

- ¡Habían más...! -dije.

- Sí, y habría que impedir que se vayan... -respondió Aníbal.

La camioneta avanzó hacia nuestra posición, girando para entrar en el patio principal, donde podía maniobrar para dar la vuelta. Pero Pedraza y su equipo estaba saliendo del invernadero con un armatoste enorme de hierros de maderas, que había sido un tarima para poner macetas. Antes que la camioneta ingresara nuevamente al camino, dejaron caer el pesado armatoste -como por accidente-, que se abrió en tres partes, dejando un desparramo infranqueable. La camioneta llegó hasta allí, pero mientras Pedraza y los chicos traían ya un segundo armatoste, algo menor, pero que completó la barricada. El conductor abrió el vidrio oscuro de la ventanilla y - ¡oh, curiosidad!- también llevaba gafas de sol muy oscuras.

- ¿Cómo hace para ver, esta gente? -Preguntó uno de mis compañeros- Mi padre tiene un coche con esos cristales y aunque son polarizados, si te pones gafas de sol no ves nada...

- No sé, pero creo que intentarán salir por la calle principal. -dije.

- No podrán -me respondió Aníbal- porque el portón del arco está cerrado.

Pero la camioneta retrocedió, volvió y giró por la calle principal rápidamente, yendo hacia el arco de la entrada. Esa calle era sólo peatonal, así que el portón del arco, que era una importante masa de hierro, estaba siempre cerrado porque habían sido soldadas sus hojas y sólo se podía pasar a pie por el costado. La camioneta llegó hasta allí y unos segundos después estaba volviendo marcha atrás los más de cien metros que había recorrido. Volvimos a agazaparnos tras el invernadero nuevo y la camioneta maniobró en el cruce, pero siguió hacia el camino que iba hasta la otra salida del colegio. Pero en realidad aquella, que daba a otras fincas rurales, estaba cortada por un profundo canal de riego y un alambrado. Imposible pasar hasta para un tanque de guerra.

Mientras la camioneta hacía los casi quinientos metros de camino sin salida, por ese callejón lleno de pozos y rodeado de huertas y viñedos, llegó un coche de la policía. Salimos del escondite y nos reunimos con Pedraza y los demás. Mientras explicábamos rápidamente al oficial que venía con otros tres policías, escuchamos el motor de la camioneta. Burlados por la encerrona, venían a toda velocidad. El oficial nos ordenó meternos en el invernadero y cuando llegaron al cruce los policías ya estaban allí. Observábamos atónitos cómo se abría la ventanilla del acompañante y asomaba una metralleta. Los policías también desenfundaron y dos se pusieron a cubierto entre los árboles del aparcamiento donde estaba el Cadillac, otro tras un gran ombú que estaba frente al invernadero, y el tercero, que dudó unos segundos, fue alcanzado por las balas y quedó en el suelo, a la orilla del camino.

La camioneta embistió los hierros y maderas que habían dejado Pedraza y mis compañeros y a duras penas pudo sortear la barricada. Algunos de los vidrios del invernadero saltaron en pedazos y las balas silbaron a nuestro alrededor. Pero no estábamos dispuestos a dejarles escapar. Ya había quedado claro que los tipos no eran policías y la guerra estaba en marcha. Ya no me importaba que me vieran... Tenía que actuar.

Abel dijo que podía poner en marcha el Cadillac, así que Pedraza subió al volante y yo a su lado, mientras Abel arreglaba algo en el motor. El coche arrancó casi inmediatamente. Dos policías subieron al coche patrullero mientras uno se quedaba con el muerto o herido, pero nosotros ya llevábamos la delantera. Aunque Pedraza conducía de maravillas, yo iba aferrándome de donde podía.

- ¿Y qué hacemos si les alcanzamos? -pregunté.

- No sé -me respondió el profesor sonriendo como un niño travieso- pero al menos creo que podremos cortarles el paso si puedo adelantarles. Total.... Este coche es de ellos...

- Yo tengo una idea mejor -dijo Adrián sobresaltándonos, porque no habíamos reparado en que él y Yaco se habían subido atrás mientras maniobrábamos para salir.

- Me cag... ¿Qué hacen aquí? -dijo Pedraza- ¿No ven que esto es demasiado peligroso? Ahora no puedo arriesgarme, con tres vidas a bordo...

- No se preocupe, profe... -dijo Adrián- Aquí tengo algo que puede servir...

Nos mostró una pistola y dijo que la había visto en el suelo. Era la del policía que había caído en el tiroteo.

- Y yo tengo otra "herramienta". -dijo Yaco- He tomado prestado estos dos frasquitos del laboratorio, porque ya me olía que podía tratarse de un asunto gordo.

- ¿Qué es eso? - Preguntamos los tres.

Llegábamos al final del camino del colegio y seguimos a la camioneta, que en vez de tomar el camino a la ciudad, tomó por el que iba más hacia el campo. Yo conocía bien esa zona y el próximo cruce estaría a más de dos kilómetros, pero el camino que cruzaba iba en ambas direcciones hasta fincas particulares, sin salida. Atrás, la sirena del coche policial nos obligaba a gritar para oírnos.

- Pues... Bueno... -decía Yaco-. Ya saben que soy bueno en química... Iba a hacer un experimento explosivo, pero el regente no me dio permiso. Por suerte no descompuse los elementos. Si estos dos componentes se juntan... ¡PUM! Un poco más fuerte que la nitroglicerina...

- Entonces ten cuidado, -le dije- porque ahora se acaba el asfalto y el camino está lleno de pozos. Vamos a saltar como en la coctelera...

Apenas un segundo más de vertiginosa carrera y empezamos a saltar. La camioneta iba a sólo cincuenta metros delante. Pero al parecer el conductor se sorprendió por el cambio de superficie del camino y redujo un poco la velocidad. Los vidrios traseros se abrieron y nos empezaron a disparar. Nosotros nos agachamos al sentir las balas que estallaban contra el parabrisas, mientras Pedraza mantuvo la sangre fría.

- Ja, ja, ja... -se reía Pedraza superando el miedo- Los cristales son blindados... Estos no los tiene ni la policía...

Seguimos a los saltos hasta el cruce, pero la camioneta no entró en el camino sin salida.

- ¿Alguien sabe dónde va a parar este camino? -Preguntó Pedraza.

- Sí, -respondí- hasta los médanos de los Altos Limpios. Atraviesa un desierto de más de cincuenta kilómetros. Pero hay cuatro cruces antes. Cualquiera de los cuatro, si giran a la derecha, llevan a la ciudad por diversas carreteras.

- ¿Y si giran a la izquierda? -preguntó Pedraza.

- Depende -respondí- El próximo camino lleva al aeropuerto, pero por un montón de fincas y caminos malísimos. El segundo va a los basurales y termina allí. No hay como seguir en vehículo. El tercero va a la laguna de Las Salinas. Hay varios caminos alternativos.

- Suficiente... -dijo Pedraza- Hay que seguirlos vayan por donde vayan. Nuestro tanque de gasolina está lleno, ojalá que el de ellos no.

Yaco tenía un frasquito y Adrián otro, a sus lados opuestos. Pedraza hizo un par de intentos de pasar a la camioneta pero era imposible. El camino era muy recto pero estrecho y el conductor de la camioneta advertía muy bien los intentos. Nos dejaba pasar un poco y volanteaba la camioneta para sacarnos del camino. Si nos salíamos, nos estrellaríamos contra alguno de los sauces, álamos y acacias que bordeaban la carretera.

- Cuidado... -dije- Vine por aquí hace un par de semanas y había un lodazal que hay que pasar muy despacio. Si no lo han arreglado, hay como cincuenta metros muy resbaladizos. Me quedé con la moto en medio del barro y me costó salir... Del lado derecho hay un pozo muy grande. No creo que se haya secado.

Seguimos la carrera unos tres kilómetros más dejando al coche policial a unos cuatrocientos metros detrás. Al llegar al lodazal, que parecía seguir igual, vimos un tractor que venía en dirección contraria. La camioneta disminuyó la velocidad manteniéndose a la derecha, pero Pedraza, alerta a lo que le había dicho yo, aprovechó para meterse al lodo por la izquierda y pasamos dejando a la camioneta cubierta con nuestra ola de barro. Seguimos un poco más, esquivando al tractor justo a tiempo, y al salir del lodazal vimos que la camioneta se había quedado rezagada. Dimos algún grito de alegría y nos detuvimos cincuenta metros más adelante, atravesando el coche en el camino. Salimos del vehículo rápidamente mientras Yaco juntaba sus frasquitos atándolos con una banda elástica, y nos pusimos a cubierto entre los árboles. Adrián empezó a disparar a los neumáticos de la camioneta, pero no les hacía nada.

Avanzaron metiendo cuanta metralla podían desde la venta del acompañante, pero al llegar hasta el Cadillac parecieron dudar en chocarlo. Retrocedieron un poco y comenzaron a disparar al Cadillac.

- ¿Qué están haciendo? -preguntaba a gritos Yaco, desde el otro lado de la calle, tras un álamo.

- Es que debe haber algo en el Cadillac, -respondió Pedraza- que se nos ha pasado por alto registrar...

- ¿Explosivo? -dije.

- Posiblemente... -gritó Pedraza- ¡Explosivos! ¡Quieren volarlo, están disparando al maletero!

- Si hubiéramos seguido adelante, nos hubieran volado... -dije asombrado.

El coche policial ya venía cerca y la camioneta avanzó y se detuvo frente al Cadillac, e intentaron empujarlo desde la parte delantera. Yaco se dio cuenta de la situación y cruzó corriendo la calle mientras le disparaban, pero rodó por el suelo y lanzó los frasquitos que llegaron al suelo justo al lado del Cadillac. La explosión nos sorprendió a todos, ciertamente muy fuerte, pero el coche apenas se sacudió. Sólo explotaron los frasquitos. Lo que hubiera en el Cadillac no fue afectado. La camioneta retrocedió casi hasta el coche de policía que ya se detenía y luego embistió al Cadillac, mientras nosotros ajustábamos nuestros cuerpos a los árboles que nos protegían para evitar las ráfagas de metralla. La segunda explosión si que fue fuerte. Pero muy fuerte.

Posiblemente los de la camioneta creyeron que la primera explosión fue la que esperaban, o pensaron que si eso no había detonado lo que tuvieran en el coche, ya no detonaría. Cuando nos repusimos del aturdimiento y nos asomamos, la camioneta y el Cadillac eran una sola masa de fuego. Una tercera explosión casi nos pilla las caras, pero por suerte estábamos aún a cubierto. Sin embargo, al estar asomados, nos dejó muy aturdidos.

Los policías estaban igual que nosotros y cuando se acercaban a la hoguera, que amenazaba con incendiar los árboles, corrimos por el costado de las fincas laterales hasta donde estaban ellos. Al difuminarse un poco el fuego nos dimos cuenta que la camioneta, ya una masa confusa de metal y fuego, había retrocedido con la explosión unos siete u ocho metros.

Mientras Yaco estaba entregando la pistola a los policías y preguntando por el agente caído, la puerta trasera de la camioneta se abrió y un cuerpo envuelto en llamas salió de su interior para caer al suelo. Corrimos y apagamos el fuego, casi quemándonos con él y con las llamas de lo que quedaba de la camioneta. Pedraza envolvió al hombre con su chaqueta y el policía corrió con una manta que llevaba en su coche, apagando definitivamente el fuego. Los demás ocupantes quedaron completamente carbonizados.

Permanecimos allí media hora, hasta que llegó una ambulancia y tres coches policiales más al mando del Comisario Padilla. El policía que había caído en la escuela estaba herido rumbo al hospital, y el sujeto que estaba bastante chamuscado se salvó. Pero quedó en el hospital, en una sala fuertemente custodiada.

- Estos parece que también eran telépatas- me decía Padilla al día siguiente, en la comisaría- y son asesinos sin ningún escrúpulo. El regente de la escuela recuerda cosas vagas de la conversación. Parece que lo estuvieron interrogando sin que él se diera cuenta. Además, un preceptor vio que le enseñaban a Gómez un cartón en blanco y éste los trataba como si le hubieran mostrado una carta presidencial. Parece que les hicieron ver lo que quisieron.

- ¿Y qué hay con el quemado? -pregunté.

El que se salvó tiene la identidad de un albañil que murió hace unos años, pero estamos investigando quién es realmente. Parece que no saldrá de ésta, porque está muy grave. He puesto a dos policías entrenados, para el caso que sea telépata. Ya veremos qué pasa. Tu casa está custodiada, porque no cabe duda que sólo te querían a ti.

- Bueno... Supongo que tendré que hacer una declaración...

- No, nada de eso. Ya he preparado el asunto. Mientras menos constancia de lo ocurrido quede, tanto mejor. Sólo dime cuál puede ser la causa de que estén buscándote. ¿Es que hay algo nuevo con las pirámides, o estarán todavía tras el Libro?

- No, Comisario. Lo de las pirámides avanza, y es algo realmente maravilloso, pero no me persiguen por ello. Ya hay mucha gente investigando con ellas, y no es un asunto peligroso ni secreto. Lo peligroso, realmente es un documento que tengo de Narigonés S.A. Lo tengo aquí mismo. Pero esta mañana saqué fotocopias en la escuela y repartí entre todos mis compañeros, a todos los profesores... En fin, que la fotocopiadora de la escuela no estaba muy estrenada y yo le he gastado el primer cartuchón de tinta. También he dejado copias a algunos de mis amigos ajenos al colegio. ¿A qué no sabe quien fabrica las nuevas fotocopiadoras?

- Ni idea. Esos cacharros salieron hace menos de un año y ya hay como diez marcas.

- Pues... "Narigasnad"... ¿Curioso no? Sus propias altas tecnologías les suelen jugar en contra.

- Has hecho muy bien. El problema del secreto es cuando lo sabe uno sólo o unos pocos. Los que monopolizan la ciencia buscan mantener ese secreto a cualquier costo. Pero cuando se difunde mucho, lo dan por perdido. Bueno, sólo eso. Estaremos en contacto y luego de leer este documento de... ¿El Hombre Pájaro...? -dijo leyendo la portada- Bien... Veremos que hay que hacer al respecto.

Afortunadamente, la Orden de Caballeros a la que mi papá pertenecía, no era conocida. Pero muchos de ellos ocupaban cargos en la policía, en el ejército, eran funcionarios o técnicos e ingenieros. Mutuamente se cuidaban las espaldas, pero yo no quería pertenecer a esa Orden ni a ninguna. Prefería pertenecer a mí mismo, aunque estaba en contacto con varias. Las pirámides seguían siendo -igual que ahora- mi principal interés, porque estaba descubriendo sus Tesoros Mágicos Y a mi papá ni le hablaba de lo ocurrido, aunque se enteraba por medio de Padilla.

CAPITULO X
EL ÚLTIMO VIAJE

Cuando ya era un hombre joven, pero hecho y derecho, en la soledad espiritual del que no se resigna a vivir sin descubrir hasta el último misterio, empecé a hacer expediciones al Amazonas, que quizás cuente otro día. También escribiré en otro libro sobre unas enormes pirámides que encontré en Perú. Pero os contaré que tras andar por varios años haciendo una expedición tras otra, con todos los peligros que implica andar por la selva, llegué a tomar contacto -por referencias de una de las Ordenes Esotéricas que contactaba- con los guardianes de una caverna que según ellos, comunicaba con el "otro mundo".

Preparé una expedición con todos los recaudos posibles, como tienda de campaña, saco de dormir, un buen machete, cien metros de cuerda fina pero fuerte, como para hacer "rapel" o cruzar con seguridad un río, y tuve que esperar hasta la época sin lluvias. Luego de cruzar buena parte de Brasil por los ríos, en barquitos que hacen los viajes con más gente que la autorizada, en parte en canoa, llevado por amigos aborígenes, llegué al lugar donde debía buscar a un jefe aborigen. Sin su autorización no sería posible entrar a la región de la caverna que buscaba, pero el hombre no aparecía. Permanecí varios días en una "maloca" (especie de tienda muy grande donde viven varias familias) y fue muy divertido para ellos y para mí. Me enseñaron muchas cosas sobre la selva y yo les explicaba cosas del mundo que ellos desconocían. Un poco en portugués, un poco en castellano y buena parte por señas y dibujos, tuvimos muchos días de buena comunicación. Pero la persona que esperaba, no aparecía. Una tarde llegó un mensajero de otra tribu y dijo que Tanura Tanka no podría llegar hasta dentro de varios meses, porque se encontraba custodiando el paso de una expedición de otro país. Me explicaron que él era algo así como "la policía secreta" de la selva. Su labor consistía en desviar a la gente indeseable, para que no llegase a los sitios sagrados, o donde hay mucho mineral valioso, que acaba siendo la desgracia de los pueblos aborígenes.

Tras algunas conversaciones con el jefe de la maloca, le expliqué que mi viaje era muy importante y que seguiría solo, pero si deseaba enviar a alguien conmigo, para asegurarse que yo no representaba peligro para la selva y sus habitantes, pues no tendría inconveniente en que me acompañasen.

El hombre me preguntó algunas cosas muy delicadas, que no puedo reproducir en este escrito, pero después del interrogatorio ordenó a dos hombres que prepararan cosas para un viaje y me llevaran por los senderos secretos hasta cierto punto, desde el cual mi viaje seguiría en solitario. Me despedí de la gente que tan bien me había tenido allí varios días, agradecí su hospitalidad y tuve que prometer a los niños que volvería algún día, porque ellos eran los que más se divertían, a los que enseñé unas cuantas cosas y que también me enseñaron muchos secretos de la vida en la selva.

Partimos mis dos acompañantes y yo, y el primer día de viaje lo hicimos bajo la frondosidad de la jungla, pero el segundo y tercer día lo hicimos por cavernas larguísimas, saliendo a veces al exterior para volver a entrar a otra y continuar entre chorros de agua, riachuelos, pasando por salas que me recordaban el interior de la Tierra, aunque ninguna tan grande como las vacuoides que recordaba. Luego volvimos a andar entre jungla y bosque, para llegar, después de una andada de más de una semana, a una montaña que parecía la mayor de la región. Un profundo cañón y un río allá abajo, era el camino que debía seguir, pero solo, porque hasta ahí me acompañaban estos amigos que debían emprender el regreso a su maloca. Como ya era muy tarde y cerca del ecuador el sol se pone y se hace inmediatamente de noche, colocamos nuestras redes (hamacas que se atan a dos árboles) y dormimos como en las noches anteriores, turnándonos para hacer guardia. Al salir el sol nos despedimos con abrazos y me regalaron una cerbatana y varios dardos, cuyo manejo me habían enseñado los niños de la maloca.

Mi andanza en solitario duró poco, porque al tercer día encontré las señales que me indicaron y pronto hallé el sitio donde debía quedarme a esperar... Lo que ocurriera.

Unas piedras casi esféricas de varios metros cúbicos, muy tapado todo por la vegetación pero visibles desde el suelo, forman un círculo de unos cuarenta metros y al centro hay una gran roca cuadrada, de un par de metros por lado y más de un metro de alto. Allí mismo limpié un poco la maleza y tras asegurarme de que no hubiese un nido de víboras ni otros animalitos, me dispuse a descansar. No tardaría mucho en caer la noche, pero escuché unos ruidos parecidos a los de los pájaros, que reconocí sin duda de procedencia humana. Eran gorjeos y ruidos que había escuchado a otros aborígenes cuando cazaban en grupo, incluso a los que me cobijaron en días anteriores. Alguien que no los ha escuchado antes creería con toda seguridad que eran pájaros. Me mantuve alerta y despierto todo lo que pude, pero al oscurecer me quedé dormido.

Al día siguiente no pasó nada especial durante la primera hora de la mañana, pero se me ocurrió dar un rodeo apenas terminé mi ración de café. Ya casi no tenía comida, pero suponiendo que estaba muy cerca de mi objetivo, no quería ponerme a cazar. Apenas me alejé unos doscientos metros del círculo de piedras y entre la espesura de árboles me pareció ver una roca enorme, de unos diez metros de largo, tan recta y ángulos tan cuadrados que no me pareció natural. Sólo tenía un metro de altura, pero al estar más cerca vi que la superficie era plana y de más de tres metros de ancho, así que me puse a explorar en torno a ella. Un poco más allá encontré otras rocas, de diverso tamaño pero todas con ángulos muy rectos y caras lisas, como formando un muro algo destruido y cubierto en parte por la vegetación. Subí con cierto esfuerzo a una de ellas y desde allí salté a otra. Desde allí se veía otro muro compuesto por los mismos sillares gigantescos, aunque la parte superior estaba cubierta por la densa vegetación.

Hacia la derecha se abría un abismo muy profundo, que podría ser la entrada de una gran caverna. Saqué mis prismáticos pero la oscuridad allí abajo no me permitía ver nada. Habría varias decenas de metros hasta el fondo. Bajé de las rocas y volví al círculo de piedras donde había acampado y pensé que no era buena idea ponerme a explorar más. Las imitaciones de pájaros de la tarde-noche anterior me dieron a entender que me estaban vigilando y posiblemente alguien vendría a buscarme, así que me decidí a pasar otra noche allí mismo. No colocaría la red, porque al resguardo de la hoguera que formé en forma circular, con la roca cuadrada a mis espaldas, pasaría otra noche como la anterior, protegido por el fuego y con la comodidad del piso blando que formaba la hojarasca. Pero faltando un buen rato para el anochecer, ya acurrucado en mi saco de dormir, me encontré rodeado de cuatro hombres que me apuntaban con sus lanzas…

Aunque me sobresalté un poco, sonreí y les saludé con unas pocas palabras que había aprendido días antes en la maloca. Uno de ellos habló pero no pude entenderle. Luego hablaron entre ellos y retiraron las puntas de las lanzas, dejándome más tranquilo y me invitaron con gestos a que los siguiese. Un rato después de caminar entre la jungla y pasando por arroyuelo, me di cuenta que estábamos caminando por la parte de debajo de la zona de los grandes muros que había visto antes. EL rodeo de casi una hora nos llevó casi al mismo lugar, pero allá abajo, donde no había podido ver nada con los prismáticos. En la entrada de una caverna tomaron unos palos con sus puntas llenas de brea y uno de ellos estaba encendido. Así que encendieron los otros y me dieron uno a mí. La caminata por esa caverna fue muy corta, de apenas un cuarto de hora y llegamos al final, abriéndose ante nosotros un predio con vegetación baja y podo densa. Entre medio de los árboles, que eran cajúes y otros frutales, unas bonitas casas de piedras asentadas con barro daban la idea de una aldea cuidada y muy limpia, propia de gente más avanzada y trabajadora que los que vivían en malocas.

Me llevaron ante el "Tuchal", jefe de la aldea y también médico, que me recibió con una agradable y fraternal sonrisa, pero me pidió que mostrara todo lo que llevaba en los bolsillos y la mochila. Eso me extrañó un poco, pero no les sorprendió nada, ni siquiera una pistola Colt 45 y un par de linternas. Él hablaba bastante bien el macuxí, lo que me extrañó porque esa etnia vive a más de mil kilómetros, en el norte de Roraima, pero también hablaba un poco en portugués, así que estuvimos conversando de muchas cosas y al parecer ellos sabían cuáles eran mis propósitos. Pero antes de soltar palabra sobre este asunto, me tuvieron viviendo con ellos un par de meses, para asegurarse de que yo nunca les traicionaría, y para asegurarse también, que yo no iba en busca de diamantes y oro, como muchos hombres "civilizados" que van al Amazonas a buscar esos minerales matando indios, animales, envenenando las aguas con mercurio (que usan para separar el oro) y todas esas cosas. Entretanto me enseñaron a hacer arcos y flechas, a curar ciertas enfermedades y heridas usando las plantas de la región, etcétera.

Un día, después de comer una panzada de pesacados, el Tuchal me explicaba por fin su secreto y el llanto se apoderaba de mí por más esfuerzo que hiciera en aguantarlo. Pensará el lector que soy un llorón incurable, pero no es así. No es cualquier cosa que me puede hacer llorar. No me ha hecho llorar estar al borde de la muerte varias veces, ni las catorce mordeduras de víboras que han soportado mis piernas, algunas de las cuales me tuvieron muy cerquita de la parca. Pero las cosas del Alma son diferentes. Y quien las viva y no llore, es porque esconde demasiado sus sentimientos y eso no es bueno.

- La caverna que conduce al mundo que tú buscas, sólo puede ser usada por un Guerrero de la Luz, por un IRMAN, o sea, por uno que haya hecho un Gran Juramento y lo mantenga.

- ¡EL GRAN JURAMENTO! -grité al borde de desmayarme de la emoción.

- ¿Sabes de lo que te hablo?

- ¿Cómo no saberlo? ¡Claro que lo sé!

- ¿Has hecho el Juramento del Eterno Secreto? -dijo, y me quedé atónito...

- No... No es ese el Gran Juramento... Yo no he jurado secreto nunca...

- Si no has hecho el Gran Juramento no puedes saber más... Así que cuéntame qué Gran Juramento has hecho...

- El Juramento que yo he hecho, -dije mientras me sentaba abatido sobre un tronco de palmera- es el de no descansar nunca, ni Ascender al Reino de los Kristálidos Luminosos, mientras no sea feliz Toda la Humanidad. Pero ya no importa... Creo que hablamos de juramentos muy diferentes y ya no tengo más que saber aquí. Igual hago el juramento de no revelar nunca la posición de este lugar, para que nadie les venga a molestar, pero he volver por donde vine. Estoy muy agradecido por este tiempo que me han dedicado y...

- ¿Y sólo mantienes ese juramento, aparte del que acabas de hacerme ahora? -dijo muy seriamente.

- Sí. Ese es el Juramento que he hecho y lo sostengo, lo sostendré siempre... Y no me gustan los secretos, a menos que tenga una razón circunstancial muy poderosa para ello, como en este caso.

El Tuchal sonrió, y se sentó a mi lado.

- Eres tú un IRMAN -me dijo- y has respondido correctamente. No hay tal Juramento de Eterno Secreto. Pero necesitaba estar seguro. Ya mismo enviaré un mensajero a pedir autorización al otro mundo, el de los Gigantes, y si ellos te dejan entrar, podrás ir.

- ¿Los Gigantes? -pregunté

- Sí, los Gigantes. Ellos son del doble de nuestra estatura. ¿No lo sabías?

- Sí, lo sabía, pero hace ya muchos años...

- Ahora tendrás que esperar una luna completa. que son 28 días, siempre que el mensajero no tenga problemas en el camino. Mientras tanto te puedes ir preparando, porque tu mente tiene que estar muy libre de malos pensamientos y muy tranquila. Supongo que sabrás que ellos son telépatas, no hablan, pero saben todo lo que piensas y todo lo que sientes...

- Sí, eso también lo sé...

En esos días debí hacer un repaso de lo que había hecho en toda mi vida, tuve que meditar profundamente sobre mi verdadera condición emocional, asegurarme de que mi corazón no guardaba rencores, temores, vicios... Entre el último viaje con el Cuerpo Mágico y esos momentos en que por fin iba a poder entrar con el cuerpo físico, habían pasado muchas cosas. Había tenido una vida muy activa con investigaciones de toda clase, no sólo con las pirámides, pero también me había metido en asuntos políticos, buscando aprender lo necesario para ayudar a la gente. Había tenido en ello una desilusión tras otra al comprender que mi país estaba muy mal, en manos de especuladores sin corazón, con un pueblo que era en promedio, cada vez más ignorante y más propenso a quedarse mirando partidos de fútbol, cuando había tantos problemas que requerían la atención de todo el pueblo. Con diversas acciones que llevé a cabo, comprendí que aún no era el momento de seguir intentando despertar las mentes dormidas y finalmente abandoné. Me había casado muy joven y me había divorciado, y puede que al menos en parte eso ocurriese por mi culpa, y aún tenía un enorme dolor en el Alma. Tenía un hijo que aún era un niño pequeño todavía y mis padres lo cuidaban para que yo pudiera hacer mis expediciones. Volver a hacer aquellos viajes al interior sin mi padre había sido imposible por razones lógicas pero impuestas. Pero ir al interior sin mi hijo, era también muy doloroso. No sabía cuánto tardaría en volver y estaría todo el tiempo pensando en mi "gurí", como le llamaba yo.

Ya habían pasado veintisiete días y todavía no me sentía preparado. Para ayudarme un poco, el Tuchal me llevó a la entrada de la caverna. Aunque no me autorizaran, él ya sabía que podía confiar en mí, así que me invitó a seguir y descendimos unos trescientos metros por una galería estrecha, en gran parte con el suelo en declive y otra parte con escaleras. Al entrar en la enorme sala me mostró algunas cosas muy curiosas, que me recordaron a las salas de las pirámides. No había pinturas, salvo en una de las paredes, que tenía unos cien metros cuadrados de pinturas rupestres muy bonitas y antiquísimas. Pero había esculturas de toda clase, en madera, en piedras, en un material que parecía metal, pero eran cerámicas hechas por ellos, recubiertas con polvo de plata que sacaban de una pequeña mina. Un poco más adentro, aquello se presentó como un verdadero museo, un tanto desordenado pero repleto de cosas de otros lugares y diferentes épocas. Algunas estatuas eran de estilo romano, otras egipcias y muchas de estilo griego, perfectas representaciones humanas. En un área bastante grande, cuyo tamaño no pude calcular, había infinidad de estatuas chinas, de dragones, leones y personas. El Tuchal me explicó que todas esas reliquias las habían traído los hombres blancos y amarillos que habían visitado esas regiones durante diversas épocas y los últimos habían venido hacía muchos siglos. Según su calendario lunar eran más de mil años solares. Una de las estatuas era muy grande, pero estaba justo a la entrada de otra sala, en una tenue penumbra. Por un momento recordé una estatua de Apolo que hay en un museo privado de São Paulo, así como las estatuas enormes que había en la Pirámide de Odiliepumbar.

- Mira -me dijo el Tuchal- estos escudos los trajeron unos hombres que aunque no eran dioses, eran muy altos y de gran fuerza. Mi pueblo les llamaba "Inga Virgoch". Eran los que ustedes llaman Vikingos. Toma éste, verás que pesa mucho. Hay que ser muy grande para portarlo.

El escudo era realmente pesado, de madera y metal. Las correas de cuero apenas se podían tocar porque se deshacían. También había una caja de un metal muy fino y el Tuchal me mostró su interior. Quedé asombradísimo porque había allí aparatos e instrumentos pequeños, parecidos al material de un laboratorio y a los útiles de cirugía. Al darme vuelta para preguntarle al hombre sobre el origen de tan curiosos elementos, algo se movió detrás de nosotros y apenas pude ver algo con el rabillo del ojo. Al voltear el cuerpo para mirar bien, noté que la estatua de Apolo que había visto antes, ya no estaba.

Todos mis sentidos se pusieron en alerta y con el palo embreado en alto, al mismo tiempo que sacaba una de mis potentes linternas, corrí hacia aquella otra sala, pero no vi absolutamente nada. Evidentemente no era una estatua. El Tuchal me miró y se rió mientras me decía:

- No te asustes, no es un espejismo.

- Era... Era... Uno de ellos...

- Sí, pero no te asombres tanto, que ya les verás a todos. Se llama Tulejke, que significa Tímido. No le gusta que lo miren, porque dicen los que le han visto de cerca, que es tan hermoso que da mucha envidia. Y seguramente él no puede soportar que le tengan envidia. También ha venido dos veces una mujer cuyo nombre no recuerdo, que es el colmo de la hermosura, pero los hombres de mi pueblo se sienten muy incómodos y ella también, porque ellos no pueden contenerse de admirarla. Se quedan como tontos, mirándola.

Me acordaba de Iskaún pero no dije nada. Aunque en mi corazón, ella era como mi madre y yo deseaba con toda mi Alma volver a verla, había algo que me hacía un nudo en la garganta. El Tuchal se dio cuenta.

- ¿Qué ocurre amigo...?. ¿Temes volverte tonto cuando la veas?

- No, no... No me ocurriría eso. Además, sé que mi Alma Gemela vive en este mundo. No sé en qué país, no recuerdo su rostro, no sé si la conoceré en esta vida, pero no quisiera ir a la Terrae Interiora sin ella. Y además, mi hijo...

Salimos de la caverna y una nube de angustia volvía a cubrir mi corazón. Mientras el Tuchal se acercaba a un grupo de mujeres para pedirles que hicieran la comida, yo me senté en el suelo y empecé a dibujar cosas en la tierra, con un palito, mientras las lágrimas se empeñaban en salir. Y yo en aguantarlas.

- ¿Ustedes no salen con el Cuerpo Mágico? -pregunté al jefe.

- Sí, claro... ¿Por qué lo preguntas?

- Porque sería más fácil y rápido ir al interior así, y no con el cuerpo físico...

- ¡Ah, no! Por ahora eso es imposible. Hasta hace unos años se podía, pero los hombres que gobiernan este mundo tiraron unas bombas en el mar y produjeron muchos problemas a Pachamama, el espíritu de la Tierra. Ahora están los Gigantes trabajando en ello para arreglar esos problemas. Pero creo que de seguir las cosas así, mi tribu tendrá que ir a vivir allá al interior o en alguno de los mundos que hay entre los dos soles.

- ¿Conoces esos mundos?

- Sí, claro... Conozco algunos, en especial uno, donde hay gente de mi raza que hace unas grandes pirámides. Son los que ayudan a construir a todos los demás.

Estaba claro. Ya no había dudas para mí. Si aquellas vivencias habían sido sólo "sueños", pues había soñado con la realidad. Era posible que mi mente hubiera captado todo aquello y hubiera hecho una especie de película. Esas cosas suelen ocurrir. A veces vemos algo que luego se nos mezcla con los recuerdos... Pero en aquella edad yo no podía tener muchos recuerdos. Había ido al cine tres o cuatro veces, ni había televisión en mi país hasta más de un año después del último viaje. El Tuchal siguió hablando, pero yo estaba muy concentrado en mis pensamientos y él se dio cuenta. Al día siguiente, seguramente el mensajero estaría de vuelta y yo tenía mucha incertidumbre.

Si me autorizaban a ir a la Terrae Interiora volvería a ver a Iskaún, a Uros, a Relámpago... Me preguntaba si podría, sin estar sólo con el Cuerpo Mágico, hablar con Relámpago mentalmente. Volvería a encontrarme con Inejhuiyân, aquel niño Aztlaclán que enseñaba a los otros los ejercicios telepáticos. Seguramente sería ya un hombre, como yo, con corazón de niño. Pero sospechaba que quizá, debido a su forma de vida, todavía fuese un niño, porque para ellos la vejez tarda muchísimo en llegar. Entre tanto que tenía allá en el mundo interior una familia tremendamente mía, espiritualmente mía, y sentía que aquel era mi verdadero mundo, la imagen de mi pequeño hijo, la de mis padres, la de mi hermano y de los hermanos que vinieron después, la imagen de una mujer a la que quería aunque estaba separado de ella, y la idea de una mujer a la que un día tendría que encontrar, eran como una cadena que me decía que no era el momento de ir a la Terrae Interiora. Por otra parte, sabía que podía ir sólo por un tiempo y volver. Pero había otras cosas de mucho mayor peso que me hacían dudar sobre si debía ir o no.

Al día siguiente, mientras estábamos comiendo, le comenté al Tuchal que ya estaba más tranquilo. Justo en ese momento llegó el mensajero portando una especie de pergamino y se lo entregó al Tuchal. El hombre lo miró y su amplia sonrisa me indicó el veredicto.

- Puedes entrar IRMAN. Los Gigantes dicen... -hablaba mientras iba leyendo a trozos el pergamino- *"Cuando... ver llorar... Hombre niño... si Gran Juramento... como nuestro sol... No tener noche... Nosotros esperamos. Poder venir..."*. Y como siempre, ese Gran Jefe hace su firma que nadie puede leer.

El jefe me mostró el dichoso pergamino que era como de papel metalizado y mis ojos casi se me saltan de la cara. Estaba escrito en runas. Aunque había estudiado ya algo de esa antigua escritura y conocía todas las letras, no podía leer todo el texto. Pero al pie de la hoja, la firma era ésta:

- ¿Puedes decirme qué dice en esa firma? -pregunté, al colmo de la ansiedad.

- Oh, no, yo sólo leo las ideas, no los sonidos, pero el que firma es Uros.

- ¡Uros!... -exclamé- Si, claro... ¿quién otro...? Bueno, pero yo... Yo he tomado mi decisión. No puedo ir...

El hombre se hallaba muy sorprendido y dejando el pergamino al mensajero, tomó su banqueta de madera y la puso frente a mí.

- A ver cómo es eso. Eres un IRMAN y los Gigantes te han autorizado a ir a su mundo. De entre nuestro pueblo sólo somos una docena los que podemos ir. -decía con enorme tristeza- Has pasado años recorriendo nuestra selva para buscar esto. Lo has encontrado... Luego los Gigantes te han autorizado a entrar... ¿Y ahora dices que no quieres ir? ¿Tienes miedo? ¿Es que has roto tu Gran Juramento?

- No, quédate tranquilo. No he roto nada. Soy yo el que está muy roto por dentro. Todavía tengo amores, tengo un hijo pequeño y siento miedo que le pase algo, estoy muy preocupado por él, tengo amores que más que amores son cadenas... Pero lo peor de todo, Tuchal, es que también, en casi treinta años de lucha, de soportar traiciones, desengaños... En tanto tiempo de perder personas que amaba y aún amo, de sufrir enemistades por la incomprensión y la ignorancia de la gente, también... También he acumulado rencores. Llevo mucho dolor en el Alma. Y no puedo ir allá llevando este veneno de rencor y dolor. Todo el Amor que puedo sentir está empañado y sucio, porque el corazón es como un manantial, y ningún manantial puede dar aguas limpias y turbias a la vez... No estoy preparado todavía.

Mis lágrimas empapaban mis rodillas y el Tuchal puso su mano en mi hombro y asintió con la cabeza, comprendiendo que mi decisión era la acertada, porque el rencor es el peor veneno que existe en el mundo. No importa cuán pequeño sea, es como una semilla que se convierte en un mal árbol que luego lo invade todo, hasta destruir la vida de las personas.

- Pero -continué- de todas maneras, querido Amigo, no ha sido inútil mi búsqueda. Estar aquí con Ustedes ha aliviado muchísimo mi dolor, ha renovado mi esperanza... Me ha tranquilizado la mente. Ahora sé realmente con seguridad que mis vivencias de niño no eran un sueño y que los dioses están ahí, esperando que la Humanidad mortal se dé cuenta o se destruya sin destruir al mundo. Eso significa que todo lo logrado con las pirámides culmina en esos usos magníficos que ellos les dan. También tengo cosas que hacer todavía. Además... Allá adentro la gravedad es menor ¿Verdad?

- Ah, sí... Conoces hasta ese detalle...

- Sí. Aunque sólo he ido con el Cuerpo Mágico, he estudiado todos estos años el asunto y mis ochenta kilos allá serán unos... Cincuenta y cuatro...

- ¿Y eso qué tiene que ver? -me preguntó desconcertado.

- Que yo estoy muy cansado, también tengo veneno de víboras en la sangre. Y si tengo que ir para después volver a sentir la diferencia de peso, será muy duro.

- ¡Vamos!, que eso es una excusa... -dijo sonriendo- Allá te repondrías de todo en sólo unos días... Bueno, aunque allí no hay noches...

- Sí, es una excusa, es el peso del Alma el que tengo que aligerar antes de volver. Pero volveré, te lo aseguro. Ahora que me he dado cuenta de lo que tengo que hacer en mi interior y en el mundo, me prepararé para volver cuando pueda.

- Bien, pero no demores mucho. Es muy posible que nosotros nos vayamos y esta caverna sea cerrada para siempre. Si no entras por aquí tendrás que encontrar la entrada en la Montaña del Gran Durmiente o ir más allá de la Lengua de Hielo.

- ¿La Lengua de Hielo?

- Sí, conoces mucho del mundo, así que supongo que sabrás de qué hablo...

- Sí, lo comprendo. Mientras tanto, dile a Uros que lamento no poder ir. Pero cuando lo haga, será el momento adecuado. Y dile que he seguido trabajando con pirámides. Que he seguido descubriendo su Tesoro Mágico y me ocuparé de que el mundo lo conozca. Aunque seguro que ellos han vigilado ese trabajo mío durante todos estos años.

Estuve un par de días más para relajarme de la tensión y preparar bien mi equipo. Lo que siguió después tampoco fue fácil. Creo que en realidad fue mucho más difícil que hasta aquel entonces. Pero interiormente, en cambio, fui adquiriendo la fuerza interior, la alegría y la tranquilidad que me faltaba. Comencé nuevamente a hacer mi "catarsis", buscando y eliminando a los parásitos que me estaban robando los dones del Alma. En primer lugar destruí el rencor. No fue fácil, pero cada día buscaba sentir el odio hacia las personas que me habían hecho daño, como quien busca un gusano escondido entre los sentimientos. Y al tiempo que buscaba comprender a esas personas, sin permitir que ningún pretexto se interpusiera, mandaba al infierno de la Gran Nada a esos rencores, hasta que finalmente, uno a uno fueron desapareciendo para siempre. Aprendí también la Magia de la Llama Violeta, que consiste en envolver mentalmente los malos pensamientos y los malos sentimientos en un fuego violeta, y ver con la fuerza de la imaginación cómo van quemándose hasta desaparecer. Pero primero hay que observarlos sin quemarlos mentalmente, hay que darse cuenta de que están ahí dentro de uno, reconocerlos aunque nos avergüencen y confesárselos a alguien de confianza, que nos ayude a destruirlos. Hacer eso sin dejar actuar en nada a esos demonios interiores, hace que ellos pierdan fuerza y uno recupere el Amor, la Inteligencia y la Voluntad, porque de esos atributos del Alma se nutren esos parásitos que forman como "familias", llamadas Odio, Miedo y los Vicios.

En aquellos años tenía una casa en Roraima, llena de pirámides, y mis meditaciones dentro de ellas eran mucho más efectivas. Pero también era más efectiva cualquier cosa que hiciera dentro de esas maravillosas balsas de energía. Y así llegamos hasta hoy, en que estoy bastante mejor preparado para cualquier viaje. Pero has de saber que tras esta aventura vinieron muchas más, que relataré en otros libros.

El *Viaje Más Importante*, querido Lector, es el que este libro puede ayudarte a hacer. No está en preparar una expedición, ni en halar una caverna profunda, ni conseguir un avión, una nave espacial ni nada material. O sea que antes que antes de ir al Interior de cualquier lugar, debes ir al interior de ti mismo y dejar ese interior de la mente reluciente; más limpio y ordenado que mi habitación... (Ejemmm... eso no sería muy difícil)

Antes de despedirme, permíteme una pregunta, que puedes contestar para ti mismo...
¿Te gustaría ir a la Terrae Interiora?

Gabriel de Alas

gabrieldealas@gmail.com

gabrielsilvaescritor@gmail.com